Tous les noms et les événements décrits dans ce livre sont le produit de l'imagination de l'auteur. Toute ressemblance avec des personnes existantes ou ayant existé, des choses, des lieux ou des événements réels, serait purement fortuite.

L'histoire suivante contient des thèmes matures, du langage cru et des scènes explicites, et est destinée à des lecteurs adultes.

Couverture par Ana Grigoriu-Voicu, books-design.com. Correction de la version originale par Stephanie Parent. Traduit de l'anglais par Rosalie Blankert et Valentin Translation
www.oliviahayle.com

un mâle pour un bien

OLIVIA HAYLE

VICTOR

S'il y a un testament, il y a une marche à suivre.

Et il y a très clairement un testament. Il est entre les mains du notaire Robert Tirsch, assis près du bureau en chêne de mon grand-père. Il ignore la meute de vautours qui l'observe et garde les yeux rivés sur le document. Il cherche peut-être un moyen de s'en sortir.

Je m'appuie contre les étagères, respirant l'odeur familière des livres reliés en cuir et de la poussière. Peu importe le nombre de fois où les femmes de ménage ont essayé de nettoyer cette pièce, Grand-père les en avait toujours chassées.

Ma tante se déplace sur sa chaise.

— Je pense que l'on vous serait tous reconnaissants si tout cela pouvait être réglé rapidement. Aujourd'hui, de préférence.

Maître Tirsch se racle la gorge. Il regarde le document qu'il tient dans la main, puis elle. Puis mes cousins entassés sur le vieux canapé chesterfield. Et puis, son regard se pose sur moi.

C'est là que je comprends.

Rien d'aussi insignifiant que la tombe n'empêchera Grand-père de microgérer les affaires Saint Clair.

Maître Tirsch presse un mouchoir sur son front.

— Commençons donc. Merci à tous d'être venus ici aujourd'hui pour la lecture des dernières volontés et du testament de Richard Saint Clair. Comme vous le savez tous, ce n'est pas ainsi que nous informons habituellement les bénéficiaires du contenu d'un testament. Mais le testateur a laissé des instructions bien précises et ses avocats ont décidé de respecter ces souhaits.

Il s'éclaircit la gorge, les yeux se concentrant à nouveau sur le testament devant lui. Ce doit être plus facile à affronter que l'attente impatiente de la salle.

— Richard Saint Clair laisse la moitié de ses biens, à l'exclusion des biens immobiliers, à sa fille, madame Charlotte Reece, tels qu'ils sont quantifiés en liquidités, actions et obligations.

Ma tante soupire. Ce souffle résonne dans le bureau bondé.

— Vous avez dit hors immobilier ?

Maître Tirsch s'éponge à nouveau le front.

— Oui.

Digne, Charlotte Reece, cinquante-huit ans, ne se retourne pas pour me faire face, mais je sais qu'elle en meurt d'envie. Il n'y a que deux principaux bénéficiaires à ce testament. Elle et moi. Ma grand-mère n'a eu que deux enfants. Mes parents n'étant plus là, j'hérite de la part de mon père.

— L'autre moitié de ses biens, y compris les biens immobiliers, sera laissée à l'enfant du défunt fils de Richard Saint Clair, Victor Saint Clair.

Il m'a donc donné la maison.

Le vieux salaud m'a laissé cet endroit, la maison qui a été tant ma prison qu'une source de réconfort pendant des années. Peut-être que je pourrai enfin obtenir que quelqu'un époussette cette pièce.

Ma tante se lève de son siège, mais un mouvement de tête nerveux de Maître Tirsch l'arrête dans son élan.

— Il y a cependant une exigence imposée à monsieur Saint Clair. C'est très inhabituel.

Je croise les bras sur ma poitrine.

— Laquelle ?

Les yeux de Maître Tirsch se fixent sur les miens. Il recule, jouant avec le papier dans sa main.

— Victor Saint Clair doit se marier, après quoi il héritera officiellement de la maison. Si son état civil n'a pas changé dans les deux ans, la fiducie reviendra à madame Charlotte Reece. Comme je l'ai dit… c'est très inhabituel.

— Vous n'êtes pas sérieux, dit ma tante. C'est tout ? Aucune explication ? Rien ?

L'un de mes cousins me lance un regard incrédule. Je garde les yeux rivés sur l'avocat et reste impassible.

Grand-père exige que je me marie pour obtenir la maison.

Pensait-il vraiment qu'il aurait une telle emprise sur moi ?

— Il y a une ligne incluse dans le testament, oui. Richard Saint Clair souhaitait que son petit-fils Victor perpétue le nom de la famille.

Tirsch me lance un regard mi-effrayé, mi-désolé. Peut-être aurais-je dû être plus gentil avec lui au téléphone lorsqu'il m'a appelé pour me parler de cette réunion.

Perpétuer le nom de famille. Me marier.

Pendant quelques secondes, un silence pesant plane dans le bureau.

Puis je me mets à rire. C'est la première fois depuis longtemps que je me sens si proche de l'évanouissement. Bien sûr que mon grand-père exige cela de moi. Il n'a pas fini de porter des jugements sur moi et sur ma vie ni de m'utiliser comme un pion. Il s'est laissé ce défi, en sachant parfaitement bien ce que cette maison représentait pour moi.

Me marier pour la garder. Ne pas le faire et la voir me glisser entre les doigts. Et j'ai deux ans pour y parvenir.

1

CECILIA

— Comme d'habitude, pour votre patron ?

— Oui, mais pas trop de mayo, cette fois-ci, s'il vous plaît.

— Il n'a pas aimé, la dernière fois ? demande Ryan.

Je lui fais un signe d'excuse en haussant les épaules.

— Pour ce que ça vaut, j'ai trouvé que ça avait un goût incroyable.

Ryan s'esclaffe, les mains dans le vide derrière le comptoir. Saumon fumé, roquette, câpres, fromage frais et une petite quantité de mayo sur du pain sans gluten. Nous discutons tout au long de la préparation de la dernière arrivée dans sa famille. Une femelle carlin nommée Lucy.

— Ma femme adore les Beatles, dit-il en souriant. On a donc choisi Lucy comme prénom.

— A-t-elle un collier incrusté de diamants ?

— Penses-tu que je serais encore en train de faire des sandwiches si c'était le cas ?

Je ris.

— Tu as du talent… alors, oui !

— Oh, tu me flattes !

Il me tend le sandwich prêt et emballé dans du plastique.

— Voilà. J'espère qu'il l'aimera.

— Oh, j'en suis sûre !

Je lui fais un signe d'au revoir joyeux, le sandwich préparé selon les spécifications exactes de Victor Saint Clair glissé sous mon bras. Je m'arrête à l'épicerie du coin et lui prends son café. Torréfaction foncée, grains colombiens, sans sucre ni crème.

Je suis de retour à Exciteur Global-expert avec quatre minutes d'avance sur la fin de la réunion de monsieur Saint Clair. Stacey, le nouvel agent de sécurité qui travaille dans le hall, est de service près des portes électroniques.

Génial !

Je lui fais signe.

— Bonjour !

Elle sourit et me fait signe de passer devant la file d'employés qui attendent d'entrer.

— Merci. Tu es la meilleure !

Elle me fait un clin d'œil.

— Seulement pour le dernier étage.

L'ascenseur dans lequel je me précipite n'est qu'à moitié plein. Les bavardages s'éteignent dès que j'appuie sur le bouton du trente-troisième.

Oui, pensé-je. *Je travaille pour la direction.*

Le couloir du trente-troisième étage est calme quand j'arrive, mes talons contre le sol en pierre étant le seul bruit alors que je passe devant des bureaux de la direction. Deux d'entre eux sont des salles de conférence vides. L'une est le bureau du directeur financier, l'autre celui du directeur des opérations. Deux sont des avocats internes.

Et puis, tout au bout du couloir se situe l'atrium où je me sens chez moi. Mason est à son bureau. Ses doigts tapotent encore sur le clavier lorsqu'il me voit.

— Ils ne sont pas encore rentrés.

Je pousse un soupir de soulagement.

— Génial, merci.

Ma carte magnétique déverrouille la porte sur laquelle est apposé le logo du PDG, et elle s'ouvre sur des charnières automatiques. Je pose son déjeuner et son café sur son bureau. Clavier à gauche. Le déjeuner à droite. Sa pile de documents à lire pour la journée suffisamment éloignée de toute tache de nourriture potentielle.

Parfait. Comme tous les autres repas que j'ai préparés pour Victor Saint Clair au cours des deux derniers mois.

Je retourne à mon bureau juste à temps. L'ascenseur sonne et je lève les yeux vers Mason.

— C'est l'heure, dis-je.

Quelques secondes plus tard, ils traversent le couloir, côte à côte, deux conquérants revenant du champ de bataille. Eleanor, la directrice d'exploitation, salue Mason d'un signe de tête cordial avant d'entrer dans son bureau.

Mon patron ne fait rien de tel. Tout ce que j'arrive à distinguer avant qu'il ne disparaisse derrière la porte de son bureau grandiose n'est qu'un bref aperçu de sa mâchoire saillante. La porte se referme derrière lui.

Le couloir redevient silencieux.

Je baisse les épaules et croise à nouveau le regard de Mason. Cette fois, il sourit et fait semblant d'essuyer la sueur sur son front.

Il est l'assistant d'Eleanor et je suis celle de Victor Saint Clair.

Je sais que Mason n'acceptera jamais de changer de travail, malgré l'écart de salaire qui nous sépare. Et je le comprends.

Cela fait un an que Tristan Conway est parti et que Victor Saint Clair a repris le poste de PDG d'Exciteur. En tant qu'actionnaire principal de l'entreprise, Acture Capital peut nommer les dirigeants à sa guise.

Mais fallait-il que ce soit Saint Clair ?

Travailler pour Conway était un jeu d'enfant. Un plaisir, même. Il me lançait de temps en temps une blague et je lui rendais la pareille, toujours sous le voile d'une certaine courtoisie. Je faisais avancer les choses. Il appréciait cela.

Victor Saint Clair n'a rien à voir avec lui.

Il parle comme s'il y avait de la glace dans sa gorge, refroidissant les mots en les prononçant. Le bleu glacial de ses yeux vous dévaste lorsqu'ils sont tournés vers vous en signe de désapprobation.

C'est ce que je crains le plus au monde.

Je suis son assistante depuis onze mois, trois semaines et deux jours. Je le sais parce que j'ai un minuteur sur mon ordinateur qui compte les jours. Il y a onze mois, trois semaines et deux jours, j'étais assise ici et j'ai surpris une conversation entre Saint Clair et Conway.

Conway m'avait recommandée.

Saint Clair pensait que je ne tiendrais pas plus d'un mois, donc encore moins un an, mais il me laissait ma chance. Il m'a fait croire qu'il me faisait une faveur.

Eh bien, j'ai tenu le mois, et dans huit jours, j'aurai tenu une année entière. Prends ça, Saint Clair !

À la fin de cette année, quand j'aurai gagné mon pari unilatéral avec mon diable de patron, je partirai d'ici. Cela fait des semaines que je finalise mon CV et la dernière version est posée devant moi sur mon bureau. Il me faut encore le peaufiner avant de l'envoyer à toutes les entreprises de la ville. Tout et n'importe quoi, n'importe où, loin des ordres de Saint Clair. Un travail avec des horaires normaux, des week-ends libres, et suffisamment de temps à consacrer à ma propre entreprise.

Celle que je veux créer depuis des années.

Mason se racle la gorge dans le couloir. Il fait un geste en direction des ascenseurs, un sourire aux lèvres.

— Oh ! murmuré-je à demi. Merci !

— Allez, file !

Je mets mon ordinateur en veille et me précipite dans le couloir vers les ascenseurs. La cuisine du personnel, quelques couloirs plus loin, est bien remplie, mais la plupart des gens me laissent de l'espace.

— Salut, Cecilia, m'interpelle Barry. Comment ça se passe au palais des glaces ?

— Fraîchement, dis-je.

Les autres rient, et je leur réponds par un sourire, en mettant mon paquet de falafels dans le micro-ondes. Ai-je deux minutes devant moi ? Je diminue le chronomètre à une minute et demie.

— Tu as le temps de rester un peu ici avec nous ? demande Amy. Susan a apporté des biscuits pour le service des ventes et nous en avons volé quelques-uns.

— Vous êtes les meilleurs, mais je dois remonter.

— Il ne peut pas te forcer à manger à ton bureau.

— Oh, ce n'est pas le cas ! dis-je. Je doute qu'il pense que je mange tout court.

Les autres rient à nouveau et je regarde le micro-ondes.

Vingt secondes. Dix-neuf. Dix-huit…

Je marche si vite que j'en arrive presque à courir pour aller vers les ascenseurs, mon wrap à moitié réchauffé à la main. C'est un risque, mais Saint Clair devrait être occupé à son déjeuner. Il met toujours au moins dix minutes à finir…

Mon cœur bat la chamade lorsque les portes de l'ascenseur s'ouvrent enfin au trente-troisième étage.

La vue au bout du couloir le fait s'arrêter net.

Saint Clair n'est pas dans son bureau. Il se tient à côté du mien, vide, le visage figé dans des lignes dures, en train d'inspecter un morceau de papier.

Je me force à faire un pas en avant. Mes talons résonnent comme si chaque pas était douloureux, et ça ne me donne l'air ni intelligente ni confiante. Mais plutôt inquiète.

Lorsque j'arrive au bureau, Saint Clair me regarde. Ses yeux sont d'un bleu intense.

— Vous n'étiez pas à votre bureau.

— J'étais en train de réchauffer mon déjeuner.

Je lève mon paquet de falafels en guise de preuve. *Ici, Monsieur le Juge. Pièce à conviction A.*

Son regard se pose dessus et il fronce les sourcils.

— Vous avez besoin de quelque chose, monsieur ?

demandé-je, parce que la meilleure défense, c'est toujours l'attaque.

— Il n'y a pas de laitue dans mon sandwich.

Il jette le papier qu'il tient à la main. Une copie de mon nouveau CV, récupérée sur mon bureau.

— Qu'est-ce que c'est, mademoiselle Myers ?

L'arrière de mes cuisses heurte le bord dur de mon bureau.

— Mon CV.

— Je vois ça. Vous avez l'intention de quitter Exciteur ?

Cela fait un moment que je n'avais pas dû affronter ce regard. Une telle intensité ne devrait jamais être dirigée vers une seule personne. Jamais !

— Je l'envisage, murmuré-je en me préparant au pire.

Mais non, rien ne se passe.

Les yeux de Saint Clair se rétrécissent sous l'effet de la réflexion et il me balaie du regard, de la tête aux pieds, comme jamais auparavant. Il pose mon CV sur mon bureau et me jette un ultime long regard. J'en ai des frissons dans le dos.

— Intéressant, dit-il.

Il se dirige vers son bureau. La porte se referme comme si c'était irrévocable et je soupire, encore tremblante. De l'autre côté du couloir, Mason me regarde avec des yeux écarquillés.

Que vais-je faire, maintenant ?

Pas de suite à cet évènement le lendemain. Ni le surlendemain. Saint Clair continue de m'envoyer des mails sans contenu, seulement des ordres tapés aussi efficacement que possible dans la ligne d'objet.

Remettre ma réunion de 16 heures à plus tard.
Reprogrammer mes vols vers Denver.

Pourtant, je n'arrive pas à croire à mon idiotie. Laisser mon CV sur mon bureau, parmi mes autres papiers… Je mériterais presque d'être virée. Mais j'espère quand même qu'il ne le fera pas. Pas seulement parce que j'ai besoin de cet emploi et de l'argent qu'il me procure, ou parce que le fait d'être virée rendrait la recherche d'un nouvel emploi plus difficile.

Mais parce que je n'ai pas encore atteint les trois cent soixante-cinq jours dans l'entreprise, comme aime à me le rappeler le minuteur sur mon bureau, et que battre ce petit tic-tac brillant est devenu un objectif de vie. Il me reste deux semaines, et j'aurai travaillé une année entière pour Victor Saint Clair. Je suppose qu'après, ma vie sera alors vide, insignifiante même. Que fais-je d'autre quand je ne suis pas en train de livrer à mon patron une guerre dont il ne sait même pas qu'il la mène contre moi ?

Victor aime travailler sans être dérangé pendant quelques heures chaque après-midi. Toutes les réunions qui peuvent être déléguées le sont. Je refuse toute conférence téléphonique qui n'est pas strictement nécessaire. Je suis donc perplexe lorsqu'il m'appelle dans son bureau à dix-sept heures un vendredi.

Je sais qu'il n'est pas près de ralentir la cadence. Un vendredi après-midi ne signifie rien pour Saint Clair. J'ai perdu le compte des week-ends où j'ai dû travailler, aider mon patron dans ses projets, réserver d'obscurs billets d'avion, organiser son agenda.

Je recule ma chaise et lisse ma jupe crayon. Je jette un coup d'œil au bureau vide de Mason. Il est parti, parce qu'Eleanor n'a pas voulu qu'il reste plus longtemps. Elle se soucie du bien-être de ses employés.

Je me demande bien ce que ça fait.

Victor est assis à son bureau, le dos droit, les yeux rivés sur son ordinateur.

— Monsieur ?

— Asseyez-vous, Myers.

J'ai les nerfs à vif, mais je fais ce qu'il me dit et m'assois sur la chaise en face de son bureau.

— Je suis désolée.

Il me regarde depuis son ordinateur.

— De quoi vous excusez-vous ?

— Mon CV. Vous l'avez vu. Je sais que je n'aurais pas dû le laisser traîner dans le bureau.

— Non, dit-il, vous n'auriez pas dû.

— Je le reconnais et j'en suis désolée. Cela ne se reproduira plus.

Je suis sur le point de recommencer à avoir des sueurs froides sous mon chemisier de soie.

Victor hausse un sourcil.

— Même si ce n'était pas très professionnel, dit-il, je ne vous ai pas fait venir pour ça.

— Oh !

Il s'adosse à sa chaise et me regarde de la même façon que l'autre jour. Cela fait deux fois en une semaine. Je subis de plein fouet l'intensité du regard de Victor Saint Clair, ne sachant pas si j'y survivrai une troisième fois.

— Alors comme ça, vous voulez partir ?

— Non, lui affirmé-je. Je veux dire que je pourrais l'envisager dans un avenir proche. C'est un travail formidable, vraiment. Mais je pense que j'ai appris tout ce que je pouvais apprendre à ce poste. J'envisage donc de trouver un autre emploi, plus stimulant, pour continuer à progresser. Mais ce n'est pas pour tout de suite.

— D'accord. C'est parfait.

Je le fixe un long moment, le cœur battant comme si j'avais couru un marathon. Ses mots n'ont aucun sens.

— C'est... parfait, monsieur ?

— Oui. J'ai une nouvelle proposition de travail pour vous.

— Vraiment ?

Il n'a jamais exprimé que du dédain ou un manque

total d'intérêt à mon égard. Ai-je réussi à l'impressionner ? Je fais tout ce qu'il me demande et beaucoup d'autres choses qu'il ne me demande pas.

— Oui. Ce n'est pas très orthodoxe.

— Pas orthodoxe ?

Il appuie ses mains sur le bureau.

— Vous savez que mon grand-père est décédé il y a quelques mois.

— Oui, je le sais. J'ai contribué à organiser ses funérailles.

— C'est vrai. Il a laissé un testament.

— Oh !

— Un testament avec certaines… stipulations.

Je comprends.

— Vous voulez que je me mette en contact avec des avocats ?

Les traits de son visage se creusent.

— Non. J'essaie déjà depuis six mois. Ils ne feront rien.

— Oh ! Eh bien, je suis désolée.

Sa mâchoire se serre.

— Le testament de mon grand-père stipule que pour avoir accès à mon héritage, je dois être marié.

— Marié, monsieur ? Est-ce que c'est légal d'inclure ça dans un testament ?

— J'en doute, murmure Victor.

Ses mains se crispent sur le bord de son bureau.

— Mais le vieux salaud a réussi à faire que ses avocats soient d'accord avec cette requête. Ils ont cherché toutes les failles possibles pour s'assurer que mon héritage dépende de mon état civil.

— Je suis navrée, monsieur. J'imagine que ce doit être difficile.

Saint Clair ne se mariera jamais. Je le sais pour avoir travaillé pendant près d'un an avec lui. Bon sang, je le savais après avoir travaillé pour lui une semaine ! Il couchait à droite à gauche. Au cours des deux derniers mois, je lui ai organisé des rendez-vous presque toutes les semaines.

Sans parler du fait qu'aucune femme au monde n'accepterait ses longues heures de travail. Il a même passé le jour de Noël au bureau et m'a forcée à répondre à ses mails de chez moi.

Et puis il y a sa personnalité, bien sûr.

— C'est ridicule, dit-il. Mais il se trouve que j'ai décidé de m'y plier.

— De vous marier, monsieur ? Avec qui ?

— Je suis heureux que vous me posiez la question, mademoiselle Myers, dit-il.

Je remarque une pointe d'humour dans le bleu glacé de ses yeux.

— Avec vous.

2

CECILIA

— Vous voulez que je vous épouse ?

Victor croise mon regard. Je ne l'ai jamais regardé aussi longtemps. C'est terrifiant.

— Vous voulez un nouveau travail.

— Pas comme votre femme.

— M'épouser vous ferait quitter ce bureau.

— Oui, mais pas vous.

Saint Clair cligne des yeux une fois, puis son habituelle mine renfrognée s'effondre, ses lèvres se retroussent. Quelque chose scintille dans ses yeux et incroyablement, cela ne m'effraie pas plus que ça.

— J'ai toujours su que vous ne tiendriez pas un an.

Mes mains se crispent en se refermant sur elles-mêmes, mes ongles s'enfoncent dans la chair de ma paume. — Dans six jours, dis-je, ça fera une année entière que je travaille pour vous.

— Alors, vous n'avez rien à perdre.

Le mec est sérieux. Il y a un milliard de raisons pour lesquelles ce serait une mauvaise idée, et alors que je les cherche, je dis la première qui me vient à l'esprit :

— Mais vous n'êtes pas du genre à vous marier.

Ses lèvres se retroussent à moitié.

— Ce ne serait qu'un mariage blanc, mademoiselle Myers. Nous n'aurions pas réellement de relation.

— Non. Bien sûr. Je ne ferais jamais… bien sûr que non !

— Vous seriez largement dédommagée pour votre temps, dit-il. Vous êtes en position de négociation, mademoiselle Myers. Combien voulez-vous pour accepter ?

— Je ne vais pas vous épouser pour de l'argent.

— Vous avez travaillé pour moi pour de l'argent, dit-il en baissant la voix. Vous échangez déjà votre temps contre de l'argent. Je ne vous demanderais que très peu de votre temps pour ce contrat. Seulement votre nom, votre signature et l'interdiction d'épouser quelqu'un d'autre pendant un an. C'est un bien meilleur contrat que l'emploi que vous occupez actuellement.

Victor Saint Clair est tristement célèbre pour ses négociations ardues, et il ne cède pas tant que l'autre partie n'a pas accepté. J'en sais quelque chose. J'ai assisté à plusieurs d'entre elles : il harcèle, cajole et intimide son interlocuteur jusqu'à ce qu'il cède. Puis il s'en va, la victoire scintillant dans ses yeux, ayant doublé sa fortune.

Je ne m'attendais pas à être de l'autre côté de la barrière.

— Mais… on parle de mariage, là ! dis-je, dans un éclair de génie verbal. Ça n'a rien à voir avec un travail.

— On peut décider que ça en devienne un. Allez, mademoiselle Myers. Que souhaitez-vous ?

Il s'adosse à sa chaise, ses yeux se rétrécissent tandis qu'il m'étudie.

— Une toute nouvelle garde-robe ? Une année de voyage autour du monde ? Il doit bien y avoir quelque chose, plus que simplement quitter votre emploi actuel.

— Vous faites vraiment ça ? Acheter une femme ?

Il grommelle.

— Si je voulais *acheter* une femme, j'irais sur Internet. On en trouve plein à la recherche d'une carte verte. Non, je veux un contrat. Je veux quelqu'un que je connais, quelqu'un en qui je peux avoir confiance pour suivre les ordres, qui est organisé et fiable. Quelqu'un qui comprend exactement de quoi il s'agit.

— Vous avez donc pensé à moi.

— Eh bien, vous avez envoyé votre CV.

— Pas intentionnellement.

— Est-ce important ? dit-il. Vous avez dit que vous vouliez vous éloigner de moi. Eh bien, vous n'aurez plus à travailler pour moi.

Je le regarde fixement.

— Mais je serais mariée avec vous !

— Vous aurez votre propre chambre, votre propre salle de bain et votre propre espace dans mon appartement. Votre propre jeu de clés. On se verrait à peine.

— Je devrais vivre avec vous ?

La mâchoire de Saint Clair se crispe.

— C'est l'une des règles de mon grand-père. Je suis conscient que ce n'est pas très orthodoxe.

— Mais qui était votre grand-père ?

Je secoue la tête, son bureau devenant flou.

— Non, monsieur. Je ne vais pas me marier avec vous. Je ne peux pas. Je ne veux pas.

— Vous pouvez, dit-il, et vous le ferez.

— Ce n'est pas à vous d'en décider.

— Non, c'est à vous de décider, dit-il.

Et je sais qu'il ne faut pas lui faire confiance, mais je lève quand même les yeux. Il a appuyé ses mains sur le bureau et ses yeux bleus glacés sont rivés sur les miens.

— C'est l'occasion ou jamais pour commencer une nouvelle vie, mademoiselle Myers. Quittez Exciteur. Gagnez assez d'argent avec ce contrat pour faire tout ce dont vous avez toujours rêvé. Si vous ne voulez aucun contact avec moi, je ferai en sorte qu'ils soient minimaux. Vous serez mariée avec moi pendant un an et pas un jour de plus. Après tout, vous avez déjà tenu un an. Qu'est-ce qu'un an de plus ?

Mes jambes sont en coton.

Ses mots n'ont aucun sens, et pourtant ils en ont un, et c'est pour cela que je dois partir. Parce que je sais que Victor Saint Clair obtient toujours ce qu'il veut.

Et il ne m'aura pas.

— Je suis désolée, monsieur. Mais je ne suis pas intéressée.

— Prenez le week-end pour y réfléchir. Nous en reparlerons lundi.

Je force les mots à sortir une nouvelle fois.

— Non, nous n'en rediscuterons pas. Je ne suis pas intéressée.

— Bien sûr, mademoiselle Myers. Nous verrons où nous en serons la semaine prochaine.

Je secoue la tête, plus pour moi que pour lui, et me dirige vers la porte. L'atrium morne et impersonnel que constitue mon bureau ne m'a jamais semblé aussi accueillant.

— Encore une chose.

Je fais une pause, les doigts sur la poignée de la porte.

— Si vous me demandez aussi d'être la mère de vos enfants, la réponse est non également.

Le silence s'étend entre nous, et j'ai envie de m'excuser pour ces mots, mais je ne le fais pas. Parce que je les pense. Parce que qui est-il pour exiger cela de moi ?

Le regard de Saint Clair est lourd.

— Pas tout à fait. J'ai besoin que vous assistiez à la réunion de dix-neuf heures avec Tokyo. J'ai besoin que vous preniez des notes sur les fournisseurs.

— Oh ! dis-je. Bon… d'accord.

Le lendemain est une longue journée, comme peuvent l'être les samedis d'octobre, mais dans le bon sens du terme. Ma meilleure amie vient dans mon petit studio et j'ai disposé une quantité obscène de vernis à ongles sur la table basse.

Je les range sur une plateforme tournante en plastique transparent, par couleur. Les flacons forment un arc-en-ciel parfait, du rose au beige en passant par le rouge et le noir. Rien qu'en les regardant, j'ai le cœur qui bat la chamade.

— Il n'a pas dit ça ! dit Nadine.

— Il l'a dit. Je n'arrive pas à croire qu'il l'ait fait, mais je jure devant Dieu que c'est arrivé.

— Sa femme ?

— Tu sais que je ne te mentirais jamais.

— Seulement pour manger les chocolats que je m'achète.

— Je ne l'ai fait que deux fois. J'avais mes règles.

— Et je suis encore vénère contre toi.

Nadine me lance un oreiller que j'attrape en le serrant contre ma poitrine.

— Sa femme ? Il veut vraiment que tu l'épouses ?

— Oui.

Elle secoue la tête, ses tresses se défont.

— Tout ça pour un héritage ? C'est ce que je ne comprends pas. Tu m'as dit et répété à quel point ton patron est riche. Pourquoi se donnerait-il tout ce mal ?

— C'est ce que je ne comprends pas non plus. Si ce n'était pas Saint Clair, je penserais que tout ça n'est qu'une vaste fumisterie.

— Il ne te fait pas marcher, alors ?

— Il avait l'air très sérieux.

Je compose mon visage en une piètre imitation du sien, fixant ma meilleure amie avec des yeux que j'essaie de faire briller.

— *Nadine,* dis-je. *Vous échangez déjà votre temps contre de l'argent en travaillant comme mon assistante. Changer votre nom pour un an devrait être une décision facile à prendre.*

Elle cligne deux fois des yeux avant d'éclater de rire.

— Cet homme est un sociopathe. Ou un psychopathe. Je n'arrive jamais à me souvenir de la différence.

— Il n'entre dans aucune catégorie, dis-je. Il pourrait bien avoir son propre trouble.

— Non, ça lui ferait sans doute trop plaisir. Avoir quelque chose qui porte son nom.

Nadine secoue la tête et s'adosse à mon canapé, étirant sa jambe pour qu'elle repose contre la mienne.

— Il t'a au moins offert quelque chose en retour ?

— Toutes sortes de choses. Un appartement. De l'argent. Une année de voyage. Et, écoute ça, une nouvelle garde-robe.

Nadine s'esclaffe.

— Oui, parce que si l'argent ou l'appartement ne te font pas changer d'avis, de nouvelles robes de créateur le feraient certainement.

— Bien sûr. Je ne suis qu'une femme, après tout !

— Les hommes ! soupire-t-elle. Peut-être que tu pourrais profiter de cette situation pendant quelques jours. Laisse-le t'acheter un sac à main coûteux avant de refuser. C'est ta chance de lui en faire voir de toutes les couleurs après ce que tu as enduré.

— C'est toi qui saurais faire ça, dis-je. Tu peux faire ce genre de choses. Tu sais que pour moi, c'est impossible.

Elle roule des yeux.

— Tu peux, Cece. Défends-toi. Cet homme a passé presque un an à être exigeant. Il t'a fait faire des heures supplémentaires, travailler les week-ends, les vacances. Il a spécifié et exigé sa commande de déjeuner quatorze mille fois. Il t'a même fait pleurer ! Mais quand il t'a demandé d'organiser les funérailles de son grand-père, tu ne l'as pas vu verser une seule larme.

— Je ne pense pas qu'il soit capable de ressentir des émotions.

— Ce ne serait pas génial de lui prendre un peu d'argent ? De le laisser tomber avec les poches plus légères ? De le plumer, quoi !

Je lui donne un coup de genou.

— Tu es le diablotin sur mon épaule, hein ?

Elle me répond par un sourire.

— Toujours. Mais mets-toi à ma hauteur. Tu y penses ?

— Bien sûr que non ! Hors de question !

Elle attrape un flacon de vernis à ongles bleu vif.

— A-t-il dit combien il offrirait ? Je pourrais être intéressée.

Je gémis.

— Sois sérieuse !

Elle rit, dévisse le bouchon et commence à peindre paresseusement son petit doigt.

— Je suis une artiste en difficulté. Il pourrait financer tout ça. Imagine les galeries où je pourrais exposer ! J'échangerais mon nom de famille pour ça !

— Toi, la personne la moins traditionnelle que j'aie jamais rencontrée.

Nadine me fait un clin d'œil.

— Il faut bien que je continue à te surprendre !

— Eh bien, mission accomplie !

J'attrape un vernis à ongles rose pâle.

— Je ne pensais pas que tu choisirais le bleu.

Elle tend la main et admire ses ongles.

— Je travaille sur *La Charité,* en ce moment, pour ma série sur les sept vertus. C'est en train de devenir un paysage marin abstrait. J'utilise presque la même couleur.

— Comment ça se passe ? lui demandé-je.

Elle a envoyé son portfolio aux galeries d'art de la ville. Après une décennie passée à se faire lentement et péniblement un nom, Nadine en est enfin arrivée au point où elle peut exposer.

Mais c'est le cas de beaucoup d'autres artistes.

Elle soupire.

— Pas super. La plupart des galeries ne répondent pas. Certaines sont intéressées, mais pas par cette série en particulier. C'est comme tenter de gagner au loto.

Je dévisse le bouchon de mon vernis à ongles.

— Au moins, tu as tes cours au centre d'art, n'est-ce pas ?

— Oui, mais enseigner le collage à des enfants suffit *tout juste* à payer les factures, certainement pas à organiser une exposition.

Elle secoue la tête, admirant les ongles de sa main gauche.

— Mais une chose à la fois. En parlant de sujets difficiles, quand vas-tu enfin quitter ton travail pour créer ta propre entreprise ?

Je gémis en appuyant ma tête sur le canapé.

— Remue bien le couteau dans la plaie !

Nadine rit.

— Il faut quand même te pousser un peu. Depuis combien de temps travailles-tu sur ton projet ? Tu as perfectionné les noms, les logos. Tu as même des documents tout prêts que tu n'as pas encore envoyés !

— C'est un trop grand risque. Je dois avoir un emploi en même temps, sinon je pourrais tout perdre, tout l'argent que j'ai économisé. Tu sais que la plupart des nouvelles entreprises échouent.

— Mais pas toutes, Cece. S'il y a bien quelqu'un qui doit réussir, c'est toi !

— Tu as trop confiance en moi.

— Non, c'est toi qui n'en as pas assez. C'est le moment, là. De plus, tu serais ta propre patronne, tu ne travaillerais plus pour Victor Saint Clair. Quelle ironie qu'il ait le mot saint dans son nom !

Je grogne un peu.

— Très ironique !

Elle me donne un coup de genou.

— Donc, tu ne vas pas l'épouser. Mais profite de l'occasion pour quitter ton travail, au moins. Dans six mois, je veux te voir à la tête de ta propre entreprise d'assistants virtuels.

— J'ai beaucoup appris en travaillant pour Exciteur. J'ai même beaucoup appris de Victor Saint Clair.

— Génial ! Prends tout ça et sauve-toi. Tu ne lui dois rien.

Je souris en regardant mes ongles.

— Tu m'aideras à concevoir mon graphisme ?

— Bien sûr que oui ! Tu sais que ce sera un succès. Ton projet est trop bon pour qu'il en soit autrement.

— Merci, dis-je. En réalité, je crois fermement à l'idée elle-même. Une entreprise qui offre la possibilité d'acheter des tâches, c'est brillant. Besoin de réserver vos billets d'avion ? Envoyez-nous les informations et nous le ferons pour vous. Besoin de trouver la meilleure entreprise de toilettage pour chiens à Seattle ? Nous vous enverrons une liste détaillée en une heure. Besoin de négocier avec votre opérateur de câble ? Nous nous chargeons de l'appel téléphonique.

« Les clients pourraient s'abonner ou payer des frais ponctuels. C'est pratique pour eux, et c'est pratique pour moi et mes employés potentiels, qui pourront habiter à travers tout le pays.

« Des gens comme moi qui aiment l'organisation et la recherche. Des clients qui ont trop peu de temps et trop de tâches à accomplir.

« L'idée en soi est bonne. C'est la concrétisation que j'ai peur de gâcher, car si j'ai appris une chose de mon expérience en tant qu'assistante, c'est que les affaires marchent rarement comme sur des roulettes.

Nadine et moi passons le reste de l'après-midi à glander avant de nous préparer pour la soirée. Avec elle, on ne sait jamais où se terminera une soirée, alors j'ai renoncé à planifier. J'enfile une jupe courte noire, j'y rentre un chemisier en soie et passe un coup de brosse dans mes boucles brunes.

— Un joli trait d'eyeliner ! crie Nadine.

Elle se maquille dans mon salon, affalée sur le canapé.

— Oui, maman !

Je réponds, mais je fais ce qu'elle me dit, et l'effet est saisissant. Elle m'a aidée à perfectionner la technique il y a quelques mois et depuis, c'est mon look de sortie par excellence, qui fait ressortir mes yeux verts.

— Tu imagines ? J'ai reçu ma première demande en mariage aujourd'hui. Je me sens comme un personnage d'un roman de Jane Austen. Je refuse des demandes en mariage importunes !

Nadine passe la tête par la porte de la salle de bains.

— Oui. Et puis, tout comme une héroïne de Jane Austen, tu vas descendre des martinis au Temple.

— En pratique, le thé de l'après-midi, ma chère.

— Tu penses que ton prétendant va venir te voir ?

Elle bat de ses longs cils.

— Te laisser sa carte de visite ?

— Si ce n'est que sa carte de visite, je n'en veux pas.

Elle disparaît vers mon canapé. Nos robes sont étalées sur mon lit, coincé dans l'angle de mon minuscule appartement. Je retourne à mon maquillage. On s'applique en silence pendant quelques minutes.

— Oh mon Dieu ! Cecilia ! Oh mon Dieu !

— Quoi ?

Je jette un coup d'œil hors de la salle de bain, pour la voir debout en sous-vêtements près du lit, son téléphone à la main.

— Je viens de recevoir un e-mail de la galerie Francis Hunt. Ils m'invitent à exposer avec eux !

— Nadine, c'est incroyable ! Tu es sérieuse ?

— Oui. C'est… oui. Oh, mon Dieu ! Mais il va falloir que je trouve de l'argent. Les artistes doivent payer la moitié des frais d'exposition.

— Vraiment ?

— Oui. Oh, mon Dieu ! Ça coûte plusieurs milliers de dollars d'exposer là-bas. Mais c'est une si bonne occasion !

Je m'enfonce dans le canapé.

— Vraiment ?

— Oui. La plupart des artistes se rattrapent sur les ventes. Je pourrais peut-être le faire ? Mais je n'ai pas cet argent.

Elle passe une main sur sa joue rougie, en respirant profondément.

— Mais d'une façon ou d'une autre, il faudra que je le trouve. Je vais faire heures supplémentaires, je suppose. Donner des cours toute la nuit !

J'acquiesce, me sentant vide à l'intérieur. Parce que je connais déjà la meilleure façon de réaliser ses rêves professionnels, et peut-être même les miens par la même occasion.

— Nous trouverons un moyen, lui dis-je. C'est ton rêve.

3

CECILIA

Mes mains tremblent autour de la tasse de café. Torréfaction foncée, grains colombiens, sans sucre, sans crème. C'est comme ça qu'il le veut. Sauf que cette fois, il l'aura avec une part de victoire.

Je jette un coup d'œil dans le miroir de l'ascenseur : mon reflet habituel s'offre à moi. Cheveux bruns coiffés en arrière en un chignon bas, fard à joues rose, eyeliner marron, rouge à lèvres nude et une jupe crayon grise avec un chemisier blanc. J'ai l'air de l'assistante d'un homme haut placé. Depuis des années, c'est mon travail. J'aide quelqu'un d'autre à être au sommet.

Il est peut-être temps que je ressemble plutôt à une chef d'entreprise.

De l'argent pour ma propre entreprise, de l'argent pour l'art de Nadine, et une dernière chose. La chose qu'il va détester le plus.

Le mentorat.

Je n'aime pas Saint Clair, mais il est le meilleur dans ce qu'il fait. Il négocie comme si c'était sa langue maternelle. Il réduit les coûts et augmente les marges de profit. J'ai plus appris de lui au cours de l'année écoulée que de Tristan Conway avant lui. C'est juste que ça n'a pas été aussi facile.

Le bureau de Mason est vide en face du mien. Eleanor ne le fait jamais venir avant sept heures et demie, alors il n'y a que moi et mon foutu lève-tôt dans son bureau. Je me demande quelles avancées à la conquête du monde il a déjà menées à cette heure matinale.

A-t-il licencié tout un service Exciteur ? Acheté une autre société ? Envahi le Portugal ? Tristan faisait les choses avec tact, même si c'était quelquefois un peu direct.

Saint Clair est impitoyable, en comparaison.

Je frappe à sa porte et elle s'ouvre. Il est assis derrière son bureau, les jambes croisées et un dossier sur les genoux. La chemise bleue qu'il porte est de la même couleur que ses yeux.

Il est impossible de détourner le regard de lui.

Ma main tremble de plus en plus et je serre mes doigts fermement autour de la tasse de café. Ce n'est qu'une transaction comme une autre. Je n'ai pas besoin de me demander le pourquoi du comment. Tout ce qu'il faut que je fasse, c'est de me concentrer sur ce que je vais y gagner : la chance de changer ma vie et celle de ma meilleure amie. Nadine est une artiste brillante qui se bat depuis dix ans pour réussir.

C'est sa grande chance.

Saint Clair lève les yeux de son dossier.

— Bonjour, Cecilia.

Je ne pensais même pas qu'il connaisse mon prénom, et d'ailleurs, il ne dit jamais bonjour, ce n'est pas bon signe. Cela signifie qu'il s'est préparé, comme il le fait toujours avant les négociations. Sauf que cette fois, ce n'est pas moi qui ai fait les recherches à sa place.

— Bonjour, dis-je.

Je force mes jambes à se mettre en mouvement et pose son café.

— Excellent. Merci.

Je le fixe. Il ne m'avait jamais remerciée pour quoi que ce soit avant aujourd'hui.

Saint Clair me regarde avec cette détermination froide.

— Asseyez-vous et reprenons où on s'est arrêtés la semaine dernière.

Si je le laisse faire, il prendra le contrôle de cette conversation. Je l'ai déjà expérimenté trop souvent.

J'agrippe le dossier de la chaise et je le regarde droit dans les yeux.

— J'ai trois conditions.

Il pose son dossier.

— Allez-y, énumérez-les-moi.

Dans ma tête, j'entends le ricanement d'une chercheuse d'or. Mais l'homme d'affaires impitoyable que j'ai en face de moi ne se préoccupe pas de l'opinion des autres. Je l'ai vu mettre une pression de folie à ses fournisseurs ou à ses clients pour le moindre centime. S'il est capable de le faire, je le suis aussi.

— Je veux le double de mon salaire annuel, dont la moitié d'avance.

Sa mâchoire tranchante s'incline une fois en signe d'acquiescement.

— D'accord.

J'ai donc demandé trop peu, mais même cette somme me semble vertigineuse. Pour l'exposition d'art de Nadine et ma start-up.

— Ma deuxième condition. Je connais une galerie d'art dont je veux que vous soyez le mécène.

Un sourcil se lève.

— Du mécénat ?

— Oui. Allez à la galerie Francis Hunt de temps en temps, dis-je en me raclant la gorge. Assistez à un vernissage et achetez quelques tableaux, invitez quelques-uns de vos amis célèbres. Créez un peu de buzz, vous voyez, n'est-ce pas ?

Il fait un autre signe de tête.

— Précisez tout ça dans le contrat et je l'examinerai. C'est tout ?

— Une dernière chose, dis-je. Je veux que vous soyez mon mentor.

Victor Saint Clair me regarde fixement.

— Vous voulez que je fasse quoi ?

Je le répète, mes mains se resserrant sur le dossier de la chaise.

— Quand vous n'êtes pas à Exciteur, vous dirigez une société de capital-risque prospère. J'aimerais créer ma propre entreprise et j'ai besoin de vos conseils.

Ses lèvres se retroussent.

— Vous voulez que je sois un partenaire silencieux ?

— Non. Je ne veux pas que vous investissiez.

Pas quand je sais à quel point il peut être impitoyable. Il est hors de question que Saint Clair possède la moindre part de ma nouvelle entreprise.

— Vous voulez de mon temps, dit-il.

Ça va être difficile à obtenir…

— Oui. Je veux que vous soyez disponible une fois par semaine pendant l'année de notre mariage pour que je vous pose toutes les questions que je pourrais avoir sur mon entreprise. Je veux des évaluations impartiales et professionnelles.

— Vous voulez créer une entreprise !

— Oui.

Ses yeux se rétrécissent.

— Vous vous y connaissez, au moins, en gestion d'entreprise ? Un peu ?

— J'ai une licence en gestion d'entreprise, dis-je. J'ai travaillé dans plusieurs sociétés avant Exciteur, et j'ai vu de près comment monsieur Conway et vous travaillez. Je suis prête à créer ma propre entreprise.

Je ne sais pas si je suis vraiment prête, en réalité.

Mais en affaires, il faut faire semblant jusqu'à ce qu'on y arrive.

Saint Clair se lève pour ajuster sa cravate et le ton de sa voix est arctique.

— Vous avez clairement indiqué que vous vouliez vous éloigner de moi, mademoiselle Myers. Ce n'est pas pour négocier plus de temps avec moi. Non. Je vais plutôt doubler la somme. Deux cent mille et le patronage d'une galerie d'art.

— Non, dis-je.

J'ai un goût de sang dans la bouche et je me sens prête à m'enfuir. Il hausse un sourcil.

— Non ?

— Non. On peut faire nos séances de questions-réponses une fois toutes les deux semaines. Mais elles auront lieu, ou vous pouvez vous trouver une autre épouse à louer.

Nos yeux se croisent, le bleu glacé de son regard me saisit. Je veux courir vers la sécurité du couloir à l'extérieur de son bureau, vers le mien, mon sandwich à moitié mangé et vers les yeux bienveillants de Mason. Mais je reste et je le regarde tout comme lui me regarde. Comme il me l'a enseigné.

— Une séance de deux heures par mois, dit-il, la mâchoire tendue. Et deux courtes sessions de quinze minutes. Vous devrez les programmer avec ma nouvelle assistante.

— D'accord.

— C'est tout, alors ? Ou voulez-vous que je sponsorise aussi une autre entreprise de votre amie ?

Son ton revêt une sécheresse que je n'ai jamais entendue auparavant. Mais c'est peut-être la première fois que nous avons une conversation avec plus que des monosyllabes.

— Non, ce sera tout.

— Alors, marché conclu. Félicitations, mademoiselle Myers. Vous allez vous marier. Je vais demander à mes avocats de vous envoyer des documents à lire. Contrat prénuptial et clauses types.

Il ouvre à nouveau le dossier sur ses genoux, me congédiant.

— Préparez-moi tout ça. Vous connaissez mon emploi du temps.

Je lâche la chaise.

— Oui, en effet. Dois-je également me rapprocher de vos avocats pour le contrat de mariage ?

— Oui.

— Irving ou Hardmann ?

— Irving.

Il referme le dossier d'un coup sec et prend son café.

— Faites venir mon rendez-vous de huit heures directement quand il arrivera.

— Oui, monsieur.

Juste comme ça, j'ai accepté d'épouser mon patron.

— Hôtel de ville ?

Il s'est remis au travail, les yeux rivés sur son écran.

— Oui. Un rendez-vous en milieu de journée, si vous le pouvez. Je veux éviter les bouchons.

— D'accord.

Mes joues sont encore rouges à l'arrivée de Mason. Il s'arrête devant mon bureau et son sourire s'efface en voyant mon expression pincée.

— Salut, Cecilia. Tout va bien ? Tu ne t'es pas fait virer, n'est-ce pas ?

J'émets un demi-rire.

— Non. Pas vraiment.

Non, j'ai un mariage à organiser.

Le mien.

4

VICTOR

Ma main se crispe sur le téléphone.

— Oui, j'en suis sûr.

Irving prend une grande inspiration à l'autre bout de la ligne.

— Saint Clair, une grande partie de ce contrat est indéfendable devant un tribunal.

— Je m'en rends bien compte.

— L'accord que vous concluez ici est... au-delà du champ d'application de la loi.

C'est une bonne façon de le dire. Payer quelqu'un pour qu'il vous épouse n'est pas illégal, mais ce n'est pas couvert par les clauses standard.

— Je suis au courant, dis-je. Mais je veux que ce soit écrit. Que ça ait l'air légal.

— Monsieur, je...

— Je ne trompe pas mademoiselle Myers. Elle est parfaitement consciente de ce qu'elle a accepté. Le but du contrat est de s'assurer que nous respectons tous les deux nos engagements.

— C'est vrai. Oui.

— C'est entre deux personnes, dis-je. Disons que je lui fais un cadeau de cent mille dollars. La moitié à une date, l'autre moitié à la fin de l'année. Ne faites pas mention du mariage.

— Je ferai ce que vous voulez, dit Irving.

Une autre pause à l'autre bout du téléphone, et je lève les yeux au plafond. Il va dire quelque chose maintenant, comme il le fait toujours, que je vais devoir balayer d'un revers de la main.

C'est un bon avocat spécialisé dans les affaires familiales. L'un des meilleurs de la ville. Il était l'avocat de mon père et celui de mon grand-père. Il est clair qu'il a été l'un des avocats consultés pour l'exigence de ce mariage dans le testament.

Mais il ne peut s'empêcher de donner son avis sur des choses qui n'ont rien à voir avec la loi.

— J'ai parlé à la dame en question, dit-il avec un ton cassant. C'est une jeune femme responsable et motivée. Je pense que vous avez bien choisi, Saint Clair.

— Mais ?

— Mais il est clair qu'elle ne comprend pas pourquoi vous faites ça. Je pense que lui en expliquer la raison l'aiderait à accepter la décision.

— Elle a déjà accepté.

— Elle a donné son accord verbalement, dit-il. Mais elle ne vous a pas encore dit oui devant un célébrant.

Je passe une main sur la barbe de ma mâchoire. Il n'a pas tort. Tant que je n'aurai pas l'acte de propriété de la maison de mon grand-père en main, je ne pourrai pas baisser ma garde.

À propos d'elle.

— Noté, dis-je.

— C'est bien. Je vais rédiger le contrat et vous l'envoyer d'ici la fin de la journée.

Nous raccrochons et je fixe la boîte de réception sur mon écran. Organisée et triée, elle est presque vide. Mademoiselle Myers s'occupe de la plupart de mes communications. Ma correspondance. Mon emploi du temps.

Elle le fait depuis mon premier jour à Exciteur comme remplaçant de Tristan. Cet imbécile au cœur tendre a démissionné, tout ça parce qu'il sortait avec une stagiaire de l'entreprise.

Ce n'était même pas une violation des droits de l'homme.

— Pour la mettre à l'aise, nous a-t-il dit. Je veux que tout se passe dans la légalité.

Il a perdu. Exciteur était en position de domination quasi mondiale dans le monde du conseil et s'il ne voulait pas être à la barre de ce navire, plein de gens étaient prêts à le remplacer. Moi le premier.

Mademoiselle Myers faisait partie du deal, tout comme la décoration de son bureau. Une jeune femme mièvre qui n'a jamais eu les cheveux en bataille, qui s'habille comme si elle voulait être invisible, se fondre dans la masse.

Et maintenant, ma future femme.

Je passe une main sur mon visage. La semaine dernière, dormir a été un enfer, comme toujours lorsque les souvenirs se rappellent à vous. Sans parler de la bombe à retardement. Des mois se sont déjà écoulés depuis la lecture du testament de mon grand-père.

J'aimerais pouvoir laisser tomber.

Pouvoir appeler mademoiselle Myers et lui dire qu'elle est tirée d'affaire, qu'elle n'est pas obligée de m'épouser, qu'elle peut partir et vivre sa vie en faisant du crochet, en réorganisant ses étagères ou tout ce qu'elle peut bien faire pour s'amuser.

Mais c'est impossible.

Parce qu'alors, cette foutue maison passera à Charlotte, avec ses couleurs criardes et son discours sur les maisons qui changent. Elle détruira l'endroit. Elle démolira le bureau de Grand-père et jettera tous ses livres. Elle installera une piscine dans la roseraie !

Il fut un temps où j'aurais voulu réduire l'endroit en cendres.

Et maintenant, je suis prêt à épouser ma propre assistante pour l'obtenir. Si Grand-père me voyait maintenant, je ne sais pas s'il en rirait ou s'il me maudirait pour avoir trouvé une faille dans son testament.

Certainement les deux.

Mon esprit parcourt la liste des femmes avec lesquelles j'ai eu des rendez-vous au cours des six derniers mois. Plus que jamais auparavant. Il n'y en aura plus jamais autant.

Il s'agissait de conversations idiotes sur des sujets idiots avec des femmes qui me connaissaient à peine.

Des mondaines, des femmes d'affaires et même quelques mannequins, qui ont toutes accepté de sortir avec moi à la simple évocation de mon nom. Mais prétendre être intéressé par quelque chose à long terme me dépasse.

Donc…

Mademoiselle Myers. Cecilia. Avec ses chemisiers élégants et son efficacité infaillible. Qui m'a répondu quand je lui ai fait l'offre.

Qui est venue dans ce bureau pour négocier avec moi, campant sur ses positions, même si j'étais sûr qu'elle aurait plié comme un château de cartes si j'insistais.

Elle s'est trouvé une colonne vertébrale sous toute cette soie pâle.

Ce qui est bien plus ennuyeux, c'est que je dois engager une nouvelle assistante, qui devra être formée. Ce qui signifie que je vais être amputé d'un membre pendant quelques mois et pour autant continuer à travailler…

Un léger ding sur mon ordinateur m'annonce l'ajout de nouveaux événements à mon emploi du temps.

Mariage. 13 heures. Bureau du greffier municipal. Participants : Cecilia Myers (confirmée), Victor Saint Clair (en attente).

Je coche la case pour confirmer ma présence. Je réponds à mes propres noces. Cela me fait presque sourire.

Puis mon calendrier se remet à clignoter.

Dîner de prémariage au Salt. 19 heures.
Participants : Cecilia Myers (confirmée), Victor Saint Clair (en attente).

Je décroche mon téléphone et appuie sur le seul chiffre qui me connecte à mon assistante.

— Oui ?

— Venez me voir, dis-je.

La porte du bureau s'ouvre quelques instants plus tard et mademoiselle Myers entre. Ses cheveux sont aujourd'hui coiffés en une queue-de-cheval. Elle porte un pantalon gris et un blazer assorti. Elle a l'air d'une assistante.

Ma fiancée, mesdames et messieurs.

— De quoi avez-vous besoin ?

— Vous avez prévu un dîner de prémariage, dis-je.

Ses mains se tordent devant elle, mais elle croise mon regard.

— Il faut qu'on parle.

— De quoi ? Il n'y a pas d'ordre du jour à cette réunion.

— Pas à propos des affaires. De nous. Nous sommes pratiquement des étrangers.

Je fronce les sourcils.

— Ce n'est pas le cas.

— Quel est mon prénom ?

— Cecilia, dis-je.

Ça sonne bizarrement dans ma bouche.

— Où j'habite ?

— De la quinzième, vous passerez à la 5e Avenue. Avec moi.

Elle secoue la tête, et il y a des flammes dans ses yeux. Les mêmes que celles qu'elle avait lors de notre négociation.

— Je ne vais pas vous épouser dans ces conditions. Nous devons nous asseoir. Parler de l'année à venir. Des attentes et… des règles. Des limites. Vous pouvez tout de même vous permettre de prendre une soirée de repos.

Je m'adosse à ma chaise. Peut-être que je peux, si elle me montre un peu plus ce côté d'elle.

— D'accord.

— Très bien, répète-t-elle.

— Il n'y a rien d'autre ?

— Non, ça ira.

Elle acquiesce et se tourne, et mes yeux font quelque chose qu'ils n'ont jamais fait auparavant. Ils tracent les lignes de son corps et l'imaginent sous le tissu. A-t-elle des fossettes à la base de la colonne vertébrale ? Son pantalon est ample, mais il s'étire sur un cul ferme lorsqu'elle marche.

La porte se referme derrière elle et je la fixe pendant quelques secondes. Mademoiselle Myers.

Je dois être en train de perdre la tête.

Salt est mon restaurant habituel pour les réunions d'affaires. Le genre de réunions qu'il est préférable de tenir en dehors de l'environnement du bureau, où un verre de vin ou quatre font la part belle aux clients, aux fournisseurs et à tout ce qui se trouve entre les deux.

Je ne sais pas si c'est drôle ou ironique que Cecilia ait réservé ici pour notre entretien, mais je me lasse de répondre à mes courriels sur mon téléphone en l'attendant.

— Un autre gin-tonic, monsieur ? demande l'hôtesse.

— Oui.

Elle bat des cils et emporte mon verre vide.

Je jette un coup d'œil à ma montre. Elle a sept minutes de retard. Et mademoiselle Myers n'est jamais en retard.

J'en suis à la moitié de mon deuxième gin-tonic quand elle arrive, se faufilant entre les tables, les joues rougies.

Ses cheveux sont défaits.

Pendant toute une année, je ne pense pas qu'ils l'aient jamais été. Ils tombent en vagues bouclées acajou autour de son visage, encadrant des joues roses et une bouche douce. Elle s'est maquillée aussi. Clairement. Parce qu'elle n'était pas comme ça au bureau.

Je l'aurais remarqué.

— Désolée pour le retard.

Elle manque le serveur qui se dépêche de tirer sa chaise et s'assoit. Elle le remarque une seconde plus tard.

— Oh non, je vous ai devancé ? Je suis désolée.

— Pas de problème, mademoiselle. Puis-je prendre votre manteau ?

— Oui, s'il vous plaît, ce serait charmant.

Elle l'enlève en haussant les épaules, révélant un chemisier de soie bleu foncé. Plusieurs boutons sont défaits et j'entrevois un soutien-gorge en dentelle.

— Merci.

— De rien. Je reviens tout de suite avec le menu.

Elle lui sourit comme s'il avait découvert un remède contre le cancer. Le sourire disparaît lorsqu'elle se concentre sur moi.

— Je suis désolée. Le métro s'est arrêté entre deux stations.

— Vous avez pris le métro ?

— Oui, c'est une petite invention pittoresque.

Mais elle se souvient d'elle-même et son bref trait d'humour s'estompe.

— Je ne crois pas être déjà venue manger au Salt. J'y ai seulement réservé pour vous. Vous savez, j'ai parlé au maître d'hôtel une centaine de fois et pas une seule fois je ne l'aurais imaginé avec une moustache pareille.

Mes lèvres se retroussent.

— Mademoiselle Myers, vous avez dit que vous vouliez que nous parlions.

— Tout à fait, dit-elle en ouvrant le menu.

Ses mains le tiennent fermement.

— J'ai toujours voulu essayer les raviolis aux champignons qu'ils servent ici. Vous ne pourriez pas me dire comment ils sont, bien sûr. Vous n'aimez pas les champignons.

Je la fixe un long moment avant que les mots d'Irving ne résonnent dans ma tête. Le mariage a lieu dans deux jours. Il faut qu'elle dise oui, ce qui veut dire que je ne peux pas simplement lui demander pourquoi elle voulait qu'on se voie ce soir. Je dois la séduire.

Nous sommes encore en train de négocier.

— C'est vrai, dis-je. Je n'aime pas ce goût terreux.

Ses yeux rencontrent les miens par-dessus le bord de son menu.

— Laissez-moi deviner. Vous allez prendre le bœuf Wellington avec un verre de Merlot 2006 ?

— Oui, vous le savez et pourtant, vous nous accusez d'être des étrangers.

— Je sais ce que vous aimez et ce que vous n'aimez pas, dit-elle. Ça ne veut pas dire que nous nous connaissions vraiment.

— C'est vrai. Ce soir, je suis un livre ouvert. Que voulez-vous savoir ?

Elle baisse son menu.

— Vous êtes un livre ouvert.

— Bien sûr.

— Vous êtes ce qu'il y a de plus éloigné d'un livre ouvert que j'aie jamais vu.

Je passe une main dans mes cheveux.

— Eh bien, je vais essayer. Si vous avez besoin de ça pour vous sentir plus à l'aise avec l'avenir, alors, je le ferai.

— Pour me sentir à l'aise ?

— Oui. Avec le mariage.

— Le mariage, murmure-t-elle. J'ai quelques questions. À propos de… Bonjour.

Le serveur nous fait un sourire d'excuse et nous demande nos commandes. Je lui donne les deux nôtres et demande une bouteille de Merlot 2006.

Nous aurons besoin de plus qu'un simple verre pour cette discussion.

— Votre question ? lui dis-je.

Les joues de Cecilia s'échauffent. Cela leur arrive souvent, semble-t-il. Encore une chose que je n'avais pas remarquée.

— Vous êtes très discret, mais vous voulez que nous vivions ensemble. Comment cela va-t-il se passer ?

Je résiste à l'envie de soupirer.

— Comme je l'ai dit, vous aurez votre espace et moi le mien. L'appartement est assez grand pour nous deux. Tout se passera au mieux.

Il le faudra bien, car je n'ai pas le choix. De plus, tout ce dont nous avons besoin, c'est qu'elle soit officiellement inscrite à mon adresse. Je peux toujours dormir à l'hôtel si c'est trop difficile.

Exilé de mon propre appartement. Mon Dieu !

— Je peux venir avec mes affaires ?

— Les choses dont vous avez besoin, oui. Mais l'endroit est entièrement meublé. Je paierai pour l'entreposage du reste de vos affaires pour l'année.

Cecilia acquiesce. Ses doigts se recourbent autour du pied de son verre à vin : fins et pâles et du vernis à ongles transparent. Aucune bague sur ses doigts.

— Comment allons-nous expliquer ça ?

— Expliquer ?

— Oui, aux gens qui nous entourent.

Je hausse les épaules.

— Personne dans ma vie ne pose de questions. Vous pouvez l'expliquer comme bon vous semble à vos proches.

Son regard se fixe sur le mien, ses yeux s'écarquillent.

— Vraiment ?

— Oui. Le contrat ne spécifie rien sur le secret. Vous pouvez dire à vos amis que c'est un mariage de convenance, si vous voulez. Ça ne me dérange pas.

— Eh bien, ce n'est pas… d'accord, alors. Je suppose que je verrai quand j'en serai là. Ce n'est pas simple à expliquer.

Je hoche la tête, même si cela semble assez facile. Pas très orthodoxe, certes, mais c'est une transaction commerciale, après tout.

— Les gens de l'entreprise pourraient propager des ragots.

Je hausse encore les épaules.

— Seulement s'ils le découvrent. D'ailleurs, aucun d'entre eux ne me dira quoi que ce soit.

— Non, je suppose que c'est vrai.

Un demi-sourire se dessine sur ses lèvres. Cela me gêne.

— Que voulez-vous dire par là ?

— Rien, dit-elle en secouant la tête. C'est juste que… je ne savais pas que vous étiez conscient de votre réputation.

— Ma réputation ?

— Eh bien… les gens ont peur de vous.

Je grogne.

— Seulement parce que je peux les faire renvoyer.

— Oui, dit-elle. Seulement à cause de ce détail.

Quand le repas arrive, mon bœuf est aussi bon qu'à l'accoutumée.

Je viens ici assez souvent pour qu'ils n'aient plus à me demander mes préférences.

— Du parmesan frais ? demande le serveur.

Cecilia acquiesce et nous regardons tous les deux le serveur râper un bloc de parmesan frais dans son assiette. Ils échangent un sourire lorsqu'il a terminé, comme s'il venait d'escalader le mont Everest et pas de faire son travail bien rémunéré.

— Faites-moi savoir si vous avez besoin d'autre chose, lui dit-il.

— Je n'y manquerai pas. Merci encore.

— Avec plaisir.

Son regard glisse vers moi.

— Bonne soirée, monsieur.

Je suis venu chez Salt plus de fois que je ne peux m'en souvenir, et je n'ai jamais vu un tel niveau de service de leur part. Ils sont généralement rapides. D'un point de vue commercial. Mais pas vraiment aimables.

— Il est gentil, dit Cecilia.

Elle se penche plus près de son plat et prend une profonde inspiration. Une mèche de cheveux noirs tombe de derrière son oreille et s'enroule autour de son cou.

— Vous ratez quelque chose, Saint Clair. Champignons ou pas, ces pâtes sentent très bon.

Je fronce les sourcils.

— M'en tenir à ce que j'aime est une stratégie qui a fait ses preuves.

— Oui, murmure-t-elle, et Dieu vous garde, vous avez une stratégie pour vos repas aussi !

Les revoilà, ces flammes, et je la regarde fixement pendant qu'elle coupe ses pâtes. Elle a dit que les gens ont peur de moi. C'est vrai ?

Nous mangeons en silence pendant un moment, puis elle se redresse et croise mon regard.

— Alors… et les autres ?

— D'autres personnes ? Ceux à qui vous voudriez le dire ?

Elle fait tourner son verre de vin par le pied.

— Non. Je veux dire, je ne m'attends pas à ce que vous soyez célibataire pendant un an. Sommes-nous tous les deux autorisés à sortir ? Votre avocat m'a envoyé le contrat, mais il ne mentionne pas les rendez-vous.

— Les rendez-vous sont autorisés, pour nous deux. Mais je préférerais que ça se passe en dehors de l'appartement.

— D'accord, et pareil pour vous ?

Cela me convient. L'équité, c'est l'équité, après tout.

— Oui.

Elle acquiesce, embroche un ravioli et le porte à ses lèvres.

Elles sont brillantes, ce soir, reflétant l'unique bougie allumée entre nous sur la table.

Est-ce qu'elle sort avec quelqu'un ?

Il y a une semaine, je n'aurais pas pu répondre à cette question. Maintenant, avec elle en face de moi, chemisier à moitié boutonné et lèvres brillantes, je ne sais pas. Je ne sais pas non plus si j'ai envie de le savoir.

— Il y a une chose que je n'arrive pas à comprendre.

Je coupe mon steak et j'avale le commentaire qui vient naturellement. Une seule ?

— Pourquoi voulez-vous tant votre héritage ? Vous êtes déjà riche, dit-elle. Alors, pourquoi faire ça ?

Ses mots trahissent une ignorance de mon monde qui ferait sourire un autre homme. Moi, elles m'agacent. Parce qu'en apparence, elle a raison.

Il y a être riche et être fortuné, et mon grand-père était de la deuxième catégorie. Il a gardé intacte la fortune de la famille Saint Clair pendant des décennies. La fortune de mon père était une protection. La fortune dont on m'a rabâché l'histoire indéfiniment pendant toute ma vie.

Mais je n'en ai pas besoin.

Je peux vivre mieux que la plupart des gens avec ce que j'ai, ce pour quoi j'ai travaillé. Il est difficile de se défaire de la fortune, mais ce n'est pas impossible.

— Il n'y a pas que l'argent, dis-je. Il y a aussi une maison.

— Une maison ?

J'attrape le col de ma chemise et je défais le bouton du haut.

— Oui. À Long Island.

Cecilia repose son menton dans sa main, le regard fixé sur moi.

— Et vous ne l'obtiendrez pas si vous n'êtes pas marié ?

— Exactement. Mon grand-père avait certaines… idées. Je suis sûr que c'est une façon de s'assurer qu'elles seront suivies, même depuis sa tombe.

Sa voix se fait plus grave.

— Je suppose que notre contrat ne faisait pas partie de son plan.

— Sans doute pas.

J'attrape mon verre de vin, regardant le rouge profond tourbillonner.

— Comment étaient les champignons ?

— Terreux, dit-elle, et délicieux.

— Vous vous êtes mise sur votre trente-et-un, ce soir.

Mes yeux dérivent vers le bas, là où la jupe moulante s'arrondit autour de ses formes comme ne le font jamais ses jupes crayon droites au travail.

Elle passe une main sous son chemisier.

— Oh ! Je sors, après.

— Vous sortez ? Où ça ?

— Dans un bar.

Ses joues sont à nouveau rougies par la vie, ses yeux s'illuminent.

— Ma meilleure amie a insisté pour organiser un enterrement de vie de jeune fille.

Je la regarde fixement, cette femme que je n'ai jamais vue que comme mon assistante, avec des lèvres pulpeuses et de longs cheveux ondulés.

Elle nous a accusés d'être des étrangers. C'est peut-être le cas.

5

CECILIA

Un an après avoir commencé à travailler pour Victor Saint Clair, je lui remets ma lettre officielle de démission. Je l'épouse également.

Je n'ai donc pas vraiment l'impression d'avoir gagné lorsque je remets la minuterie de mon ordinateur à zéro et que je commence le décompte d'une nouvelle année avec lui.

— Tu peux encore faire marche arrière, murmure Nadine à mes côtés.

Elle a été un roc au cours de la semaine écoulée, constante dans ses conseils, ses plaisanteries et ses loufoqueries.

Elle pense que je suis devenue complètement folle.

Elle m'a aussi promis d'être à mes côtés à chaque étape.

— Je n'en ai pas l'intention, dis-je.

Je porterai une robe gris tourterelle. Le blanc n'allait pas du tout. Un jean était encore plus inapproprié. Je me présenterai donc avec ma robe grise et mes escarpins de travail noirs à la mairie.

Mon souhait le plus cher était de me marier en plein air, près de l'endroit où j'ai grandi, dans le parc. Près du lac. Lorsque j'étais enfant, ma mère et moi nous asseyions souvent là pour observer les cygnes, moi lisant et elle méditant.

D'une certaine manière, le contraste avec aujourd'hui me rassure.

Ce n'est pas un mariage. C'est la signature d'un contrat et un moyen d'obtenir ce dont j'ai besoin.

Nadine organisera son exposition d'art. Je créerai ma propre entreprise.

— Si c'est ce que tu veux, alors, fais-le. Je sais que tu peux le faire.

Nadine se met sur la pointe des pieds et réarrange mon bandeau.

— Ce n'est qu'un homme, et il ne peut plus te renvoyer. N'oublie pas que c'est lui qui a besoin de toi.

— Pour une maison, dis-je, et nous sourions tous les deux.

L'idée que Victor Saint Clair se soumette au mariage pour hériter d'une maison semble ridicule.

Et rassurante à la fois. Cela signifie que sous ses paroles acerbes, il y a de l'humanité. Un vrai sociopathe ne se soucierait pas d'une maison, n'est-ce pas ?

Mais encore une fois, je ne l'ai pas vue. Peut-être que c'est la maison dans laquelle F. Scott Fitzgerald a vécu et qu'il veut la transformer en un musée de plusieurs millions de dollars.

Je secoue la tête.

— Sortons d'ici. Il nous attend.

Mes mains sont moites lorsque Nadine et moi sortons des toilettes. Nous marchons dans le couloir vide et impersonnel jusqu'à la salle où ils nous attendent.

Saint Clair se retourne au grincement de la porte. Il porte le même costume que d'habitude et d'épais cheveux blond foncé se dressent sur son front.

Il fronce les sourcils en me voyant.

S'attendait-il à voir du blanc ? Ou que je me sois magiquement transformée en l'un des mannequins qu'il fréquente régulièrement ?

Eh bien, qu'il aille se faire voir ! Il a besoin de quelque chose. J'ai besoin de quelque chose. C'est une affaire commerciale, comme toutes celles qu'il a passé sa vie à conclure. Après deux ans à faire le sale boulot pour Tristan Conway et Victor Saint Clair, j'ai enfin appris quelque chose.

Ce n'est pas grave si c'est moche. Ce qui compte, c'est que ce soit fait.

— Voici mon amie et témoin, Nadine Willows.

Saint Clair fait un signe de tête à Nadine en boutonnant sa veste de costume.

— Lui sera notre deuxième témoin.

L'homme à sa droite me fait un signe de la main avant de remettre ses mains derrière le dos. Ils se tiennent à plus d'un mètre cinquante l'un de l'autre.

Ce n'est donc pas un ami.

Un homme souriant d'âge moyen entre, lunettes sur le nez.

— L'heureux couple ! dit-il. Je suis honoré d'être ici aujourd'hui.

Mon regard passe de lui au visage stoïque de Saint Clair et le rire me monte à la gorge, mêlé de nervosité, de panique et sans doute d'un peu d'hystérie.

— Vous devez en célébrer beaucoup ? demande Nadine. Plusieurs par jour ?

Notre célébrant rit.

— Oui, mais je suis toujours honoré. Prêt à commencer ?

Je me tourne vers Saint Clair. Il s'appelle Victor, mais je ne l'ai jamais appelé ainsi. L'homme que je déteste et que je maudis mentalement depuis un an. Il a dicté mes semaines et mes week-ends, mes vacances et mes jours de repos. Ou mon absence de vacances.

Il me regarde, ses yeux bleus reflétant l'éclairage au-dessus de sa tête. De beaux traits sur un visage autrement implacablement masculin. Mâchoire anguleuse et nez droit.

Un regard plein d'assurance.

Pas de l'encouragement. Pas de la gentillesse.

Mais de la constance, celle que j'ai appris à lire au cours de l'année écoulée. Celle qui signifie qu'il est fiable dans toute sa gloire égocentrique et commerciale. Une fois sa parole donnée, il ne la rompt jamais. Je l'ai vu respecter tous ses accords à la lettre.

— Cecilia ? demande-t-il.

Le son de mon premier prénom résonne entre nous, s'étirant dans le silence de la salle poussiéreuse de l'hôtel de ville.

Je fais un pas en avant.

— Nous sommes prêts.

Il y a des moments dont on se souvient pour toujours. Signer mon nom à côté de celui de Victor Saint Clair sur le contrat de mariage en fait partie.

Il ne s'agit peut-être pas d'un mariage traditionnel, il n'y a pas de discours, pas de parents compréhensifs, pas d'huissier, pas de fleuriste, pas de fête après. Mais il y a la même phrase que j'ai entendue maintes et maintes fois.

Et elle s'abat sur nous telle une faux.

— Je vous déclare unis par les liens du mariage.

Les mots résonnent dans ma tête dans le silence gênant qui suit. Saint Clair remercie le célébrant, Nadine fait la causette à Steven.

Victor me fait un signe de tête professionnel et tend la main pour ajuster le col de sa chemise.

— Bien joué.

— Hmm, merci. Vous aussi.

Il me fait signe d'aller vers la porte et je le suis, sortant de la pièce où mon destin vient d'être scellé. J'ai la tête qui tourne. C'est un peu la foire d'empoigne. Le tapis vert foncé sous mes pieds a certainement été foulé par des milliers de couples avant nous. Les mariées étaient-elles heureuses ? À rire et à pleurer à la fois ?

Je me demande s'il y a eu des couples se connaissant aussi peu que Victor et moi.

Si l'un d'entre eux s'est moins aimé.

— Comment te sens-tu ? chuchote Nadine.

Je lui fais un sourire peu assuré.

Victor descend les marches de l'hôtel de ville à grandes enjambées, Steven à ses côtés, et je me dépêche de le suivre. La bruine flotte dans l'air et New York est grise, les nuages lourds se multipliant dans le reflet des panneaux de verre des gratte-ciel.

C'est le genre de journée où j'aurais aimé être n'importe où ailleurs qu'ici.

Nadine et moi rattrapons Victor sur le trottoir. Steven marche d'un pas vif.

— Il va chercher la voiture, dit Saint Clair.

— Chercher la voiture, murmuré-je. Steven… Oh ! C'est Steven Daugherty. Votre chauffeur.

Saint Clair acquiesce, levant les yeux au ciel comme s'il considérait la brume pluvieuse comme un affront personnel.

Nadine se racle la gorge.

— Je vous laisse une minute. Félicitations, Victor.

Il semble surpris, mais il accepte le compliment d'un simple signe de tête. Je ne sais pas si c'est en guise de remerciement ou de reconnaissance.

Nous sommes là, dans la bruine. Mari et femme, après l'un des engagements les plus courts de l'histoire.

— Eh bien… dis-je. Que faisons-nous, maintenant ?

— J'ai prévu des entretiens pour votre remplacement.

OK. C'est un sujet sûr.

— Vous pouvez m'envoyer la liste des candidats présélectionnés et je les examinerai pour vous. Je sais ce qu'il vous faut.

Ses yeux glissent sur les miens.

— D'accord.

— Bien.

— Steven vous emmènera à mon appartement pour

que vous vous y installiez. Demandez-lui de vous apporter tout ce dont vous auriez besoin depuis votre ancien logement. Vous avez les numéros des déménageurs que j'ai utilisés la dernière fois. Faites tout ce qui vous semble nécessaire et débitez-le sur mon compte.

— D'accord. Merci.

Il hoche à nouveau la tête et juste comme ça, je suis congédiée, une autre tâche est cochée sur son agenda. Mariage à une heure, réunion des investisseurs à deux heures.

Il hèle un taxi d'un seul bras levé. Celui-ci s'arrête devant lui et il me regarde par-dessus son épaule.

Aucun de nous deux n'a de mots, semble-t-il.

— Merci, dit-il.

Nos regards se croisent encore un long moment avant qu'il ne hoche la tête, comme s'il avait confirmé quelque chose, et qu'il ne disparaisse dans le véhicule. Il démarre et me laisse sur le trottoir, ma meilleure amie à quelques mètres, sous un ciel new-yorkais qui voudrait nous congédier.

— Ça ira si je te laisse ? demande Nadine.

Sa voix semble venir de loin, à travers un brouillard, mais je hoche la tête.

— Bien sûr. J'ai… Steven.

— Je pourrai t'aider à déménager demain, je pense.

— Tu as du travail, dis-je. Ne t'avise pas de prendre l'un de tes précieux jours de vacances pour moi.

— Je peux me faire porter pâle, dit-elle. J'ai travaillé sur mon faux snif.

— Tu es la pire actrice du monde. Non, vas-y. Merci d'avoir été mon témoin.

Elle me prend dans ses bras et je la serre fort, avec son caban rouge foncé et l'odeur de noix de coco qui se dégage de ses cheveux. La normalité dans cette mer de chaos.

— Tu es courageuse, murmure-t-elle.

— Ou bête, réponds-je en chuchotant. Je n'ai pas encore décidé.

— Les deux, Cece. Tu es les deux. Tout comme moi.

Je dois cligner rapidement des yeux.

— Au moins, ça fera une sacrée histoire à raconter un jour, dis-je.

Elle acquiesce.

— On devra s'entraîner plusieurs fois avant de la raconter autour de la table à nos futurs vrais maris.

Faire quelques essais !

— Oui. Pour trouver le bon ton.

Je glousse et elle me fait un large sourire, un sourire lumineux, celui qui représente parfaitement Nadine.

— J'aurais dû t'épouser toi, lui dis-je.

— C'est toujours possible, dit-elle. Une fois que tu auras divorcé de Saint Clair, je serai la première derrière ta porte.

— Je t'aime, tu sais.

Ses yeux s'adoucissent.

— Je sais. Je t'aime aussi, Cece. Maintenant, monte dans cette voiture avant que le chauffeur de ton nouveau mari ne fasse une crise cardiaque, et appelle-moi plus tard.

— Promis. Prépare-toi à voir quinze photos de son appartement.

— Tu veux dire une visite vidéo FaceTime, plutôt, hein ?

— Désolée. Oui.

Je monte dans l'habitacle en cuir sombre de la voiture privée de Saint Clair. Steven dit quelque chose à l'avant, mais je ne saisis pas, je me tourne alors pour saluer Nadine. Elle me répond par un simple signe de la main, les cheveux plaqués par la bruine, alors que nous sommes déjà à mi-chemin de la rue. L'hôtel de ville se profile derrière elle.

Cet endroit restera pour toujours le lieu où je me suis mariée pour la première fois.

— Je suis désolée, dis-je à Steven. Je n'ai pas compris. Qu'avez-vous dit ?

— Attachez votre ceinture, madame Saint Clair.

Madame Saint Clair. C'est moi, maintenant.

Je suis madame Saint Clair.

Mes mains tremblent tandis que je m'exécute, alors je les serre l'une contre l'autre sur mes genoux. Il ne me dit plus rien pendant le trajet jusqu'à l'appartement de Victor, dans l'Upper East Side. C'est bien, parce qu'avec mes pensées qui tournent à cent à l'heure, je n'aurais sans doute pas su y répondre.

L'adresse m'est familière. J'ai réservé une centaine de prises en charge à l'aéroport et de rendez-vous en taxi pour Saint Clair, envoyé son pressing à domicile, je me suis coordonnée avec sa femme de ménage. J'ai minuté les trajets pour se rendre à pied à différents restaurants afin de réduire les pertes de temps, comme il aime les appeler.

C'est-à-dire le temps qu'il ne pourrait pas passer à être productif.

Mon nouveau mari n'est pas humain. Mais ça, je le sais depuis longtemps.

C'est juste que je n'aurais jamais pensé pouvoir le voir de si près.

Steven me fait passer devant un portier au visage de pierre et traverser un grand hall d'entrée. Il me tend une carte magnétique.

— Dix-septième étage, dit-il. Le code est huit, cinq, cinq, huit, trois.

— Merci.

— Je serai à votre service tout l'après-midi. Appelez-moi quand vous voudrez que je vous conduise à votre ancien appartement.

Steven incline la tête, puis quitte les lieux d'un pas vif.

— Merci ! Pour tout !

Il hésite, puis lève une main gantée.

— De rien, madame.

Je parviens à faire fonctionner l'ascenseur sophistiqué. Je parviens même à parcourir l'unique couloir du dix-septième étage et à m'arrêter devant une porte noire. Pas de trou de serrure. Juste un lecteur de carte, un scanner d'empreinte digitale et un clavier.

Huit. Cinq. Cinq. Huit. Trois.

La porte se déverrouille avec un doux clic et je la pousse, marchant vers mon destin.

6

CECILIA

L'appartement de Victor Saint Clair est un pur exemple de qualité.

Les planchers en bois dur poli, la laine épaisse du tapis du salon, le canapé géant en forme de nuage organisé autour d'une télévision de soixante pouces. Aucun câble apparent, pas de bibelots éparpillés sur des surfaces aléatoires, pas d'aimants sur le réfrigérateur, pas d'empreinte de main maculée sur les miroirs, et clairement aucune plante sur les rebords de fenêtre.

C'est un espace à regarder : pas un espace à vivre.

Je me promène sur la pointe des pieds, comme s'il attendait au coin de la rue. Ce n'est pas le cas. Je sais qu'il n'y est pas. Mais sa présence est partout, s'attardant sur les surfaces lisses et les bords polis.

On a l'impression de se promener dans un musée. Il ne manque que les préposés qui s'ennuient, assis sur des chaises pliantes dans les coins, prêts à vous réprimander pour avoir pris une photo. Je jette un coup d'œil dans une pièce qui ressemble à s'y méprendre à son bureau. Bureau similaire. Chaise similaire. Je me demande s'il n'a pas une assistante qui me ressemble, cachée quelque part, prête à surgir pour lui obéir.

Elle a peut-être fait preuve d'intelligence en refusant sa proposition.

Les pièces communicantes s'étendent sur un appartement d'au moins deux mille mètres carrés. C'est du moins ce que je pouvais croire, enfin, jusqu'à ce que je voie l'escalier.

J'ai peur de fouiner.

Mais je suis aussi trop curieuse pour ne pas le faire.

De plus, je dois trouver la chambre d'amis qui sera ma maison pour l'année à venir.

Un an.

Je ne peux pas me permettre de m'attarder là-dessus. Un an, c'est trop long. Je vais plutôt prendre ça en mois. En semaines, peut-être. En jours, plutôt.

L'escalier mène à un autre étage avec un long couloir élégant. À l'une des extrémités se trouve une porte entrouverte. L'autre est fermée.

Je me dirige vers la porte entrouverte et jette un coup d'œil à l'intérieur.

Bingo ! La chambre est grande, mais pas immense. Un grand lit au centre, avec un couvre-lit beige qui semble repassé et pressé.

Je passe la main sur le bureau dans le coin. On dirait une chambre d'hôtel. Il reçoit beaucoup d'invités ?

C'est là que les femmes qu'il fréquente dorment ? Elles sont expulsées de sa chambre lorsqu'il a terminé, reléguées dans le couloir jusqu'à cet endroit ?

Les fenêtres s'ouvrent sur un parc et je m'assois sur le lit, regardant le feuillage d'automne, les oranges, les rouges et les jaunes éclatants.

J'ai l'impression de respirer profondément. De boire un verre d'eau fraîche.

Je pourrais vivre avec cette vue, passer mon temps dans cette chambre, travailler au bureau qui semble appartenir à un hôtel, dormir dans le grand lit, me doucher dans la gigantesque salle de bains attenante. Je pourrais passer mes week-ends chez Nadine ou faire la fête avec nos amis. Et pendant la journée, je travaillerais sur mon projet de création d'entreprise. Ma propre entreprise, qui vendrait des heures d'assistance virtuelle aux entrepreneurs.

Une voix résonne en bas.

Je me fige, j'écoute. Ce sont des pas ? Pourquoi cet endroit est-il si grand ? Je m'approche doucement de la porte ouverte, et la voix retentit à nouveau.

— Mademoiselle Myers ?

Ce n'est pas celle de Victor.

Je descends et tombe nez à nez avec une femme d'une cinquantaine d'années. Elle est élégamment vêtue de noir, ses cheveux blonds sont coiffés d'une courte permanente.

Elle sourit en me voyant.

— Vous voilà. J'espère que je ne vous ai pas réveillée de votre sieste ?

— Non, pas du tout. Bonnie ?

— C'est ça. C'est un plaisir de vous rencontrer enfin, Cecilia.

Je lui serre la main.

— De même. Après tous nos courriels, j'ai l'impression de déjà vous connaître !

— Eh bien, c'est le cas ! C'est une bonne chose qu'il ait pu compter sur nous deux pour organiser sa vie. Vous avez été l'une de ses meilleures assistantes, vous savez.

— Oh, merci !

— Je suis désolée de ne pas avoir été là à votre arrivée, dit Bonnie. La cérémonie a été plus rapide que je ne l'espérais. J'espère qu'elle s'est bien passée ?

— Euh, oui. Oui.

— Ce n'est pas grave si c'était un peu difficile, dit-elle.

Son sourire reste professionnel, mais une vraie gentillesse plane dans ses yeux.

— Je travaille pour Saint Clair et je lui suis loyale, ce qui signifie que je le suis aussi pour vous, maintenant. Mais ça veut aussi dire que je garderai les secrets de chacun de vous, pas de délation.

Je m'enfonce dans l'une des chaises de la cuisine.

Mes membres sont lourds, trop d'adrénaline et d'excitation pour une seule journée.

— Vous savez pourquoi nous nous sommes mariés, alors. Je n'étais pas sûre de ce qu'il vous avait dit.

— Je sais tout. Voulez-vous du thé ?

— Oui, s'il vous plaît.

— Earl Grey, ou à base de plantes ?

— Earl Grey, s'il vous plaît.

Elle acquiesce et je la regarde se déplacer dans la cuisine immaculée, ouvrant des tiroirs sans bouton.

— Il nous a tout raconté, à Steven et à moi, dit-elle.

— C'est vrai. Et à ses avocats. Je suis désolée, je suis sûre de ce que vous devez penser de moi. Je vous promets que je ne suis pas…

Bonnie lève la main.

— Je ne pense rien du tout, ma chère. Je pense que vous êtes une assistante talentueuse, la meilleure qu'il ait jamais eue. Je pense que vous vous êtes trouvés tous les deux en position de vous aider mutuellement. Il est juste que vous soyez récompensée pour cela. Dieu sait qu'il n'est pas facile de travailler avec lui, et maintenant, vous êtes mariée avec lui ! À mon avis, vous méritez chaque cent.

Ce niveau de franchise m'en bouche un coin, alors, j'éclate de rire. Bonnie se joint à moi.

— Je ne peux pas lui dire ça, murmure-t-elle, un sourire attendri sur le visage.

Je lui souris.

— Que ferait-il sans nous, vous croyez ?

— Sans nous pour maintenir son monde en ordre ?

— Oui.

— Sa tension artérielle monterait en flèche, dit-elle en versant de l'eau chaude dans une tasse.

De la vapeur s'élève dans l'air au-dessus de la tasse.

— Non, je ne pense pas qu'il puisse survivre sans nous.

J'accepte la tasse chaude qu'elle me tend.

— Merci.

— Je voulais vous rencontrer depuis longtemps, dit-elle. Je n'aurais jamais imaginé que ce serait dans de telles circonstances.

— Non, moi non plus ! Mais je voulais aussi vous rencontrer.

— Merci de m'avoir envoyé un courriel à propos du passage de l'eau plate à l'eau gazeuse le mois dernier.

Elle se dirige vers le réfrigérateur et l'ouvre avec un sourire aux lèvres.

— Je m'assure d'être toujours bien approvisionnée quand il le souhaite.

Le réfrigérateur est une véritable œuvre d'art. Tout est empilé, étiqueté, organisé. Il aurait sa place sur un fil Instagram. Il pourrait être encadré telle une œuvre d'art.

— Bonnie, dis-je.

— Oui ?

— Vous êtes une magicienne.

Elle rit, fermant la porte en acier inoxydable.

— Non, dit-elle. Juste votre version domestique.

— Je dois aussi vous remercier de m'avoir envoyé un e-mail à propos des Reubens. Je les ai ajoutés pour varier ses déjeuners au travail.

— Ça lui a plu ?

— Oui.

— Tant mieux. Ça fait des années que j'essaie de lui faire manger plus varié. J'ai cuisiné un plat avec du quinoa il y a deux semaines, eh bien…

Bonnie me fait un demi-sourire.

— Je ne recommencerai pas !

Je ris, parce que c'est trop facile d'imaginer la situation.

— Je ne pense pas qu'il ait la moindre idée de l'ampleur de notre aide.

— Je pense qu'il le sait, mais il ne sait pas comment le reconnaître.

Bonnie s'assoit en face de moi et sort un bloc-notes et un stylo de la poche de poitrine de sa chemise noire.

— J'aimerais savoir ce que vous aimeriez faire pour

que la chambre d'amis du deuxième étage soit davantage à votre image. Steven et moi sommes là pour vous aider. Voulez-vous qu'on vous accompagne pour faire les cartons ?

Steven et Bonnie ont deux personnalités opposées. Bonnie bavarde. Steven reste de marbre. Mais à nous trois, nous emballons la plupart de mes affaires dans des boîtes en carton que Steven avait stockées dans le coffre de la voiture de Victor.

Il est clair qu'il n'engage que les meilleurs, et avec eux deux, il a trouvé la crème de la crème.

— C'est de la belle porcelaine, dit Bonnie en emballant le service vert vintage que ma mère m'a acheté lors d'une vente d'antiquités. Elle va dans les cartons pour être stockée.

Au garde-meuble, parce que je n'aurai pas besoin de la plupart de ces objets pendant l'année à venir.

J'essaie de considérer celle-ci comme une année sabbatique, une année expérimentale et amusante, alors que je plie le linge dont je n'aurai pas besoin et décide quels livres je lirai pendant cette période.

C'est un peu comme partir en colonie de vacances. Un camp dirigé par un connard souffrant d'un trouble de la personnalité, mais un camp quand même. Un camp de travail. Enfin je vais faire décoller ma start-up !

— Les déménageurs sont là, dit Steven.

Il a retroussé ses manches, mais a toujours l'air aussi impassible que d'habitude. Je me demande si Victor est son modèle.

— Parfait, dit Bonnie. On commence par le canapé ?

Je fais oui de la tête.

— Vous avez besoin d'aide ? Non, d'accord.

Steven se penche et se relève en même temps qu'un déménageur entre, barbu, avec deux autres hommes pour l'aider.

Il leur faut quinze minutes pour sortir tous mes meubles du studio et les mettre dans leur camion. Bonnie et moi mettons une demi-heure à emballer le reste, les affaires que j'emporte à l'appartement de Victor.

Et c'est ainsi que mon ancienne vie se referme, en une seule journée.

— S'il vous plaît, laissez-moi vous offrir une pizza, leur dis-je à tous les deux dans la voiture. Vous avez pris le temps de m'aider. S'il vous plaît.

Steven secoue la tête et la voix de Bonnie se fait ferme.

— Certainement pas ! Nous travaillons, ma chère.

— Et quand bien même ? Je ne peux pas vous tenter avec une tranche de pepperoni ?

Elle s'esclaffe.

— Non, sauf si vous préférez manger ça au lieu de ce que j'ai préparé à la maison, auquel cas je vous commanderai volontiers une pizza. Faites-moi savoir si vous préférez un restaurant !

Je m'enfonce dans mon siège. Il y a tellement de choses auxquelles je n'ai pas pensé ! Qu'ils font partie du personnel. Que moi… non, plus maintenant. Je suis la femme de leur employeur.

Je ne peux même pas y penser.

— D'accord, dis-je.

Steven nous dépose devant l'immeuble qui est désormais mon domicile. Il prend le virage au ralenti et se retourne pour me regarder.

— Je vais à l'entrepôt pour m'assurer qu'il n'y a pas eu de problème lors du déchargement. Voulez-vous que je prenne des photos du box qui vous a été attribué pendant que j'y suis, madame Saint Clair ?

Je cligne des yeux.

— Oui, s'il vous plaît. Je vous en remercie. Mais je ne

suis pas madame Saint Clair. Appelez-moi simplement Cecilia.

Il fait un signe de tête hésitant qui montre clairement qu'il n'en fera rien.

Je passe le reste de l'après-midi à déballer mes affaires dans ma chambre. Je mets ma brosse à dents dans la salle de bains en marbre et j'accroche mes vêtements dans l'immense placard. Mes yeux ne cessent de clignoter face à la vue de Central Park sous cet angle, la forêt d'arbres avec leurs feuilles aux couleurs flamboyantes. Je n'arrive pas à croire que c'est la vue que j'aurai maintenant. Depuis ma chambre. Dans l'appartement de mon patron.

Il est tard quand je descends. Bonnie est en train de cuisiner, un tablier noir autour de la taille. Elle sourit en me voyant.

— On se sent un peu plus chez soi là-haut ?

J'acquiesce et m'assois au comptoir de la cuisine.

— Oui. Ça sent très bon. Que préparez-vous ?

— Des raviolis au homard.

— Des raviolis au homard ?

— Oui. C'est l'un des plats préférés de monsieur Saint Clair.

Je respire encore une fois le parfum enivrant et jette un coup d'œil à ma montre. Il ne quitte jamais le boulot avant sept heures. Je suis impatiente.

En vérité, je n'ai aucune idée de ma réaction lorsqu'il rentrera à la maison.

À la maison. Mon mari. Victor Saint Clair.

Je repose ma tête entre mes mains, le poids de la journée s'abattant sur moi tel un tsunami. J'ai signé un contrat. Je me suis mariée. Et j'ai déménagé, je suis assise dans un appartement qui ne me ressemble en rien, si éloigné de tout ce que j'ai toujours connu.

Et l'homme dont j'attends qu'il rentre à la maison est celui que je méprisais il y a encore seulement deux semaines. L'homme qui, aujourd'hui, finance à lui seul ma nouvelle start-up et lance la carrière artistique de ma meilleure amie.

— J'imagine que ça fait beaucoup à avaler, dit Bonnie doucement.

Je hoche la tête, incapable de parler.

— Je m'assurerai que vous aurez une pizza au pepperoni pour le déjeuner de demain.

Je ris faiblement.

— Bien sûr. Pour ce que ça vaut, je connais monsieur Saint Clair depuis des années. Il restera fidèle à sa parole. Et s'il ne le fait pas, dit-elle en levant sa spatule en signe d'avertissement, il pourra dire adieu à ses raviolis au homard faits maison. Je ne suis pas opposée à ce qu'on les brûle s'il vous contrarie d'une manière ou d'une autre !

Je ris.

— Vous savez, il m'arrivait de lui donner du café décaféiné quand il m'agaçait au travail. Il ne l'a jamais remarqué. C'était mon petit acte de rébellion !

Les yeux de Bonnie s'écarquillent, puis elle rit aussi.

— Décaféiné ?

— Oui. Minuscule acte, peut-être, mais je sais qu'il aurait détesté ça s'il l'avait su.

Elle rit à nouveau et mon propre rire s'amplifie, mi-hystérique, mi-sensuel.

La porte d'entrée se referme.

J'essaie d'arrêter de rire, mais ma respiration est encore sifflante lorsque des pas retentissent dans le couloir. Ils me sont familiers. Je devrais les reconnaître, ayant passé une année à être gouvernée par leurs allées et venues dans le couloir du bureau.

Victor Saint Clair s'arrête dans l'encadrement de la porte voûtée de sa cuisine. Son regard passe de moi, qui ricane encore, à Bonnie qui sourit près de la cuisinière. La suspicion fleurit dans ses yeux.

— Bienvenue à la maison ! lui dis-je.

C'est un peu exagéré, mais que pourrait-il bien me faire ? Me virer ?

Il entre dans la cuisine et pose sa mallette sur le comptoir.

— Bonsoir, Cecilia.

Il porte toujours le costume bleu marine de notre mariage, mais ses cheveux blond foncé ne sont pas coiffés en vagues comme d'habitude. Ils sont ébouriffés, comme s'il s'était passé la main dessus à plusieurs reprises. L'après-midi a dû être stressant pour lui.

Je ne sais pas si je me sens mieux ou moins bien de savoir que m'épouser n'a pas été autant une source de stress pour lui que le travail l'a été.

— J'ai emménagé dans la chambre d'amis à l'étage, dis-je.

Il hoche la tête, les yeux rivés sur les papiers qu'il feuillette.

— D'accord.

— Steven et Bonnie ont été d'un soutien précieux. Ils m'ont aidée à emballer mes affaires de mon ancien appartement, et Steven a tout emporté au garde-meuble. Je n'aurais pas pu le faire sans eux.

Victor fait un bruit de ronronnement.

— Tant mieux.

— Oui. Comment s'est passé le reste de votre journée de travail ?

Ses yeux bleus se posent sur moi.

— Un désastre. J'ai dû passer plus de deux heures avec les candidatures des assistants que les RH avaient préparées.

— Oh ! dis-je.

Cela explique les cheveux.

— J'ai une liste de trois candidats qui pourraient être acceptables.

Il fait glisser un document sur le comptoir en marbre.

— Appelez-les demain pour moi. Vous serez en mesure de dire lequel me conviendra le mieux.

Je regarde les trois noms et numéros de téléphone sans prétention qui figurent sur le papier. On peut quitter l'entreprise Saint Clair, mais on n'en sort jamais vraiment, semble-t-il. Je regarde les CV de trois personnes qui n'ont aucune idée de ce qui les attend.

— J'ai viré l'argent sur votre compte bancaire, conformément au contrat. Il devrait y apparaître dès demain.

— Euh, oui. Merci.

Victor referme la mallette avec un bruit sec et se tourne vers la cuisinière.

— Des raviolis au homard ?

— Oui. Prêts dans cinq minutes, dit Bonnie.

C'est le moment.

Je me racle la gorge et Victor se retourne vers moi. Je n'ai aucune idée de ce qu'il pense de moi, assise ici, dans sa cuisine, dans sa maison. Peut-être s'attend-il à ce que je vive dans ma chambre et que je reste à l'écart des parties communes.

Il me demande :

— Oui ?

— J'aimerais que nous organisions une réunion au sujet de ma start-up. Je veux vous présenter ce que j'ai et vous demander votre avis.

Sa bouche se crispe.

— Il faut que tout soit prêt avant notre rencontre. Faites comme si j'étais un véritable investisseur potentiel.

— Je sais. J'ai presque tout mis en ordre.

— J'ai du mal à le croire, dit-il. Quand auriez-vous eu le temps de travailler dessus ? Pendant que vous étiez mon assistante ? J'en doute.

Il me faut un effort pour ne pas serrer les dents, pour ne pas reculer.

— Vous étiez donc au courant de toutes ces nuits et de tous ces week-ends où je travaillais. Je n'en étais pas sûre.

— Je vous ai payée pour être disponible.

— À Noël ? Pour mon anniversaire ?

Ses yeux se rétrécissent.

— Oui, tout à fait.

— Eh bien, j'ai eu le temps. Pas beaucoup. Mais j'ai trouvé une solution, et je suis prête à vous la présenter. La semaine prochaine ?

— Je vous demanderais bien de voir avec mon assistante, mais je n'en ai pas pour l'instant.

— Non, dis-je. Vous avez épousé la dernière.

Victor fait glisser sa mallette du comptoir, les yeux rivés sur les miens. Ils brûlent à nouveau. Comme la première fois dans son bureau lorsqu'il m'a fait la première offre. Comme dans le restaurant lorsqu'il a vu ma tenue.

— Appelez les candidats présélectionnés demain, dit-il. Si vous prévoyez une réunion pour nous la semaine prochaine, dis-je.

— D'accord.

— Très bien.

Tout en gardant ses yeux dans les miens, il s'adresse à Bonnie par-dessus son épaule.

— Je mangerai dans mon bureau. J'ai du travail à rattraper.

— Bien sûr, monsieur.

Il me fait un signe de tête en guise de bonne nuit, et je le lui retourne, comme deux chevaliers qui viennent de finir leur duel. Puis il sort de sa cuisine et disparaît dans le couloir en direction de son bureau que j'ai entrevu tout à l'heure.

Je m'affaisse contre le comptoir de la cuisine. Affronter Victor Saint Clair devient un hobby, et je ne sais pas si j'apprécie la chose.

Bonnie pose une assiette devant moi et l'odeur des pâtes fraîches et du homard m'envahit. Mon prix et ma récompense.

— Bravo ! dit la cuisinière.

— Voulez-vous manger avec moi ?

Elle jette un coup d'œil dans le couloir, évaluant ses options. Puis elle acquiesce et prend une assiette.

— Bien sûr, ma chère.

Et c'est ainsi que je passe la nuit de mon mariage : à manger de délicieuses pâtes hors de prix avec la gouvernante de Victor Saint Clair, l'adrénaline s'échappant de moi à chaque bouchée, mon nouveau mari travaillant dans son bureau.

7

CECILIA

Victor et moi trouvons une routine les jours suivants. Aussi belle que simple : nous éviter purement et simplement.

Il se lève plus tôt que moi. Je l'entends le matin, encore allongée dans mon lit trop grand et trop mou, ses pieds frappant le sol dans le couloir qui relie nos deux chambres. Ils disparaissent toujours ensuite dans l'escalier.

Il commence par aller dans sa salle de sport privée. Soit il s'entraîne seul, soit il a l'une de ses séances bihebdomadaires avec un coach personnel. Je le sais, car c'est moi qui ai programmé et payé les rendez-vous.

Quarante-cinq minutes plus tard, je l'entends remonter l'escalier et la porte de sa chambre se ferme derrière lui. Il se douche, je suppose.

C'est tellement bizarre de connaître si intimement la vie d'une personne alors que j'en sais si peu sur elle !

Victor est absent tous les jours, de sept heures du matin à huit ou neuf heures du soir. À son retour, il se rend directement dans son bureau, y mangeant son dîner. Je voudrais demander à Bonnie s'il a commencé à dîner à son bureau à mon arrivée, mais je n'ose pas. Je ne sais pas ce que je ferais de cette information. Serais-je contente ? Offensée ?

L'appartement est presque toujours vide quand je

commence ma journée, et il l'est aussi maintenant. J'ai davantage exploré les lieux les jours qui ont suivi mon arrivée. Je suis même allée jusqu'à soulever un de ses haltères et j'ai bien failli le faire tomber sur mon pied.

Il y a de la personnalité dans cet espace. Elle est simplement bien cachée. Comme les bouteilles de vin dans la cave. Les livres éparpillés dans le salon. Aucune fiction. Ce sont tous des biographies de grands hommes et de grandes femmes du passé, ou des livres écrits par des chefs d'entreprise contemporains. Des livres qu'il lit.

Aujourd'hui, je passe la matinée à travailler sur ma proposition commerciale pour Victor, interrompue sporadiquement par des messages de Nadine.

Certains sont mieux accueillis que d'autres.

Nadine : Ta mère va venir en ville à un moment donné ou à un autre, tu sais.

Cecilia : Je sais.

Nadine : Tu sais que c'est la personne que j'aime le plus au monde.

Cecilia : Aïe ! Tu n'auras plus le droit de mettre des cornichons dans mes hamburgers.

Nadine : Totalement disproportionné comme réponse ! Je sais que tu ne m'empêcheras jamais de mettre des cornichons. *De toute façon*, que va-t-on lui dire à propos de toi et de ton nouveau MARI ?

Je souris à mon téléphone. Dieu merci pour Nadine et son utilisation du mot *nous*. Elle ne sait pas encore comment j'ai l'intention d'utiliser l'argent ni que Victor est le mécène de sa galerie d'art.

Cecilia : Je n'ai absolument aucune idée de ce que je

vais lui dire. Elle va paniquer. Je vais devoir préparer une liste de choses folles qu'elle a faites elle-même.

Nadine : Bonne idée ! C'est certain que de dire je-me-suis-mariée-avec-mon-patron égalera son choix de s'être une fois garée à l'extérieur d'une caserne de pompiers !

Cecilia : Changer de sujet, changer de sujet ! J'ai appris avec les meilleurs !

Nadine : Je ne sais pas si tu parles de moi ou de ta mère, mais… oui. Bonne stratégie. Je serai là avec toi, tu sais. Si tu le veux.

Cecilia : Je veux toujours que tu sois avec moi.

Nadine : Et tu ne te débarrasseras jamais de moi !

Nadine : Je devrais être libre vendredi. Puis-je venir voir l'appartement de ton Trouduc de patron ? S'il te plaît ? Je dois être sûre que tu n'es pas sa captive. Il surveille tes messages ? Dis-moi la couleur exacte de la robe que tu portais à notre bal de promo. Si la réponse est correcte, je saurai que tu es en sécurité.

Cecilia : Vendredi, c'est parfait ! Moutarde. C'était un look horrible. Merci de me le rappeler !

Nadine : Tu étais toute mimi.

Cecilia : Menteuse !

Après m'être préparé un déjeuner avec les victuailles du réfrigérateur bien rempli, je sors courir. Il me faut quatre secondes et demie pour arriver à Central Park. C'est juste de l'autre côté de la rue, et m'y voilà, battant le pavé sous le feuillage d'automne. Les feuilles sèches crissent sous mes pieds et j'inspire profondément.

J'ai tout compris. Je dois juste garder les yeux sur le prix. Un an à vivre dans cet endroit, à ne presque jamais voir Victor, avec la possibilité de passer chaque jour à travailler sur mon entreprise. Il m'a donné cette chance quand il m'a demandé en mariage, et je vais la saisir. J'accepte cette porte ouverte. C'est ce qu'il aurait fait.

Je reviens, en sueur et à bout de souffle, et je tombe sur Steven en train de traverser le hall d'entrée. Il porte un énorme paquet bleu, orné d'un délicat ruban blanc. Son visage est figé par la concentration.

Je me précipite sur le sol de marbre.

— Vous avez besoin d'aide ?

Il secoue la tête, mais lorsqu'il essaie d'appuyer sur le bouton de l'ascenseur avec son coude, le paquet vacille.

J'appuie dessus.

— Laissez-moi faire. On monte à l'appartement de Victor ?

— Oui. Merci, madame Saint Clair.

— Appelez-moi Cecilia, s'il vous plaît.

Il est difficile de le voir par-dessus la boîte géante, mais pas impossible. Je croise des yeux bruns prudents.

— Quel âge avez-vous, Steven ?

— J'ai vingt-trois ans, madame… madame.

— Depuis combien de temps travaillez-vous pour Victor ?

— Deux ans.

Il regarde de moi aux murs dorés de l'ascenseur, comme s'il n'était pas sûr que l'on soit autorisés à parler.

— Vous aimez votre travail ?

Son regard devient suspicieux.

— Oui, madame.

La porte de l'ascenseur s'ouvre et je me dépêche d'avancer, utilisant ma carte pour ouvrir la porte d'entrée.

— Ce truc a l'air lourd. Vous êtes sûr que ça va ?

— Oui, dit-il, mais il grogne en le soulevant et en

franchissant la porte d'entrée.

Le couloir est rempli de cadeaux.

Ils forment une allée d'obstacles sur le sol. Il y en a de toutes les tailles et de toutes les formes, certains emballés, d'autres non. L'explosion de paquets s'étend jusqu'au salon. La table basse est remplie de tant de bouquets de fleurs qu'elle ressemble à un jardin.

— Qu'est-ce que c'est que tout ça ?

Steven pose la boîte.

— Des cadeaux de mariage.

— Des cadeaux de mariage ?

Bonnie répond en sortant de la cuisine, un presse-papier à la main.

— Bienvenue chez vous !

— Euh, merci.

J'enlève mes chaussures sales et je passe la main sur un paquet argenté.

— Tout ça est arrivé aujourd'hui ?

— Oui. Il y a eu un flux régulier.

Elle tapote son stylo sur le presse-papiers.

— J'ai commencé à dresser une liste de tous les expéditeurs. J'ai pris la liberté de commander une pile de cartes de remerciement qui arriveront demain, et je suis en train de compiler les adresses de tous les expéditeurs.

— Les expéditeurs ? Qui les a envoyés ?

— Oh, une tonne de personnes ! Je vais parcourir la liste avec vous dans une seconde. Steven ?

— Oui ?

— Peux-tu descendre chercher les derniers bouquets qui sont arrivés ?

Ses épaules s'affaissent, mais il acquiesce et quitte l'appartement sans un mot de plus. Je me demande combien de fois il a pris l'ascenseur aujourd'hui.

Je soulève un petit paquet cadeau blanc avec un nœud en tissu et le retourne dans mes mains. Avec mon vieux legging de sport et ma queue-de-cheval désordonnée, je me sens comme un ogre à côté de cet étalage de richesse immaculée.

— Il n'y a pas de nom sur celui-ci.

— Hmm ? Oui. Certains ont mis leur carte à l'intérieur du cadeau, plutôt qu'à l'extérieur.

Elle secoue la tête.

— C'est normal, pour des raisons de confidentialité, mais ça ne nous facilite pas la tâche.

Il y a un cœur de roses géant. De vraies roses coupées, disposées dans un cœur en carton, de couleur roses, violettes et blanches. Je soulève la note jointe.

Monsieur et Madame Victor Saint Clair,

Félicitations pour votre mariage ! Nous espérons que vous prendrez tous les deux le temps d'une lune de miel bien méritée.

La carte est signée par une banque. Pas une personne. Une banque.

Je l'abaisse.

— Bonnie.

— Oui ?

— Une banque nous a envoyé des fleurs ?

Elle acquiesce.

— Votre mariage s'est ébruité, j'en ai peur. C'est du domaine public, et beaucoup de gens veulent être du bon côté de monsieur Saint Clair.

— Ils nous envoient des cadeaux en tant qu'investissements commerciaux ?

— Certains, oui. D'autres proviennent d'amis de la famille Saint Clair.

— Des amis de la famille, murmuré-je.

Bonnie déplie un grand sac en papier et le place entre nous.

— Voulez-vous commencer à déballer, ma chère ?

Mes yeux s'écarquillent devant le nombre impressionnant de cadeaux. Certains sont empilés sur cinq niveaux.

— Je ne suis pas sûre que Victor aimerait ça.

— Je lui en ai parlé, dit Bonnie en me tendant une paire de ciseaux. Il veut qu'on s'en occupe.

J'attrape un paquet noir et blanc.

— Dans ce cas…

Bonnie est une magicienne de l'organisation, et j'aime son efficacité. Il nous faut cinq minutes pour mettre au point un système sans faille.

On déballe le cadeau. On ajoute le nom de l'auteur du présent à sa liste. On en prend une photo pour nos archives. On recycle le papier d'emballage.

Ou, dans mon cas, on conserve les très beaux nœuds et rubans dans une boîte séparée. Bonnie sourit quand elle me voit faire.

— Pour les futurs emballages cadeaux, dis-je. Je fais la même chose à la maison.

Je soulève le vase en verre soufflé à la main que je viens de déballer et je le retourne.

— Waouh ! dit Bonnie.

— Oui. C'est moi, ou l'on dirait que… ?

— C'est vrai. Malheureusement, c'est vraiment le cas.

— Qui nous a envoyé un vase de forme phallique ?

Elle rit en attrapant l'emballage que j'ai jeté.

— L'un de ses partenaires commerciaux. Carter Kingsley. Qu'allez-vous en faire ?

Je jette un coup d'œil dans le couloir moderne et dépouillé. Il n'y a rien sur la console, à l'exception d'un miroir rond, accroché au mur. Il s'agit manifestement d'une erreur de conception.

— Tenez, dis-je en le posant sur la table. Cet endroit a besoin d'un peu d'amour.

Les lèvres de Bonnie tressaillent.

— Un emplacement de choix.

— Oui. Ce sera la fierté et la joie de notre maison.

— Là où tous pourront le voir.

— Nous devrions l'inclure dans notre lettre de remerciement, dis-je. Qu'ils sachent que nous l'exposons fièrement.

Bonnie rit à nouveau.

— Je suis si heureuse qu'il vous ait choisie ! Je ferais ça avec n'importe qui, bien sûr, mais je ne pense pas que je m'amuserais autant avec quelqu'un d'autre.

Ma poitrine se serre.

— Vous avez été si accueillante, vous savez. Vous m'avez tellement aidée ! Merci de m'avoir facilité les choses.

Elle sourit.

— Eh bien, je ne peux qu'imaginer que tout cela est accablant. Je ne suis pas du genre à dire du mal de qui que ce soit. Mais je pense que nous savons toutes les deux où se situent les failles de monsieur Saint Clair, eh bien… ça ne doit pas être facile.

— C'est une bonne façon de le dire.

J'attrape une boîte avec un logo familier sur le côté. Je l'ai vu dans des catalogues haut de gamme toute ma vie, mais jamais en vrai.

— Vous avez remarqué que beaucoup de ces cartes sont adressées au couple heureux ou à monsieur et madame Saint Clair. Je ne pense pas qu'ils connaissent mon prénom.

— Je pense que beaucoup d'entre eux, dit Bonnie, sont surpris qu'il se soit marié.

— C'est la réaction que j'ai eue quand il me l'a demandé. *Vous ? Vous voulez vous marier ?*

Elle secoue la tête.

— C'était sans doute la sienne aussi.

Je déballe le portefeuille en cuir Hermès, orné de la griffe du créateur et du nom de Saint Clair. Ces choses doivent coûter tellement cher…

— Les Winthorpe nous l'ont envoyé, murmuré-je. Cette famille est légendaire dans cette ville.

Bonnie acquiesce.

— Ils étaient de bons amis des parents de monsieur Saint Clair.

Je retourne le portefeuille. Je me demande si je dois

ou non être indiscrète, et je sais quel instinct va l'emporter. Mieux vaut céder tout de suite.

— J'ai cru comprendre que ses parents n'étaient plus là.

— Ils sont décédés il y a longtemps.

Je hoche la tête.

— C'est très gentil de leur part de lui envoyer ça, alors.

— Vous, corrige Bonnie. Ce sont des cadeaux pour vous deux. Ils espèrent, je pense, qu'il deviendra comme son grand-père ou ses parents. Sociable, affable. Le nom Saint Clair est bien connu dans ces milieux.

Je jette un coup d'œil à la carte et au nom de Winthorpe.

— Il ne va pas aimer tout ça.

— Non, je ne pense pas non plus.

— Peut-être que le fait de voir le vase de forme phallique lui remontera le moral.

Bonnie s'esclaffe et me tend une petite boîte bleue à déballer.

— D'une certaine manière, j'en doute aussi.

Je déballe la boîte Tiffany avec précaution, mais ce qui m'attend à l'intérieur n'est pas du tout délicat. C'est un sabre. Je saisis la lourde poignée et sors la lame étincelante en la brandissant.

— Quelqu'un nous a envoyé un sabre à un milliard de dollars.

Bonnie regarde.

— Ah ! Un sabre à champagne. La maison en a déjà deux.

— Ça ne m'étonne pas !

Je le soulève, toujours assise les jambes croisées dans le couloir en tenue de sport.

— En garde ! Il n'y a personne ici pour me défier ?

La porte d'entrée s'ouvre sur Victor. Le costume foncé par les gouttes de pluie, les cheveux ébouriffés et humides. Il regarde de moi au sabre, les yeux plissés.

— Nous nous occupons de nos cadeaux de mariage,

dis-je.

J'abaisse le sabre, mais comme je n'ai pas de fourreau fantaisie à portée de main, je le remets en toute sécurité dans la boîte bleue Tiffany.

— Je vois ça, dit-il. Tout ça est arrivé aujourd'hui ?

— Oui. Il devrait y en avoir d'autres demain, dit Bonnie.

Elle se lève et emporte la chaise de cuisine en s'éclipsant dans le couloir.

Victor s'approche et une chaussure en cuir italien mouillé apparaît à côté de mon genou vêtu d'un legging.

— Eh bien, dit-il, l'assistante que vous m'avez recommandée était nulle.

Je lève les yeux vers lui. Il a l'air immense sous cet angle. Il mesure au moins six mètres de haut. Et Bonnie et Steven m'ont laissée seule et à sa merci.

— Sarah n'est pas nulle, dis-je. Elle a été chaudement recommandée et a le tempérament parfait pour ce travail.

— Elle n'a pas compris les choses assez vite.

— Non, parce qu'elle est encore en train d'apprendre. Je travaillais avec monsieur Conway depuis un an lorsque vous avez pris vos fonctions de PDG, vous n'avez donc pas eu à vous en occuper. Elle a eu trois jours.

Il fronce les sourcils.

— Je lui ai dit de faire ses valises. Il est peu probable qu'elle revienne.

— Non, je suppose que non. Cela signifie-t-il que vous allez appeler le deuxième candidat de ma liste ?

— Oui. Brian.

— Brad.

— D'accord.

Il me dépasse et disparaît dans la cuisine sans un mot de plus, et j'attrape un autre cadeau. Je viens à peine de le photographier que Victor réapparaît.

Il a une bière à la main et la veste de costume toute

mouillée de pluie a disparu. À la place, il porte une autre de ses chemises blanches impeccables. Il commence à remonter une manche, centimètre par centimètre.

— Elle n'a pas coloré mon calendrier comme vous le faisiez.

— Sarah ?

— Mademoiselle Fleming, oui.

— Eh bien, et je déteste le rappeler, elle n'était là que depuis trois jours.

— J'ai besoin de vous pour former la prochaine assistante.

Il boit une gorgée de sa bière, les sourcils froncés.

— J'ai reçu des appels de félicitations toute la journée sans personne pour les filtrer. Je ne sais pas comment l'information de notre mariage a bien pu fuiter.

— Ne me regardez pas. Je n'ai pas appelé les tabloïds.

— Ce n'est pas ce que je pensais.

Il s'appuie contre le mur et regarde de moi à l'assortiment de marchandises étalé autour de nous.

Je me racle la gorge.

— Vous arrivez juste à temps pour me voir ouvrir notre dernier cadeau.

— Parce que ça va sans aucun doute illuminer ma journée.

Il se penche et attrape une carte posée sur une couverture en cachemire. Son visage se durcit à mesure qu'il lit.

— Je n'ai pas parlé à ces gens depuis dix ans.

— C'est gentil, dis-je. Qu'ils envoient quelque chose.

— Bien sûr. Ce n'est pas comme s'ils faisaient de la lèche ou quoi que ce soit du genre !

— Il y a peut-être un peu de ça. Votre banque nous a envoyé des fleurs.

Victor grogne et boit une nouvelle gorgée de sa bière.

— Quelle merde.

— Vous êtes sûr de ne pas vouloir d'un autre sabre à champagne pour votre collection ?

— Certain.

Son regard se pose sur le cadeau que je tiens dans ma main. C'est vrai, je suis censée l'ouvrir. Je défais le ruban et soulève délicatement le couvercle, déballant des couches de papier de soie. En son cœur se trouve une enveloppe et au recto est griffonné :

Monsieur et madame Saint Clair.

— De la part de qui ? demande Victor.

— Je ne sais pas. Qui envoie une enveloppe enveloppée ?

Je l'ouvre et j'en sors une carte épaisse avec la même écriture gribouillée. L'en-tête me serre la gorge.

— C'est de la part d'Acture Capital.

Victor gémit.

— Lis-la.

— Victor. Nous avons été à la fois heureux et surpris d'apprendre la nouvelle. Il semble que les félicitations soient de mise. Pour fêter ça, vous êtes tous les deux les bienvenus au dîner du samedi 24 chez les Conway.

— Qui l'a signée ?

— Les trois, chuchoté-je. Tristan Conway, Anthony Winter et Carter Kingsley.

Les associés de sa société de capital-risque, et l'un d'entre eux était mon patron. J'ai travaillé côte à côte avec Tristan, organisant sa boîte de réception, son emploi du temps, sa vie.

Et maintenant, je suis invitée à dîner chez lui.

— Merde ! murmure Victor. Je pensais que notre truc resterait discret, privé. Je vois maintenant que ce n'est pas le cas.

— Non, dis-je. Ça n'en a pas l'air.

Il passe une main sur sa mâchoire. La pluie dans ses cheveux a commencé à sécher, les laissant ébouriffés, à moitié bouclés, d'un blond foncé. C'est un côté de lui que je n'ai jamais vu au travail. Énervé, bien sûr. Agacé, souvent. Mais il ne me regardait jamais en étant pensif, les manches de sa chemise relevées dévoilant ses avant-bras musclés.

— On peut y aller, dit-il. Ça permettra qu'ils me lâchent la grappe, nous répondrons à certaines questions, et nous n'aurons plus à interagir avec eux et leurs petites amies.

— Vous voulez que je vienne, dis-je. Pour rencontrer vos cofondateurs ?

Il acquiesce.

— Oui. Les gens savent. Nous allons devoir nous adapter la situation, même si ce n'est pas de manière importante. Vous voulez que je fréquente une galerie d'art, c'est ça ?

— Oui.

— Ça passera mieux si l'on nous voit comme un couple. Vous aimez l'art, j'en achèterai des tonnes pour vous faire plaisir.

— Faire semblant d'être un couple, murmuré-je. Tristan Conway sera-t-il là ? Au dîner ?

Ses yeux se rétrécissent.

— Oui. Il aura lieu chez lui.

Je déglutis en croisant son regard impitoyable. Pendant si longtemps, ce que j'ai voulu, c'était être courageuse, oser, comme ces hommes. Poursuivre mon rêve de diriger ma propre entreprise. J'ai renoncé à gagner le respect de Victor Saint Clair.

Mais je ne veux pas que Tristan Conway me demande pourquoi j'ai épousé son successeur et ne pas pouvoir lui donner de réponse satisfaisante.

— Vous leur direz ? La raison pour laquelle on s'est mariés ?

— Non. Je ne veux pas que d'autres personnes le sachent, à part le personnel et nous.

Sa voix ne laisse planer aucun doute là-dessus. Mais je suis déjà assise sur le sol, dans mes vieux vêtements de sport trempés de sueur, et il est toujours là, adossé au mur, comme si on traînait ensemble. Toute ma dignité disparaît peu à peu.

— Comment ça se fait ? lui demandé-je.

Son regard passe de moi à la rangée de cadeaux qui jonchent le sol.

— Je ne veux pas que l'on sache que mon grand-père a inscrit une telle clause dans son testament.

— Oh ! dis-je. Je comprends.

Il se racle la gorge et s'écarte du mur.

— Prenez ce qui vous plaît dans votre chambre. Jetez le reste.

— Je ferai don de ce que nous ne voulons pas, dis-je. Bonnie et moi écrirons des notes de remerciement demain. Vous voulez…

— Non. Signez-les pour moi.

— D'accord.

— Voudriez-vous venir au bureau ? Quand le remplaçant de mademoiselle Fleming commencera.

— Vous me demandez de former votre nouvel assistant ? Et d'assister à un dîner avec vos cofondateurs, en prétendant que je suis maintenant votre femme.

Ses yeux bleus glacés rencontrent les miens.

— Vous êtes désormais ma femme.

— Mais le problème reste entier. Vous augmentez vos exigences.

Ses yeux se rétrécissent.

— Oui, c'est vrai.

— Alors il va falloir que vous mettiez les bouchées doubles.

— D'accord, dit-il.

Le mot est prononcé la mâchoire serrée.

— Je vous octroie tout mon dimanche pour travailler sur votre mise en route. Transmettez-moi tout ce que vous avez jusqu'à présent et je vous donnerai mon avis.

— Merci, dis-je. Ce sera parfait.

Il jette le reste de sa bière et se tourne vers la cuisine.

— Cadeaux de mariage ! murmure-t-il.

Puis ses yeux se posent sur la console.

— Pourquoi y a-t-il une bite en verre sur la table de mon entrée ?

8

VICTOR

La maison est vide et silencieuse, comme elle l'était lorsque son occupant était encore en vie. Mais il ne faisait pas aussi sombre.

Je regarde les fenêtres du deuxième étage, et même celle du grenier, petite et ronde. Tout est sombre.

Je fais tourner la clé dans ma main une fois, deux fois, avant de monter les marches du vieux porche. La porte grince lorsqu'elle s'ouvre. Je ne me souviens pas qu'elle ait jamais fait cela auparavant. Il fut un temps où Grand-père appelait Stanley à tue-tête et la porte était dégrippée en trente minutes. Ou bien, si Stanley avait un jour de congé, il se rendait lui-même à la cabane du jardinier pour chercher l'huile.

Aujourd'hui, la maison sent la poussière et le renfermé. La banque n'est pas venue nettoyer et aérer la maison, ce n'est pas étonnant. Pourquoi le ferait-elle ?

J'allume les lumières au fur et à mesure que j'avance, je passe devant le double escalier dans le couloir et j'entre dans la salle à manger. La grande table est vide. Autrefois, nous y étions nombreux attablés les jours de fête, mais lorsque je vivais ici, il n'y avait que lui et moi.

Je monte à l'étage et passe devant la chambre qui était la mienne sans regarder à l'intérieur. La porte de son bureau est entrouverte, comme il aimait qu'elle le soit. Entrouverte pour que les gens sachent qu'ils pouvaient entrer s'ils avaient besoin de lui parler. Mais à moitié fermée pour signaler qu'il était préférable qu'ils ne le fassent pas.

C'était l'une des nombreuses maximes sur les affaires et la vie qu'il aimait répandre autour de lui, toujours racontées avec la même voix rocailleuse, abîmée par une vie de whisky et de cigares. Il laissait tomber ces détails comme des joyaux, s'attendant à ce que je les chérisse. Que je vive grâce à tout ça.

Je pousse la porte et allume la lumière.

Son bureau n'a pas changé depuis le jour où nous avons lu le testament. Le gigantesque bureau en chêne au milieu de la pièce avec la marqueterie de cuir, les étagères tapissant les murs, deux grandes fenêtres s'ouvrant sur les chênes géants de la propriété, désormais plongés dans l'obscurité.

Je passe une main sur la surface du bureau. Le cendrier de jade est vide. Il aurait contenu des cigares à moitié fumés s'il avait été là.

Je regarde les tiroirs du bureau. J'en ouvre un au hasard.

Des papiers y sont soigneusement empilés, son écriture est reconnaissable entre toutes. Des listes. Des listes de tout, et pour tout, comme il en avait l'habitude.

L'en-tête de la première liste indique *Projets de printemps*, et le premier point de la liste *Planifier des déjeuners réguliers avec Victor en ville.*

Je referme le tiroir.

J'ai peut-être obtenu le droit légal de posséder cette maison, mais pas de trier les affaires d'un homme qui était intensément secret, dont l'ombre se déplace au-dessus de mon épaule.

Je ne peux pas le faire.

Et je ne veux pas que quelqu'un d'autre le fasse non plus.

Je me dirige vers la porte et, par une habitude vieille de près de vingt ans, je regarde la photo encadrée qui est accrochée sur le côté. C'est le seul endroit dans cette maison où ma mère et mon père sont présents.

Ils sont de part et d'autre de mon frère et moi.

Phillip a son bras autour de mes épaules, et il manque mes deux dents de devant à mon putain de sourire ridicule. J'avais l'air heureux, mais aussi l'air d'un imbécile, inconscient de la tragédie qui nous attendait.

J'ai toujours détesté cette photo, pour tout ce qu'elle me fait ressentir. Je l'ai détestée parce que c'était la seule de ma famille que mon grand-père ait autorisée dans la maison.

Je ferme la porte de son bureau derrière moi. Plus besoin de la laisser entrouverte.

Steven est toujours dans la voiture dans l'allée, et il met le moteur en route à ma vue. On sort de là sans un seul mot et la maison de Granview disparaît dans le rétroviseur.

Sa maison. Ma maison.

Une maison avec trop de souvenirs.

Et une maison qui ne sera pas simplement démolie et transformée parce que ma tante veut une cuisine ouverte.

La maison que j'ai épousée.

Si quelqu'un m'avait dit que j'irais aussi loin pour elle il y a un an, j'aurais ri. Je pose ma tête sur l'appuie-tête en cuir et ferme les yeux.

Je suis marié à mademoiselle Myers, qui est bien plus qu'il n'y paraît.

Elle est drôle d'une manière sèche et prudente. Il semble qu'elle ait charmé ma gouvernante, une femme qui se montre tout à fait professionnelle avec moi.

Aujourd'hui, elle est entrée dans mon bureau, vêtue de la même jupe crayon grise et du même chemisier en soie qui lui servent d'armure, pour m'annoncer qu'elle a terminé la formation de mon nouvel assistant.

— Aussi rapidement ? ai-je demandé.

Elle a hoché la tête.

— J'ai promis d'être disponible par courrier électronique pendant les deux semaines à venir s'il a des questions, mais je doute qu'il en ait beaucoup. Je lui ai laissé des instructions écrites détaillées.

— Excellent.

Cecilia s'est dirigée vers la sortie du bureau, les talons claquant contre le plancher. Mais elle s'est arrêtée et a fait quelque chose qu'elle n'avait jamais fait en tant qu'assistante.

Elle s'est retournée pour me donner un ordre.

— Soyez plus gentil avec celui-ci, m'a-t-elle dit. Laissez-lui au moins deux semaines avant d'envisager de le licencier. Je ne formerai pas des assistants les uns après les autres parce que vous ne savez pas être un minimum patient.

Le feu que j'ai vu en elle faisait écho à celui qu'elle m'avait montré lorsque nous avions négocié notre mariage. Le même que celui qui a brûlé dans ses yeux lorsqu'elle s'est assise dans mon couloir, les cheveux bouclés collés sur ses tempes par son entraînement, et m'a dit que je devais relever le défi.

L'épouser a été une bonne décision. J'aime être franc au sujet de ce dont j'ai besoin. C'est dix fois mieux que ce que j'avais tenté auparavant, rendez-vous après rendez-vous avec des femmes pour lesquelles j'avais essayé et échoué à avoir un intérêt durable.

Cecilia était entourée des cadeaux flagorneurs que nous avons reçus. Tous émanaient de personnes qui attendent quelque chose de moi. Du temps. De l'argent. Des relations.

Elle portait un legging. Il s'accrochait à ses jambes galbées, se terminant juste au-dessus de ses chevilles nues et de ses chaussettes de sport.

Je ne sais pas pourquoi cette image est restée gravée dans mon esprit. Mademoiselle Myers avec ses cheveux en queue-de-cheval désordonnée, sa peau sans maquillage et ses joues rougies par l'exercice. Mais c'est ainsi.

Et impossible de l'oublier.

Steven me souhaite une bonne nuit lorsqu'il me dépose devant mon appartement et je monte dans l'ascenseur avec une impatience croissante. Je ne sais plus ce que je vais trouver en rentrant chez moi. Elle maniant un sabre ou faisant des gâteaux dans la cuisine. Le silence qui régnait auparavant a disparu.

Cecilia est dans la cuisine quand je rentre. Pas de Bonnie en vue, juste elle, ses cheveux en chignon à la base du cou et un tablier noué autour de la taille. Je baisse les yeux, mais pas de legging, cette fois-ci. Ses jambes sont dissimulées dans un jean ample. Je ne sais pas si je suis déçu ou soulagé.

— Bonsoir, dit-elle.

Je réponds :

— Bonsoir.

C'est la première fois que je la vois cuisiner ici. Ça sent bon. Ça sent…

— Vous faites des raviolis au homard ?

Elle se détourne de la cuisinière. Des mèches de cheveux noirs se sont échappées sur ses tempes et se sont enroulées sous l'effet de la chaleur.

— Oui. Je me demandais si nous pouvions dîner ensemble.

— Dîner, dis-je. Ensemble ?

Elle acquiesce.

— C'est Bonnie qui m'a donné la recette. Je ne sais pas si je la fais vraiment bien, mais c'est une tentative.

Elle prépare un dîner pour nous. Pour nous deux.

— Pourquoi ?

Ses lèvres se retroussent en un demi-sourire.

— Nous sommes censés jouer un vrai couple demain soir avec vos partenaires commerciaux. Si l'on veut y parvenir… eh bien, je suis désolée de vous dire ça, mais il va falloir s'entraîner un peu !

— On doit s'entraîner ?

— Oui. Si vous nous regardez tous les deux interagir

en ce moment, personne ne penserait que l'on est mariés, sans parler d'avoir une relation.

Je sors une chaise de la cuisine.

— Et c'est problématique ?

— Eh bien, oui, si vous voulez que nous en ayons l'air. Si vous préférez dire la vérité à vos partenaires, je n'y vois pas d'inconvénient.

Je serre les dents.

— Non, je ne préfère pas.

— Alors, asseyez-vous, mangez des raviolis et parlons de notre grande histoire d'amour.

Je la fixe un long moment. Elle me regarde à son tour, la spatule à la main. J'ai l'impression de la revoir quand je suis rentré l'autre soir, sauf qu'elle tenait d'un sabre à champagne.

Il serait facile d'envoyer un courriel à mes partenaires commerciaux et de remettre ça à plus tard. Ou de les éviter complètement aussi longtemps que durera notre mariage.

D'éviter d'avoir à faire… ça.

Mais quelque chose m'attire vers la table de la cuisine. Les raviolis au homard, certainement. Ça sent bon.

— D'accord, dis-je. Notre grande histoire d'amour.

Cecilia sourit. Ce n'est pas une expression que j'ai souvent vue chez elle, et jamais avant ces dernières semaines.

— Du parmesan sur vos pâtes ?

— Oui, merci.

Cela fait longtemps que personne d'autre qu'une gouvernante n'a cuisiné pour moi. Elle pose l'assiette devant moi et s'en prend une.

— Comment s'est passé le travail, aujourd'hui ?

Je plisse les yeux.

— Qu'est-ce que c'est que ça ? On joue au couple parfait ?

Quelque chose passe dans ses yeux, mais je ne peux pas le déchiffrer, parce qu'elle les baisse sur son assiette.

— Non. Il n'y a personne ici pour nous surveiller

non plus. J'ai juste pensé qu'il serait plus facile de parler en mangeant.

Plus facile. Ce serait aussi privé. Elle ne voulait pas que Bonnie soit là pour nous écouter fabriquer une histoire d'amour à partir d'une année de relation de travail.

Je goûte le plat, je pique deux raviolis au homard. La sauce est excellente. Presque identique à celle de Bonnie.

— C'est bon, lui dis-je.

Elle lève les yeux.

— Vous trouvez vraiment ?

— Oui.

— C'est une recette assez facile, mais j'ai peut-être visé un peu haut en choisissant tout de suite votre plat préféré.

— C'est mon plat préféré ?

— C'est ce que Bonnie m'a dit.

— Hmm.

C'est vrai que je l'aime bien, et j'ai peut-être fait un commentaire en ce sens une fois. Elle a dû le remarquer. Cela montre à quel point mon personnel est bon.

— Alors, dit Cecilia.

Sa voix prend cette note sérieuse à laquelle je suis habitué, celle qu'elle avait toujours lorsqu'elle m'informait sur la semaine à venir, debout, le dos droit dans mon bureau. Terrain familier.

— Oui ?

— On a commencé à sortir ensemble en secret, parce qu'on ne voulait pas que le service des ressources humaines ne le découvre.

— Je suis le PDG, dis-je. Qu'auraient bien pu faire les RH ?

Ses yeux se fixent sur les miens avec quelque chose qui ressemble à de l'exaspération.

— Ils ne vous auraient pas renvoyé. Ils m'auraient virée moi !

— Pas si j'avais mon mot à dire à ce sujet. Et c'est le cas.

— D'accord, OK. Disons que l'on ne voulait pas que

les RH le découvrent à cause des possibles tracas. À cause des potentiels ragots.

J'ouvre la bouche pour protester, mais elle me coupe avant que je puisse parler.

— Victor, on peut dire que c'est à cause de moi. Que je vous ai demandé de ne rien rendre public.

— D'accord. D'accord.

— Le vrai problème, c'est quand ils nous poseront des questions sur le mariage. Pourquoi l'hôtel de ville ? Pourquoi si vite ?

Elle tambourine ses doigts contre la table, les sourcils froncés. Ça sonne presque… doucereux.

— Ils pourraient penser que vous êtes enceinte, dis-je.

Ses yeux s'écarquillent.

— Oh, c'est vrai ! Et je voulais d'abord me marier.

— On peut les laisser faire leurs propres suppositions, Cecilia.

— Mais il n'y a pas moyen que je sois…

Ses joues rougissent légèrement. Le genre de rose qu'elle aurait si l'on essayait de la mettre enceinte. Des pensées que je ne devrais pas avoir dansent dans mon esprit, ses jambes dans le legging, ses cheveux ébouriffés et lâchés. Les attitudes de défi que j'ai découvertes en elle.

À quoi ressemblerait une partie de jambes en l'air avec elle ?

— Non, dis-je lentement. Il n'y a aucune chance pour que ce soit vrai.

— Alors, la question demeure. Pourquoi s'est-on mariés ?

— Parce qu'on est amoureux, dis-je. Je ne sais pas. La même raison pour laquelle la plupart des gens se marient.

— Je ne pense pas qu'ils y croient. Vous et moi, je veux dire. Amoureux.

Je me tords un peu le cou.

— Ils n'ont pas besoin d'y croire. Ils doivent juste accepter la version qu'on leur donne.

Elle ronge sa lèvre entre ses dents, ses yeux m'étudiant alors qu'elle les passe sur moi.

— Quoi ?

— Rien, dit-elle. C'est juste que je pense que vous pourriez vous en sortir en restant le type calme et silencieux même si vous étiez amoureux. Et je sais que je peux jouer mon rôle. Nul besoin d'en faire des tonnes pour les convaincre que c'est réel.

— Je passerai mon bras sur le dossier de votre chaise, dis-je. Ils y verront une déclaration d'amour.

Ses lèvres tressaillent.

— Ils ne vous ont jamais vu avec l'un de vos rencards ?

— Non.

Même s'ils auraient adoré, je n'ai jamais mêlé le plaisir à mes affaires. Je joue parfois au poker avec mes partenaires. Nous assistons ensemble à des réceptions, à des événements occasionnels. Mais au fond, j'ai besoin d'eux parce que je peux accomplir davantage avec nos ressources mises en commun au sein d'Acture Capital que seul.

Et ils ont, à l'occasion, apporté une contribution solide aux décisions de l'entreprise.

Le visage de Cecilia s'éclaire.

— Eh bien, dans ce cas, vous n'avez pas de précédent à faire valoir.

Je coupe mon dernier ravioli.

— Voilà, c'est fait. Notre histoire est cousue de fil blanc.

Je sens quelque chose comme un rire dans sa voix alors qu'elle attrape son téléphone.

— Eh bien, dit-elle, j'ai préparé une liste de questions.

Je m'adosse à ma chaise en gémissant, mais elle m'ignore, tout comme elle le faisait lorsqu'elle était mon assistante. Cecilia Myers garde les yeux rivés sur l'objectif à atteindre. Toujours.

— Des questions ?

— Oui. Où avez-vous grandi ?

— Ils ne nous demanderont rien de tout ça.

— Non, mais je suis censée savoir ce genre de chose sur mon mari.

Je secoue la tête.

— Question suivante.

Elle fronce de nouveau les sourcils. Elle trifouille son téléphone, faisant défiler ce qui doit être des dizaines de questions du même ordre.

— Très bien, dit-elle. Où avez-vous fait votre demande en mariage ?

— Dans mon bureau. Au travail.

— C'est l'histoire de demande en mariage la moins romantique que j'aie jamais entendue.

— C'est aussi la vérité, dis-je. Mes partenaires commerciaux n'y verront que du feu.

Elle se mordille à nouveau la lèvre inférieure.

— Ça va même jouer en notre faveur, en fait. Ça va là-dessus.

Je passe une main dans mes cheveux et considère les options qui s'offrent à moi. Aller à ce dîner ne sera pas facile. Ce ne sera pas agréable. Mais cela contribuera à adoucir l'image que je sais avoir. Une image que j'ai cultivée et qui ne m'a jamais dérangé. C'est aussi une image qui, parfois, me rend quelque peu inaccessible.

Je le sais. Je suis un modèle de conscience de soi.

Cecilia, elle, est tout le contraire. Elle fait rire les femmes de ménage et brandit les sabres à champagne comme des épées.

— On s'est mariés à l'hôtel de ville parce qu'on n'en pouvait plus d'attendre, murmure-t-elle en regardant son téléphone.

— On ne voulait pas d'une grande cérémonie.

— C'est vrai, dit-elle. On a déjà travaillé en étroite collaboration au boulot. On se connaît déjà très bien.

— C'était mon argument à la base, dis-je. Mais j'ai entendu dire qu'on était des étrangers.

Elle lève les yeux vers moi, un sourire se dessine sur ses lèvres.

— Oui. Eh bien, on l'était. Et on l'est toujours.

— Nous ne sommes pas des étrangers, Cecilia.

— Je ne sais pas où vous avez grandi, répond-elle. Vous ne savez rien de moi.

— J'en sais suffisamment, dis-je en pensant à toutes les petites choses que j'ai remarquées au cours des deux dernières semaines.

Ses habitudes de course à pied, ses habitudes de sommeil. Le thé *chai* sucré qu'elle aime boire le soir, le livre qu'elle avait accidentellement laissé sur le comptoir de la cuisine lorsque je suis descendu un matin.

La courbe de sa taille. La gaine soyeuse de ses cheveux.

Je la connais mieux que n'importe qui d'autre dans ma vie.

La même émotion traverse à nouveau ses yeux. On dirait qu'elle est blessée, mais cela n'a aucun sens. Il y a de fortes chances que je me trompe.

Ce ne serait pas la première fois.

— D'accord, murmure-t-elle. D'accord. Dans ce cas, je pense que l'on n'a pas besoin de mes questions. Encore une chose… les bagues.

— Les bagues ! Putain, vous avez raison. J'ai oublié ce détail.

Son petit sourire patient me dit que ce n'est pas le cas.

— Oui. Bon, ne pas en avoir, c'était OK avant, mais si on doit faire semblant d'être mariés en public…

— Il nous en faut, dis-je. Je vais m'en occuper.

— Vraiment ?

— Oui.

Cecilia acquiesce.

— C'est parfait. Alors, je n'ai plus qu'une question.

— Laquelle ?

— Quel est le dress code pour demain ?

Je hausse les épaules.

— Je serai en costume.

— Tellement surprenant ! Je vais donc opter pour une robe de cocktail.

Je pense à ses courbes dans une robe moulante. Je pense à la façon dont elle est apparue lorsque nous sommes sortis dîner, avec ses yeux ombrés et un décolleté qui était… bien. J'éloigne cette image de mon esprit.

— Ça m'a l'air d'être une bonne idée.

Elle hoche à nouveau la tête et repousse son téléphone.

— C'en est fini pour cette réunion, alors. À quelle heure doit-on...

Son téléphone sonne. Le signal puissant traverse la cuisine et se répercute sur les murs. Elle lit le nom sur l'écran et décline l'appel, glissant son téléphone dans sa poche.

— Je suis désolée, dit-elle. Vous disiez ?

— Je ne parlais pas. C'est vous qui parliez.

Ma curiosité prend le dessus, se mêlant à l'image d'elle dans une tenue ajustée et les cheveux détachés. On a convenu que l'on n'a pas besoin d'être célibataires. Elle est aussi libre de sortir que moi.

— Qui était-ce ?

— Juste une amie.

— La femme qui était l'un de nos témoins ?

— Oui, dit-elle. C'est une artiste, en fait.

— C'est donc pour ça que vous voulez que je fréquente une galerie d'art.

Elle acquiesce.

— Ce sera sa première grande exposition. Ses œuvres sont incroyables, mais le monde de l'art newyorkais est impitoyable, et on lui facture des frais faramineux pour exposer.

Plusieurs choses se mettent alors en place. Cecilia ne m'a pas épousé pour quitter son travail. Elle ne voulait pas seulement réaliser son rêve de créer sa propre entreprise. Elle m'a épousé pour que le rêve de son amie devienne aussi réalité.

Pour n'importe qui d'autre, ce serait une faiblesse de se préoccuper à ce point de la situation de quelqu'un d'autre, de prendre des décisions commerciales basées sur des sentiments.

Mais je ne suis pas sûr de pouvoir qualifier la femme en face de moi de faible plus longtemps.

Elle se racle la gorge.

— Je pensais qu'on irait ensemble au vernissage.

— Pour que je puisse acheter des œuvres, être vu, passer des coups de fil.

— Exactement.

Rien de bien différent de ce que veulent la plupart des gens. Ce que veulent toutes les personnes qui nous ont envoyé des cadeaux de mariage. Ils veulent que le nom des Saint Clair soit associé à eux, comme si l'éclat et le prestige d'une vieille famille pouvaient déteindre sur eux. Mais il ne s'agit pas d'un produit bon marché recouvert de platine. C'est de l'or de part en part, et il ne se tache pas.

— D'accord.

Je me lève de table et mets mon assiette dans l'évier. Sa voix me parvient alors que je me dirige vers le hall.

— Que dirons-nous aux gens dans un an ? demande-t-elle. Quand ils demanderont pourquoi nous avons divorcé ?

Je me retourne vers elle, toujours assise les jambes croisées à la table de ma cuisine. Mademoiselle Myers, et pas une jupe crayon en vue.

— Nous leur dirons la vérité, dis-je. Nous voulions des choses différentes.

— Ce n'est pas la vérité. Nous voulons exactement la même chose. Divorcer.

Je roule des yeux et elle s'esclaffe.

— Mademoiselle Myers !

— Désolée. Je n'ai pas pu résister. Vous allez travailler, maintenant ?

— Oui.

— Vous travaillez tous les soirs ?

Je fronce les sourcils.

— Oui. Qu'y aurait-il d'autre à faire ?

Elle sourit, comme si elle s'attendait à ma réponse. Comme si elle avait pitié de moi. Je n'aime pas cela. Je la laisse, elle et ses questions, près de la table, pour me retirer dans le seul endroit où je me suis toujours senti chez moi. Un endroit où je n'ai pas à m'occuper d'une maison de parents décédés ou à chercher une quelconque ruse pour me jouer de mon assistante devenue ma femme. Un endroit où je suis responsable de tout ce qui se passe. Mon bureau. Je m'arrête, la porte est entrouverte, puis, sachant qu'il désapprouverait, j'y entre, et je la ferme complètement.

9

CECILIA

Ma chambre a quelques avantages spectaculaires. L'un d'eux est sans nul doute la vue sur Central Park, dont je ne me remets toujours pas. Lorsque je travaille à mon bureau, il m'arrive de m'y perdre.

Un autre avantage est la douche à effet pluie dans la salle de bains. On ne peut nier que l'argent achète la qualité, et nulle part cela n'est plus clair que dans les lavabos en marbre et la pression de l'eau.

Mais le miroir en pied dans le placard change la donne.

Je me retourne pour faire le tour de la question, examinant chaque angle de la robe que je porte. Elle est noire, bien ajustée avec des manches trois quarts et une fente le long de la jambe. Simple, mais sexy.

Parfaite pour se mêler à quatre milliardaires et à leurs proches, dont deux ont été mes patrons.

Ce n'est pas comme si j'allais être l'intrus ou quoi que ce soit d'autre.

Je ne porte pas de bijoux, et j'espère que cela traduit une élégance discrète plutôt qu'un je-n'ai-rien-qui-passerait-bien-avec-votre-inestimable-compagnie. Des yeux sombres et charbonneux, pas de rouge à lèvres, du fard à joues et des cheveux séchés au sèche-cheveux. Si nous sortions, Nadine me dirait que j'ai l'air prête à briser des cœurs. Et que je devrais porter une robe plus courte.

Je jette un coup d'œil au réveil high-tech qui trône sur ma commode. On doit partir dans quelques minutes, et connaissant Victor, il doit déjà être prêt. Je me glisse dans mes escarpins et me dirige vers la porte de ma chambre.

Je suis à mi-chemin dans le couloir lorsque la sienne s'ouvre. Victor émerge dans un costume noir, une main rajustant le poignet de sa chemise. Elle lui va comme un gant.

Il se les fait tailler sur mesure. Je le sais, parce que c'est encore moi qui prends les rendez-vous.

On peut penser ce qu'on veut de lui, mais il est impressionnant, du haut de son mètre quatre-vingt-dix. Il s'arrête quand il me voit.

Je passe une main nerveuse sur ma robe.

— Bonsoir.

Son regard parcourt mon visage, mon décolleté, descend le long de mon corps jusqu'à mes chaussures. Il n'y a pas d'erreur sur l'admiration surprise dans ses yeux. Je me délecte de voir ça.

— Vous avez l'air… bien.

— Ça ira ?

— Oui, très bien.

— Bien. Merci.

Il s'éclaircit la gorge et s'avance dans le couloir en passant la main dans sa veste de costume. Son visage est à nouveau empreint des lignes acérées que je connais si bien.

— Les alliances, dit-il.

Il en tient deux dans la paume de sa main.

— Oh, c'est vrai !

Je lui ai envoyé ma taille de bague hier soir. Il a dû trouver un bijoutier dans la journée.

J'attrape le plus petit des deux anneaux en or. Mes doigts effleurent sa paume quand je le prends.

— C'est bien le mien ?

— Oui.

Je le glisse sur mon doigt et le regarde faire de

même. Son épais anneau d'or lui va parfaitement, contrastant avec la peau bronzée de ses longs doigts et de sa large main.

— Le vôtre est-il à la bonne taille ? demande-t-il.

Je hoche la tête, serrant le poing. L'or semble froid contre ma paume.

— Bien sûr.

— Encore une.

Il fouille dans son autre poche et la main toujours à l'intérieur, il fait tourner quelque chose. Puis il sort une bague de fiançailles.

Je soupire. Elle est magnifique. Un diamant solitaire sur un anneau en or, entouré d'émeraudes.

— Comme bague de fiançailles, murmure-t-il. Voyez si elle vous va également.

Je la glisse sur mon annulaire. Elle est serrée au niveau de la jointure, mais une fois la bosse passée, la magnifique bague glisse parfaitement à côté de l'alliance. Elle brille sous les projecteurs.

— Elle me va parfaitement, dis-je.

— Très bien. Eh bien, nous les porterons ce soir.

Il s'agit peut-être d'une décision professionnelle et d'un faux mariage, mais cela semble très réel de regarder sa main et d'y voir deux bagues, de voir son mari glisser la sienne sur son propre doigt.

— Je vous les rendrai une fois rentrés à la maison, dis-je. Je ne voudrais pas en perdre une.

— Elles sont assurées.

— Je n'en doute pas, mais je ne voudrais quand même pas les perdre.

— Finissons-en.

Mon prince charmant, pensé-je en le suivant dans l'escalier. Bonnie est dans la cuisine et elle nous fait un sourire en passant. Il s'élargit lorsque je croise son regard, et elle n'a pas besoin de prononcer les mots pour que je les entende. *Bonne chance.*

Steven a préparé la voiture pour nous à l'extérieur.

— Monsieur Saint Clair, dit-il en ouvrant la portière. Madame Saint Clair.

La main de Victor s'arrête sur le capot de la voiture. Le nom est suspendu dans l'air entre nous. Monsieur et madame s'apprêtent-ils à protester ?

Mais il se plie en quatre pour entrer dans le véhicule et je le suis, étendant mes jambes. Je noue mes mains l'une contre l'autre pour les empêcher de trembler.

J'ai déjà fait des choses folles et difficiles. J'ai travaillé de longues heures, j'ai voyagé avec Tristan et Victor pour le travail, je n'ai eu aucun problème à passer des coups de fil de dernière minute pour qu'ils obtiennent la dernière suite ou une table dans un restaurant complet.

Je peux le faire.

Je lui jette un coup d'œil, mais le regard de Victor se pose sur mes mains. Sur les bagues de ma main gauche. Je n'arrive pas à déchiffrer l'expression de son visage.

— Tout va bien ?

Il lève la tête, ses yeux bleus rencontrent les miens. Ils paraissent sombres dans le faible éclairage de la voiture.

— Il y a quelque chose que vous devez savoir à propos des invités de ce soir.

— Ah bon ?

— Avez-vous rencontré mes partenaires d'affaires ? À part Conway.

Je secoue la tête. Les fois où j'ai répondu à leurs appels ne comptent pas, pas plus que celles où je les ai vus traverser le couloir d'Exciteur pour rendre visite à Saint Clair.

— Vous n'aurez pas de problème avec Carter. Il parle plus qu'il ne le faudrait, ça lui causera du tort.

— Oh, vraiment ?

— Mais Winter devient aveugle.

Je cligne des yeux.

— Winter ? Anthony Winter ?

— Oui. Ça se voit, maintenant.

Je ne l'ai pas remarqué, mais je ne l'ai vu que deux fois, et de loin.

— C'est triste, dis-je. Je suis vraiment désolée.

Victor s'éclaircit la gorge, mais ne s'étend pas sur le sujet, alors je garde mes questions pour moi et les classe dans les informations à garder en mémoire.

On arrive devant un immeuble de l'Upper West Side qui donne sur Central Park. C'est exactement le même que celui de Victor, mais de l'autre côté du parc.

Je lui fais l'observation et il s'ébroue.

— Conway est un nouveau riche, dit-il, comme si cela expliquait tout.

Les nerfs dans mon ventre sont à vif lorsque l'on se retrouve dans l'ascenseur et qu'on le sent monter lentement jusqu'au sommet.

— Que le spectacle commence ! murmuré-je.

Victor ne répond pas, statue froide et pleine de confiance à côté de moi, comme toujours. Impénétrable et aussi enclin à vous ignorer qu'à se déchaîner.

Mais il réduit la distance entre nous et attrape ma main. La prise est sensuelle et ferme, de larges doigts se referment autour des miens.

— N'oubliez pas, dit-il, que l'on n'est plus des étrangers.

Ma poitrine se serre.

— Oui, je m'en souviendrai.

Son pouce passe lentement en arc de cercle sur mon alliance et ma bague de fiançailles, traçant leur forme solide sur mon doigt.

Puis l'ascenseur sonne et les portes s'ouvrent.

Victor m'accompagne dans un appartement moderne, décoré de beige et de gris et sentant délicieusement la cuisine italienne. Le premier à nous accueillir est un golden retriever au pelage épais et à la queue frétillante.

— Bonjour ! dis-je en tendant ma main libre pour qu'il la renifle. Ils ont un chien ?

— Non.

— Alors, que fais-tu ici, toi ?

Je lui gratte l'oreille et il se redresse sur ses fesses, avec un sourire de chien.

— Vous voilà, tous les deux ! dit une voix familière. Je pensais bien que le fidèle chien de garde de Summer avait entendu quelque chose.

Tristan Conway avance dans le couloir. Mon ancien patron, ici dans sa propre maison, vêtu d'une chemise aux manches retroussées et d'un pantalon bleu marine. Du saumon sur du pain de seigle. C'était son déjeuner préféré, et il l'aimait deux fois par semaine, livré à son bureau. Ma main libre s'enroule autour de la fourrure du chien.

— Conway, dit Victor. Merci pour l'invitation.

Je vois le moment exact où Tristan me reconnaît. Ses yeux s'écarquillent et descendent jusqu'à ma main, posée dans la poigne de Victor.

— Regardez ça ! dit-il. Mademoiselle Myers. Ou je suppose que c'est madame Saint Clair, maintenant ?

Je lui souris.

— Ravie de vous revoir, monsieur.

La main de Victor se resserre autour de la mienne et Tristan sourit.

— Pas de formalités, ici ! On peut se tutoyer, maintenant que vous êtes mariés, tous les deux. D'ailleurs, on se tutoie tous, ici.

— Tu as raison. Appelle-moi Cecilia, alors, s'il te plaît.

— Cecilia, répète-t-il. Je vais être honnête avec vous deux. Je suis surpris. Pas seulement par la nouvelle.

— C'était soudain, dit Victor.

— C'est l'heureux couple ?

Un homme s'avance dans le couloir. Grand et souriant, avec des cheveux bruns, il regarde de Victor à moi avec des yeux scintillants.

— Saint Clair, tu ne pouvais pas nous prévenir ? Nous laisser vous féliciter ?

— On a préféré une cérémonie privée, dit Victor. Voici ma femme, Cecilia. Cecilia, voici Carter Kingsley.

Je serre la main de Carter.

— Enchantée.

— Oh, je t'assure que tout le plaisir est pour moi ! dit-il. J'ai aussi un million de questions à te poser. Comment supportes-tu d'être près de lui ?

Victor grogne à mes côtés et retire sa main de la mienne.

— J'ai besoin d'un verre si nous devons faire face à une inquisition.

— Pas une inquisition, dit Carter. Un intérêt bien intentionné et amical entre partenaires commerciaux.

— Tu veux dire fouineur, répond-il.

Tristan s'esclaffe et coupe court à la tension avec l'aisance d'un homme qui l'a déjà fait à maintes reprises.

— Entrez et prenez un verre. Nous avons mis une bouteille de Taittinger 2007 au frais pour porter un toast à votre mariage. Cecilia, il y a des gens ici qui sont impatients de te rencontrer, et je peux t'assurer qu'ils ne seront pas aussi curieux que Carter.

— Oh, si ! dit celui-ci. Ils feront juste preuve de plus de tact.

— Tant que j'ai le droit de plaider le cinquième amendement à l'occasion, je répondrai à autant de questions que possible, dis-je.

Tristan me fait visiter l'appartement et me sourit chaleureusement lorsque je le complimente sur l'endroit. Cela devrait être bizarre, peut-être, de marcher à nouveau côte à côte avec lui après un an. Mais il est accueillant et gentil et ne pose pas la question que je vois danser dans ses yeux.

Mais pourquoi ai-je épousé Victor ?

Il me présente sa copine, Freddie, une petite femme brune aux courbes incroyables. Elle m'invite à m'asseoir entre elle et Summer, la copine blonde d'Anthony Winter, propriétaire du sympathique golden retriever qui se promenait dans le salon à la recherche de caresses et de restes de nourriture.

— C'est un aspirateur vivant qui respire, dit Summer. Dis-le-moi s'il te dérange.

— Oh, pas du tout ! J'adore les chiens.

Freddie sourit.

— Le fils de Tristan aussi, alors nous essayons d'avoir Summer et Anthony le plus souvent possible à la maison. C'est mieux que d'avoir sans cesse la conversation *est-ce que je peux avoir un chien ?*

Je m'esclaffe.

— Je n'en doute pas !

Summer nous regarde tous les deux, son grand sourire est contagieux.

— Je change de sujet, mais... tu as épousé Saint Clair ! Il faut qu'on en parle.

— Oui, dis-je. C'est encore tout nouveau.

— Félicitations ! Tu es une jeune mariée !

La sincérité de sa voix me fait culpabiliser.

— Merci. Pour tout te dire, j'ai été vraiment bouleversée.

Freddie acquiesce.

— J'imagine. D'après ce que Tristan m'a dit, tout s'est passé assez vite ?

Traduction : donne-nous les détails.

C'est ce que je fais, en leur racontant que nous sommes sortis ensemble en secret et que l'on en est arrivés à un point où il nous a fallu rendre les choses officielles. Il m'a demandée en mariage, j'ai accepté.

— C'était un tourbillon. Mais parfois, quand on sait, on sait.

Mon regard se pose sur Victor alors que je parle. Debout parmi ses trois associés, les lèvres serrées, la veste de costume toujours en place, il se tient à l'écart, même ici, au milieu d'un groupe de gens qu'il connaît depuis des années.

Depuis que j'ai accepté de l'épouser, j'ai pu découvrir un autre Saint Clair. Quelqu'un capable d'un humour sec et taquin et de commentaires sournois, capable de répondre aux questions, souvent à contrecœur, mais jamais malhonnêtement. Même lorsqu'il sait que ce qu'il dit peut être douloureux à entendre.

— Oui, dis-je. Quand on sait, on sait.

Tristan débouche une bouteille de champagne et en verse une coupe à tout le monde, les mains serrant les pieds des flûtes en cristal.

— Portons un toast à l'heureux couple, dit-il.

Freddie et Summer me poussent à me lever et je fais un sourire à moitié embarrassé, pas du tout faux. Je traverse la moquette pour me placer à côté de Victor. Sans hésiter, je glisse mon bras sous le sien et m'appuie sur son flanc.

Mes yeux verts rencontrent les siens.

— Un toast ! dit-il, comme si c'était la pire chose au monde.

— Ça ne te tuera pas, murmuré-je. Aie un peu l'air heureux.

Il sourit, un sourire petit, mais vrai qui me fait frissonner. Son bras passe autour de ma taille.

Tristan se racle la gorge et je lève les yeux pour les voir tous debout en cercle, les verres levés vers nous. Je les balaie tous du regard : mon ancien patron, Anthony Winter avec sa charmante petite amie à ses côtés, Carter toujours souriant, et Freddie avec le golden retriever à ses pieds.

Des gens que je n'aurais jamais pu rencontrer il y a à peine un mois, qui n'auraient pas échangé plus d'une phrase ou deux avec moi lorsque j'étais l'assistante de Victor. Qui avaient des vies, des richesses et des opportunités inimaginables.

Portons un toast à notre fausse union.

— À monsieur et madame Saint Clair, dit Tristan.

— À monsieur et madame Saint Clair, répètent les autres, flûtes levées.

Je garde mon sourire de circonstance et me penche

vers Victor. Pour la première fois, je lui suis reconnaissante de son détachement, de sa force implacable qui empêche la mienne de faiblir.

Les bras de Summer sont serrés autour de moi.

— Promets-le-moi, dit-elle.

Je ris, passant une main sur la soie de sa robe. J'ai la tête légère à cause du champagne et des rires.

— Je te le promets !

— Je n'ai absolument personne avec qui courir dans cette ville, et si je ne cours avec personne, je ne cours pas du tout.

— Nous irons ensemble, dis-je. Je t'enverrai un texto la semaine prochaine avec une heure et un lieu.

— Et tu me guillotineras si je ne viens pas.

Elle me lâche, un sourire étincelant sur le visage.

— Je ne serai peut-être pas aussi radicale, mais oui. Ace peut venir aussi ?

— Il pourrait nous ralentir, dit-elle. À quelle vitesse penses-tu qu'on va courir ?

Elle rit à nouveau sans s'arrêter, tandis qu'Anthony passe son bras autour de sa taille. Il me regarde droit dans les yeux.

— Je suis très heureux de t'avoir rencontrée, Cecilia.

Je pense aux fois où je l'ai mis en contact avec Tristan.

— Tu es le bienvenu dans notre club de course si tu veux.

Summer pose une main sur son bras.

— Anthony ne court pas.

Il acquiesce.

— En effet. En plus, si j'essayais, je crois bien que Summer et moi nous disputerions pendant tout le trajet.

— Mais non ! proteste-t-elle.

— Si, dit-il. Tu voudrais discuter pendant qu'on court, ou t'arrêter pour manger une glace, ou prendre une route panoramique.

— Tu me fais passer pour un écureuil distrait.

— Mais n'est-ce pas ce que tu es ?

Leur badinage et leur proximité évidente me font mal au cœur. La douleur s'aiguise lorsque Anthony dépose un baiser sur sa tempe.

— Prête ? demande Victor.

Il tient mon manteau et je le lui prends, glissant mes bras dans les manches. Le couloir s'incline lorsque je ramène mes cheveux en arrière.

Je murmure :

— Waouh !

D'un geste imitant celui d'Anthony, Victor passe son bras autour de ma taille. C'est la deuxième fois ce soir.

— Merci de nous avoir invités, dis-je à Tristan et Freddie. Pour le champagne, pour le dîner… pour tout.

— C'était un plaisir, dit Tristan. À bientôt, Saint Clair ?

Victor acquiesce et appuie sur le bouton de l'ascenseur. Son bras se détache de ma taille dès que les portes de l'appareil se referment derrière nous. Je respire profondément.

— On a réussi.

— Oui, c'est fait.

— Et on a survécu, dis-je. Vous pensiez qu'on n'y arriverait pas ?

— Je pense qu'on l'a échappé belle. Ils n'ont pas eu l'air de se demander pourquoi on s'est mariés ! Du moins, pas devant nous.

— C'est sans doute ce dont ils parlent maintenant.

Il fronce les sourcils et tend un bras vers moi.

— Combien en avez-vous bu ?

— Pas beaucoup. Juste ce qu'ils m'ont proposé.

— Ils proposent en permanence. Vous n'étiez pas obligée d'accepter.

— Merci, papa, murmuré-je.

Il roule des yeux et laisse tomber son bras.

— C'est vrai que vous tenez parfaitement sur vos jambes…

— Ce sont mes chaussures, le problème, dis-je en le suivant dans le hall. Elles sont superbes, mais elles ne sont pas très stables.

Steven nous attend dehors. Victor me tient la portière de la voiture, l'air impénétrable.

Je déboucle mes talons à lanières dès que nous sommes à l'intérieur.

— Ah ! Quel soulagement !

Il grogne, mais ne détourne pas le regard.

J'ai la tête toute brumeuse.

— Vos amis sont adorables.

— Ce sont mes partenaires d'affaires.

— Vous ne les considérez pas comme des amis ?

— En quelque sorte, peut-être. Mais nous avons des investissements communs, alors je ne serai jamais trop amical.

Je passe une jambe sous le siège en cuir cossu.

— Ils n'ont pas l'air de penser de cette façon.

— Ils ont des valeurs différentes des miennes.

Je hausse un sourcil et il se tourne entièrement vers moi, passant un bras derrière les appuie-tête. Quelque chose s'allume dans ses yeux.

— Vous n'êtes pas d'accord.

— Non, dis-je. C'est tellement vous, ça !

Sa voix se fait plus grave.

— Tellement moi ? Voulez-vous développer, mademoiselle… Cecilia ?

— Eh bien, en voici un bel exemple, en fait. Ça fait des semaines, mais vous n'arrivez toujours pas à m'appeler Cecilia. Vous voulez toujours dire *mademoiselle Myers*.

— C'est la force de l'habitude.

— Ça crée encore plus de frontières entre nous, et c'est quelque chose que vous semblez apprécier, dis-je.

N'est-ce pas ? Parce que vous et moi sommes des partenaires commerciaux.

— C'est vrai.

Je suis sur les chapeaux de roue, le champagne et l'adrénaline faisant jaillir mes mots.

— Vous savez que pendant toute l'année où j'ai travaillé pour vous, je ne vous ai jamais vu rire au téléphone ? Faire une blague à un employé ?

— Vous avez fait le compte ?

Je roule des yeux.

— Non, pas du tout. Mais je ne me souviens pas d'un seul cas. Votre séparation entre les torchons et les serviettes est absolue.

— Contrairement à vous, qui préférez les mélanger sans cesse.

— Je les mélange ?

Il hausse un sourcil.

— Pensez-vous que je n'aie jamais remarqué combien l'assistant d'Eleanor et vous parliez ? Certains après-midi, vous bavardiez pendant des heures.

— Vous nous avez entendus ? À travers la porte ?

— Parfois.

— Waouh !

Essayer de trier un an de conversations étouffées avec Mason est difficile, mais mon cerveau y parvient. Quelles étaient les choses incriminantes que j'ai pu dire à propos de Victor ?

Il se rapproche, la voix basse.

— Vous repensez à toutes les choses horribles que j'ai pu entendre ?

— Oui. Je ne sais pas si je dois m'excuser.

— Je n'ai rien entendu. Mais si vous pensez que vous devriez vous excuser, je suis prêt à l'entendre.

— Quel homme vaniteux ! dis-je. Savez-vous à quel point j'étais une bonne assistante ? J'avais des listes de vos déjeuners préférés, je les alternais en fonction du jour de la semaine et de votre humeur. J'étais fière d'organiser votre boîte aux lettres électronique. Elle était étiquetée et les couleurs étaient coordonnées, c'était une œuvre d'art. Je vous rédigeais les meilleurs mémos et notes de réunion.

Les lèvres de Victor se retroussent, une expression que je n'ai pas l'habitude de voir et qui m'empêche de me vanter.

— J'ai remarqué, maintenant que Brad est là.

— Il fait du bon travail, n'est-ce pas ?

— Assez bon. Certainement grâce à votre coaching.

Le compliment est minuscule, mais il me fait chaud au cœur. Je voulais l'approbation de Conway quand j'étais son assistante. Saint Clair, j'en ai eu envie, et chaque jour où il ne disait rien était un jour où j'en avais encore plus besoin.

Il est tout proche, son après-rasage est un baume capiteux. Dans la faible lumière de la voiture, ses yeux bleus semblent presque noirs.

— Cecilia.

— Oui ?

— Ils ont gobé notre histoire. À propos de vous et moi et de notre mariage. Je vous en remercie.

— De rien.

Il prend ma main et, d'un geste fort et sûr, il fait glisser mes bagues de mon doigt. Il doit les passer autour de ma phalange, mais il les enlève ensuite, l'or luisant dans sa paume.

— Gardez-les-moi précieusement, murmuré-je.

Il les met dans la poche de son costume.

— Jusqu'à la prochaine fois.

Mon cœur bat la chamade. Je pense que c'est à cause du champagne.

Steven arrête la voiture devant notre immeuble. Victor est le premier à rompre le contact visuel et à sortir, mais je lui emboîte le pas, le cœur encore battant.

Il m'a toujours intimidée. Cela n'a pas changé.

Il pose une main sur le bas de mon dos et nous traversons le hall. Il n'y a personne pour nous voir, mais sa main est là malgré tout, un poids sensuel sur ma robe.

Il déverrouille la porte d'entrée et fait un signe de tête en direction de l'escalier.

— Dormez un peu, me dit-il. Vous en aurez besoin, parce que demain, je vais tailler votre projet d'entreprise en pièces.

La menace sèche me fait sourire.

— Je ne veux pas que vous y alliez mollo avec moi de toute façon !

— Ce n'est pas mon genre.

— Oh, je sais !

Je l'observe, seul dans le couloir, les mains dans les poches. Il me regarde jusqu'à ce que nos yeux se croisent.

L'excitation de la soirée m'empêche de dormir, malgré mon grand lit confortable et la vue sur l'horizon éblouissant de la ville à travers ma fenêtre. Je me dis que je ne dormirai pas, mais j'écoute le bruit de ses pas qui montent l'escalier. La porte de sa chambre se ferme et je l'imagine, Victor Saint Clair, se passant la main dans les cheveux.

Juste avant de m'endormir, j'entends à nouveau ses pas. Cette fois, il descend l'escalier et sort par la porte d'entrée. Je l'entends se refermer.

Je reste longtemps éveillée, mais je ne l'entends pas revenir.

10

CECILIA

— Ça n'a pas pu se passer si mal, dit Nadine.

— Ai-je l'habitude d'exagérer ?

— Écoute, tu as travaillé sur ta création d'entreprise pendant quoi, deux ans ? Et je t'ai même vue travailler dur quasiment tous les week-ends. Tu as fait toutes les recherches possibles et imaginables sur cette affaire.

— Les week-ends où je pouvais, en tout cas. Mais oui. Il m'avait prévenue qu'il le taillerait en pièces, et c'est ce qu'il a fait.

— Donne-moi des détails, dit Nadine. J'en ai besoin pour comprendre.

J'attrape mon verre de vin. Il est servi dans un verre sans pied, qui fait partie du décor hipster de ce bar chic.

— Il s'est assis à son bureau, exactement comme au boulot, et je lui ai présenté le projet comme s'il était un investisseur et moi un entrepreneur.

— Ce que tu es.

— Je l'espère. Mais lui est clairement un vrai investisseur.

Je secoue la tête, mes joues s'échauffent.

— Ce qu'il a dit est logique. Que je ne suis pas encore prête à me lancer. Je dois préciser quels postes je veux embaucher et où, sans parler de la manière dont je vais les rémunérer. Mon image de marque n'est pas claire et si je cherche à attirer des investisseurs extérieurs, il me faut un site web entièrement fonctionnel. Une page où les clients peuvent acheter des tâches ou des heures avec nos assistants virtuels.

Nadine écarquille les yeux.

— C'est la raison pour laquelle j'ai choisi une carrière artistique. Rien de ce que tu viens de dire n'a de sens.

Je ris en posant ma main sur la sienne.

— C'est passionnant, une fois qu'on a compris, je te jure. Ça m'a pris du temps, c'est tout.

Elle secoue la tête.

— Non, tu savais déjà tout ça à l'université. Je m'en souviens. Tu t'asseyais dans notre dortoir, sur ton lit jonché de livres. Tu ne pouvais même pas y dormir avant de les avoir tous empilés.

— Ça ne m'a jamais empêchée de faire la fête !

— Bien sûr que non. On pouvait faire la fête toute la nuit, à l'époque.

— On se fait vieilles, dis-je.

Elle acquiesce.

— Je suis sortie avec quelques copains du studio mercredi et je crois que j'en ai encore la gueule de bois.

— C'était il y a trois jours.

— Oui, dit-elle. Exactement. Mais es-tu heureuse ? De l'avis de ton mari ?

Je gémis.

— Ne l'appelle pas comme ça.

— Ton *mari* ? N'est-ce pas ce qu'il est ?

— Techniquement, oui, tu le sais très bien. Mais je ne pense pas à lui de cette façon.

— Mon travail à moi consiste à te taquiner. C'est dans la description du poste de meilleure amie. Désolée, Cece.

Je roule des yeux.

— Oui, j'étais contente d'entendre ses commentaires, même s'il a réussi à me faire douter de tout pendant une soirée. Mais il sait de quoi il parle, du moins sur le plan professionnel.

Nadine boit une gorgée de son gin-tonic au romarin, un incontournable du bar branché de Soho où l'on est. Les prix sont également tendance.

— C'est son secret ? Je n'ai pas oublié combien il t'a fait travailler l'année dernière, tu sais. Ou la fois où je t'ai retrouvée en pleurs sur mon canapé il y a deux mois en disant qu'il t'était impossible de le satisfaire. Pourtant, tu es toujours prête à suivre ses conseils.

— Bon sang, qu'est-ce que j'exagérais, à l'époque !

— Non, tu étais stressée et surmenée et j'étais autant ton amie à cette époque, tu sais, que je le suis maintenant.

— Je suppose que tu as raison. Merci.

— N'hésite pas. Mais pourrais-tu m'expliquer ?

Je m'adosse à la chaise en pensant à Victor. Ce n'est pas difficile. Il est partout dans ma vie, maintenant, aussi présent qu'il l'était quand je gérais son emploi du temps.

— Il a un chauffeur qui l'idolâtre et une gouvernante digne d'une Wonder Woman. D'après ce que je vois, il n'interagit pratiquement pas avec l'un ou l'autre, mais ils font un travail de grande qualité.

— Et il t'avait comme assistante, dit Nadine. Qu'est-ce qu'il a, ce type, pour que tant de gens formidables acceptent de travailler pour lui ? D'après tout ce que j'entends de lui, il semble horrible.

— Il l'est. Je ne lui cherche pas d'excuses. Mais… il te pousse à l'excellence. Tu ne peux pas faire autre chose que donner le meilleur de toi-même quand tu es à ses côtés, tu vois ? Il ne te laisserait pas faire. Et il travaille aussi dur lui-même, Nadine. Je l'ai vu de près. Il gère les affaires les plus difficiles, et c'est impressionnant de le voir faire. Même si c'en est parfois effrayant.

Son sourire s'incline.

— On dirait que tu es en train de rejoindre sa petite armée de fans. Je ne veux pas que tu deviennes une femme de Stepford.

Je ris.

— Oh, il n'y a aucun risque ! Sincèrement, je pense que c'est moi la gagnante, dans cette affaire.

— Assure-toi que c'est bien le cas, dit-elle en baissant les sourcils et en les remuant. J'ai trouvé quelqu'un que je veux que tu rencontres.

— Vraiment ?

— Oui. Jake, à la galerie Francis Hunt. C'est l'un des conservateurs et il est très perspicace, mais pas du genre maniaque à coordonner les couleurs dans ses placards, tu vois ?

Je lui réponds :

— Je coordonne les couleurs de mon armoire !

Elle sourit.

— Je sais, je te rappelle que j'ai vécu avec toi. C'est impossible d'avoir deux personnes comme ça dans une relation. Et si vos systèmes organisationnels venaient à s'opposer ? Vous vous disputeriez sans fin !

— Non, dis-je. C'est le mien qui l'emporterait.

— Eh bien, Jake est du genre à te laisser organiser son placard. Je le vois bien. Il ne se la joue pas trop artiste non plus. Il a quelques années de plus que toi. Je ne sais pas, Cecilia, mais je pense que ce type pourrait être le bon.

— Tu dis ça pour tous les gars que tu veux me présenter.

— Et me suis-je déjà trompée ?

— Oui, dis-je. À chaque fois !

Elle grogne.

— Chaque personne est une possibilité. Mais Jake est une certitude. Ton mari et toi avez le droit de sortir avec d'autres personnes, non ?

Je gémis.

— Mon mari ?

— Oui. Ta meilleure moitié, le yin de ton yang, ton bonheur à jamais.

— Saint Clair aurait un infarctus s'il entendait cette conversation. Mais oui. Nous pouvons sortir avec d'autres personnes tant que ça reste discret. Même si, dis-je en attrapant mon verre et en le faisant tourner entre mes doigts, je ne sais pas si ça a changé depuis que nous sommes allés dîner avec ses partenaires commerciaux.

— Quand vous avez fait semblant d'être des jeunes mariés heureux ?

— Oui.

— L'ambiance entre vous a changé la semaine dernière ?

Je secoue la tête.

— On se voit à peine. Il fait de la musculation le matin, puis il est au travail toute la journée alors que moi, je travaille à la maison. Il rentre après dix-neuf heures. Nous ne dînons pas ensemble. Il ne regarde pas la télévision et ne traîne pas dans la cuisine. Nous sommes comme des fantômes dans la nuit.

— Cet homme est un bourreau de travail.

— C'est un cas d'école. Mais…

— Quoi ?

— La semaine dernière, je l'ai entendu disparaître dans la nuit.

— Disparaître ?

Je me déplace sur la chaise.

— Oui. Quitter l'appartement. Donc je ne pense pas qu'il soit vraiment célibataire.

Les yeux de Nadine s'écarquillent.

— Oh ! Tu penses qu'il rencontre quelqu'un la nuit ?

— Sinon pourquoi un homme aussi occupé passerait-il ses nuits ailleurs ? lui demandé-je en haussant les épaules.

Cela ne devrait pas me déranger, et pourtant, l'idée que Victor disparaisse la nuit pour rejoindre une autre femme, se glisser dans un autre appartement me donne des sensations désagréables : ça me démange et ça me fait mal.

Je le connais. J'avais l'habitude de gérer son emploi du temps, sa vie, d'envoyer des e-mails en son nom. Il avait un deuxième appartement dans notre immeuble ou louait une chambre d'hôtel à proximité. Tout pour la commodité et le gain de temps.

— Peut-être qu'il a besoin de prendre l'air à minuit, suggère Nadine, mais sa voix est emplie de doutes.

Je soupire.

— Oui, bien sûr, avec tout le temps libre qu'il a. Ce n'est pas grave. Je veux dire, je ne me faisais pas d'illusions sur notre arrangement. Il a été très clair dès le début sur le fait que nous étions tous les deux libres d'avoir d'autres rendez-vous.

— Ce qui veut dire que tu as le champ libre pour rencontrer Jake.

Je roule des yeux.

— Pour pouvoir harmoniser les couleurs de son placard.

— Oui, après avoir eu une douce, douce nuit d'amour.

— Beurk ! Je déteste quand tu sors cette phrase.

Elle sourit.

— Je sais.

Son téléphone sonne et je hausse un sourcil, la regardant fouiller dans son sac.

— Depuis quand tu mets ton téléphone en sonnerie ?

— Depuis que des informations importantes pourraient me parvenir…

Son visage change en un instant, devient concentré et sur ses gardes.

— Allô ?

Je bois une gorgée de mon verre et j'écoute sans vergogne.

— Oui, dit-elle en hochant la tête, comme si la personne à l'autre bout du fil pouvait la voir. Bien sûr. Oui. Je comprends.

— Comprendre quoi ? murmuré-je.

Elle sourit et secoue la tête dans ma direction.

— Je serais plus qu'heureuse de le faire. Le 22 ? Oui. Oui, bien sûr. Je peux avoir une série complète d'ici là.

Je la regarde avec une surprise exagérée, la bouche ouverte, et elle me sourit à nouveau.

— Oui, merci beaucoup. À bientôt.

Elle raccroche et la seconde d'après, elle se lève de sa chaise pour m'attraper en criant.

— Oh, mon Dieu !

— Tu as une date pour ton exposition ?

— Oui ! Ils ont décidé que je serai l'invitée vedette ! Le peintre vedette, Cecilia !

— La vedette, répété-je en la serrant dans mes bras.

— Quelqu'un s'est désisté et ils m'ont juste demandé si j'accepterais de me présenter plus tôt. *Si je suis d'accord, j'aurai une réduction !*

Elle se penche en arrière, ses yeux bruns rencontrent les miens.

— Bien sûr que je suis d'accord !

— Ça signifie que tu feras l'ouverture le mois prochain. Le 22.

— Oui.

Elle s'essuie les yeux.

— J'ai tellement de choses à faire ! Je dois terminer ma série des sept vertus. En trois semaines.

— Si quelqu'un peut y arriver, c'est bien toi.

— Je vais devoir trouver l'argent bien plus tôt aussi. J'espère que tu es aussi optimiste à ce sujet.

— Nadine, dis-je. À ce propos… J'ai peut-être résolu ce petit problème.

Ses yeux se rétrécissent.

— Tu t'es mariée une seconde fois ?

Je grogne.

— Non. La première a suffi.

— Que veux-tu dire ?

— J'ai l'argent pour l'exposition. Ça fait partie de ce que j'ai négocié.

Elle pose une main sur la table, comme si elle avait besoin d'être soutenue.

— Toi… Cecilia. Tu es complètement folle !

— Non, juste déterminée, dis-je, et je te considère

plus comme une sœur que comme une simple meilleure amie.

Dans la lumière dorée du bar, ses yeux brillent.

— Je ne peux pas l'accepter.

— Bien sûr que si ! C'est toi qui m'as dit d'épouser Saint Clair et d'en tirer profit, et c'est exactement ce que je fais. Je n'aurais rien pu faire sans toi. Je serai aussi là le jour de ton vernissage, la meilleure amie la plus fière que la Terre ait jamais portée.

Elle me serre à nouveau dans ses bras, très fort, et parle la gorge nouée.

— Je ne sais pas comment te remercier.

— Pas besoin, murmuré-je. Je t'aime, tu sais.

— Je t'aime aussi, murmure-t-elle. Tu as fait en sorte que ton patron m'aide moi aussi. Tu es un génie !

— Si on doit s'élever, on s'élèvera ensemble.

Elle acquiesce, se penche en arrière pour s'essuyer les yeux.

— Je vais exposer.

— Tu vas exposer, répété-je.

J'ai l'impression d'avoir travaillé dix ans pour en arriver là, pour la voir se lancer et trouver sa voie, la perdre à nouveau, redécouvrir une nouvelle direction.

Ma propre gorge est un peu serrée.

— Tu sais ce que ça signifie pour ce soir.

— Il va falloir fêter ça.

Je hoche la tête, attrape nos deux verres et lui glisse le sien dans sa main.

— Cul sec ! dis-je. Aux artistes qui annulent et à ceux qui saisissent les chances que les autres ont laissé passer !

Elle lève son verre.

— Aux amis qui se soutiennent mutuellement !

11

VICTOR

L'écran de l'ordinateur devant moi s'estompe et disparaît, mes yeux ont du mal à faire la mise au point. Je m'adosse à ma chaise de bureau et ferme mes paupières. Les courriels et les mémos peuvent attendre. Il le faudra bien, car je n'arrive plus à rien faire ce soir. Je tourne à vide.

Il est minuit passé et je devrais déjà être au lit.

Je m'y suis mis, en fait, jusqu'à ce qu'un mauvais pressentiment signe d'une mauvaise nuit m'en fasse sortir à nouveau. La meilleure chose à faire ces nuits-là est d'éviter mon lit jusqu'à ce que j'y retombe, tellement épuisé que je finis par tomber comme une masse. Cela m'empêche de rêver d'elle.

Je passe une main dans mes cheveux. Où est-elle ?

Cecilia n'a pas dit où elle serait ce soir et Bonnie ne le sait pas non plus. J'ai appelé Steven, mais il ne l'a conduite nulle part. Elle n'a laissé aucune note sur le comptoir de la cuisine non plus.

Son emploi du temps est généralement prévisible. Fiable. Elle est là quand je rentre, discutant à voix basse avec Bonnie dans la cuisine ou depuis une semaine, assise sur le canapé du salon, un livre à la main. Elle ferme toujours la porte de sa chambre à vingt-deux heures.

Et lorsqu'elle monte l'escalier pour aller se coucher,

elle s'arrête toujours devant la porte entrouverte de mon bureau. *Bonne nuit,* dit-elle.

Cela m'agaçait au début, mais elle a continué à le faire, avec professionnalisme et gentillesse, telle une horloge bien rodée. Je lui réponds toujours. *Bonne nuit.* Et puis j'écoute ses pas doux se diriger vers l'étage, le son d'une autre personne vivant dans mon appartement. Qui le fait ressembler à un chez-soi.

Mais pas ce soir.

Je m'éloigne du bureau et me dirige vers la cuisine. J'ai peut-être besoin d'une tasse de café. L'horloge du micro-ondes m'assaille d'une heure bien trop tardive, affichant une heure vingt du matin.

Nous n'avons jamais discuté de cela. Tenir ou ne pas tenir l'autre informé. Mais elle devrait le reconnaître elle-même. Cecilia Myers, qui est le parangon de la vertu organisationnelle et de la prévoyance. Qui a géré ma vie si facilement que je ne savais pas qu'elle me manquerait en tant qu'assistante jusqu'à ce qu'elle parte.

Elle pourrait avoir des ennuis.

Des scénarios possibles se bousculent dans mon esprit : Cecilia perdue dans la ville, son téléphone éteint, son portefeuille devenu une balise pour les voleurs. Cecilia dans l'appartement d'un autre homme, dans ses bras, lui offrant tous ses rires. Et puis, mon cerveau étant incapable de s'arrêter de tourner, l'image d'elle dans une voiture accidentée, son corps plié et brisé.

J'arrache mon esprit à cette image. J'attrape mon téléphone et trouve son numéro.

Mes doigts tambourinent sur le plan de travail de ma cuisine pendant que les sonneries retentissent. Une, deux, trois…

Elle répond à la quatrième, mais je n'entends pas sa voix. J'entends les pulsations d'une musique entêtante.

— Cecilia ?

— Victor ?

— Oui.

— Attendez une minute !

Le rythme de la house tropicale explose et ses mots sont étouffés par les rires et le bruissement des corps.

Elle est dans une boîte de nuit.

— Où êtes-vous ?

— Quoi ?

— Où êtes-vous, Cecilia ?

— Je suis à l'Ivory !

Je serre les dents.

— Vous rentrez ce soir ?

— Oui, bien sûr. Je vais juste…

Le reste de ses mots est inintelligible, perdu dans le rythme et les rires.

— Comment allez-vous rentrer ?

— En taxi. Je ne vous entends pas très bien.

Sa voix est rieuse. Comme après le dîner de Conway, mais en pire.

— Je viendrai vous chercher.

— Quoi ?

— Je viendrai vous chercher !

Sa voix se transforme en couinement.

— Maintenant ?

— Non. Quand vous l'aurez décidé.

On entend à nouveau un bruissement, puis une porte qui se ferme. J'entends une femme crier que quelqu'un a coupé la file d'attente.

— Maintenant, je vous entends mieux, dit Cecilia en baissant la voix. Bonsoir, Victor.

— Bonsoir. Envoyez-moi un SMS vingt minutes avant de sortir et je viendrai vous récupérer, d'accord ?

— D'accord, souffle-t-elle. C'est très gentil de votre part.

— Je ne veux pas que vous soyez seule en ville la nuit.

— Je suis avec des amis.

— Quand même. Envoyez-moi un texto.

— D'accord. Je le ferai…

L'appel est coupé, elle n'est plus à l'autre bout du fil, perdue dans les toilettes d'un club du centre-ville.

Je n'aurais pas dû le proposer. Je n'aurais pas dû insister. Mais c'est fait, j'enfile ma veste et j'attrape mes clés de voiture. Je passe devant l'affreux vase en verre de forme phallique qui se trouve sur la table de mon entrée. Elle l'a remis en place après que je l'ai jeté à la poubelle.

Ça me met les nerfs à vif. Elle me taquine. Elle me cherche. L'ascenseur me conduit au garage et à la Range Rover noire que j'utilise trop rarement.

C'est plus pratique d'avoir Steven au quotidien, il est plus doué que moi pour se garer et il est toujours bien discret.

Le moteur ronronne sous mes pieds.

Elle n'a peut-être pas encore envoyé de texto, mais je ne vais pas rester chez moi à attendre. Mieux vaut être en ville, en mouvement. Les rues de New York sont remplies de taxis et de mobylettes qui livrent les repas aux ivrognes et aux fêtards.

Je me faufile dans la circulation, une main sur le volant. Je refuse de penser à ce que je fais, aux limites que je franchis. Cecilia et moi ne sommes pas amis. Cecilia et moi ne pouvons pas devenir amis.

Je me gare devant la façade noire et inoffensive du club que mon GPS m'indique comme étant l'Ivory. La musique pulse à l'intérieur, faiblement, mais visiblement, même à travers ma voiture.

Un chauffeur de taxi me jette un regard noir pour lui avoir chipé une place, et je lui réponds du tac au tac. C'est lui qui cède le premier.

Il me faut encore attendre dix minutes pour que mon téléphone vibre dans ma poche.

Myers : Je suis prête. Merci !

. . .

J'attends quelques minutes. Pas assez pour qu'il soit possible qu'elle croie que je suis parti au moment où elle m'a envoyé son texto, mais je ne veux pas la laisser attendre dans le club.

Saint Clair : Je suis dehors.

Après l'avoir envoyé, mon pouce passe sur son nom sur mon téléphone. Je ne le fais pas. Utiliser le nom de Myers au lieu de Cecilia, c'est bien.

Garder ses distances, c'est bien.

Mais la distance est une illusion, je m'en rends compte en la regardant sortir du club. Elle a passé un bras autour de son amie, la femme brune qui nous a servi de témoin. L'artiste dont je dois être le mécène.

Je me penche sur le siège passager vide et baisse la vitre.

— Myers !

Nos regards se croisent. Ses cheveux noirs sont détachés et encadrent son visage, une mèche désordonnée tombant sur sa joue. Elle me fait un large sourire. Comme si j'étais la personne qu'elle préfère.

— Le voilà !

Son amie rit et elles marchent, toujours bras dessus bras dessous, jusqu'à ma voiture. Toutes les deux.

Je fronce les sourcils quand elles s'installent sur la banquette arrière.

— Bonsoir, dit Cecilia.

— Bonsoir, dit son amie.

— On peut s'arrêter d'abord à Brooklyn ?

De l'autre côté de la rivière, veut-elle dire. Bien sûr que non ! J'ouvre la bouche pour répondre en la dévisageant dans le rétroviseur. Cecilia me regarde en retour. Ses yeux sont grands, sérieux et… heureux. La réplique meurt alors dans ma bouche.

Je m'entends dire :

— OK.

Elle sourit et je détourne mes yeux du rétroviseur. Je roule en silence vers le pont de Brooklyn, reconnaissant qu'il n'y ait pas de monde sur les routes.

Je suis Steven pour la nuit, semble-t-il.

— Merci de me ramener, dit son amie depuis la banquette arrière.

Nadine ? C'est son nom ?

— J'apprécie vraiment.

Je lève les yeux pour voir son regard mesuré et lui fais un signe de tête en retour.

Elles échangent un murmure d'adieu sur la banquette arrière et s'étreignent. Cecilia dit quelque chose à l'oreille de Nadine qui les fait rire toutes les deux. Je fronce les sourcils, sachant qu'il s'agit forcément de moi.

— Au revoir ! me dit Nadine. Et merci encore pour tout !

Je hoche la tête, mes doigts tambourinant contre le volant. Je suis sur le point de démarrer quand Cecilia me surprend en descendant à son tour.

Elle se glisse sur le siège passager avec un sourire en attachant sa ceinture de sécurité.

— Je voulais vous demander si vous pouviez déposer Nadine aussi, mais le réseau était vraiment mauvais, là-dedans.

— Bien sûr.

Elle tire sur la robe moulante qu'elle porte, la ramenant sur ses genoux et ses cuisses.

— Vous n'avez pas froid ?

— Un peu, dit-elle. Mais je suis trop heureuse pour avoir froid.

Mes doigts tambourinent à nouveau, luttant contre mon propre instinct et perdant la bataille, bien entendu.

— Je vais saisir la perche tendue. Pourquoi ?

— Nadine va être le peintre vedette d'une exposition d'art le mois prochain !

— Vous êtes sorties pour fêter ça.

— Oui. Il le fallait ! L'Ivory n'est pas le meilleur club

de la ville, mais on est toujours sûr de passer un bon moment.

Elle s'adosse au siège, se calant dans le cuir moelleux, et pousse un petit soupir heureux.

— Merci d'être venu me chercher.

— De rien.

— Oh ! Mais vous savez conduire !

— Aux dernières nouvelles, oui.

— Mais où est Steven ?

Elle jette un coup d'œil en arrière, comme s'il se cachait sur le siège arrière.

Mes lèvres se retroussent.

— Il est de repos, ce soir. Il ne se cache pas dans le coffre, si c'est ce que vous pensez.

— Alors, c'est vous qui conduisez.

Ses yeux sont vitreux et ses lèvres pulpeuses sourient, comme si elles ne pouvaient rien faire d'autre, comme si elle était prisonnière de son bonheur pour ce soir.

— Je conduis toujours, oui.

Elle glousse et se baisse pour enlever ses talons, comme elle l'a fait après le dîner chez les Conway.

— Danser avec ça devrait être illégal.

Je n'ai rien à répondre à cela, alors je n'en fais rien. Mais j'observe la longueur de ses jambes nues alors qu'elle les étire.

— Je ne voulais pas… eh bien…

Elle me regarde, de l'hésitation dans les yeux.

— Pourquoi m'avez-vous appelée ? Pour savoir où j'étais ?

— Vous n'étiez pas à la maison, il était tard, et d'habitude, vous y êtes.

— Je ne savais pas que vous vouliez que je vous dise quand j'envisageais de sortir.

Je garde les yeux sur la route.

— Moi non plus, pour tout vous dire.

Il y a un silence entre nous, ponctué par le bruit qu'elle fait en se retournant sur son siège.

— Vous êtes resté debout tard, alors ?

— Je n'arrivais pas à dormir.

— Vous vous êtes éclipsé certaines nuits, vous aussi.

Je ne sais pas quoi répondre à ça. Je ne peux pas mettre des mots là-dessus, et même si je le faisais, je doute qu'elle… non.

— Je ne savais pas que vous l'aviez remarqué.

— C'est le cas, dit-elle. Et je ne vous appelle pas pour vous demander où vous allez.

— Non, c'est vrai.

Elle se racle la gorge, et je devine quelque chose de tendu sous la gaieté.

— J'apprécie qu'on me ramène chez moi. Mais je peux sortir aussi longtemps et aussi souvent que je le souhaite, tout comme vous.

Je ne peux pas dire le contraire. Je ne peux pas non plus lui avouer le sentiment de malaise que j'ai ressenti alors qu'elle n'était pas à la maison.

— C'est noté. Comme c'était tout nouveau, j'ai juste voulu vérifier.

Elle se détend contre le siège, les paumes posées sur ses genoux. Je jette un coup d'œil à sa main gauche et la trouve nue. C'est évident. Les bagues sont chez moi, dans le coffre à la maison.

La bague de fiançailles de ma mère rendait bien au doigt de Cecilia.

— Savez-vous, dit-elle, que nous sommes mariés depuis presque deux mois déjà ?

— Oui.

— Ce qui veut dire qu'il ne nous reste plus que dix mois à tenir.

— Vous avez hâte de divorcer ?

Elle rit, passant une main dans ses cheveux noirs en désordre. Fini les queues-de-cheval basses et les chignons serrés. J'approuve complètement cette coiffure. Vive les vagues libres et déferlantes. Je me demande à quoi elles ressembleraient enroulées autour de mes doigts.

— Je suis juste surprise de voir à quel point tout s'est passé en douceur jusque-là, dit-elle.

— Vous vous attendiez à ce qu'on se batte ?

Elle grogne.

— Non. Mais je m'attendais à plus d'accrocs. Il y a bien moins de frictions que lorsque je travaillais pour vous.

— Des frictions ?

— Oui. Peut-être que vous ne l'aviez pas remarqué.

Je m'arrête devant le garage de mon immeuble et je regarde la porte en acier se lever centimètre par centimètre.

— On a fait beaucoup de choses.

— Oui, c'est vrai. Je ne pense pas qu'il puisse en être autrement en travaillant avec vous.

Je gare la voiture et je fais le tour pour lui ouvrir la porte. Mais elle est déjà sortie, pieds nus sur le béton.

— Cecilia.

Elle sourit et se penche pour remettre ses talons, tendant une main pour se soutenir. Elle la pose sur mon bras et je reste immobile.

— Vous n'êtes pas facile à tenir quand vous êtes ivre.

Ses yeux se posent sur les miens.

— Je ne suis pas ivre, et je ne suis en rien difficile à tenir !

— Bien sûr que non !

— Je suis parfaitement capable de marcher en ligne droite. Je peux réciter l'alphabet à l'envers et à l'endroit – non ! Je vais même faire mieux !

Elle se redresse et, à mon grand étonnement, elle récite mon numéro de sécurité sociale et ma date d'anniversaire.

— Oh ! Et vous êtes Taureau, dit-elle, mais vous ne croyez pas à l'astrologie.

Je la regarde fixement. Un million de réponses me traversent l'esprit. Je choisis la plus sûre.

— Ça ne prouve en rien que vous soyez sobre.

— Allez, même vous, vous devez admettre que c'était un peu impressionnant.

— Bien sûr.

Elle me dépasse et se dirige vers l'ascenseur, les bras ballants le long du corps.

— Je n'aurais pas dû demander. Je sais mieux que quiconque que vous n'êtes pas du genre à faire des éloges.

— C'est totalement faux !

— Aïe ! dit-elle. Je ne me sens pas mieux pour autant.

Je ne trouve rien à répondre à sa taquinerie, mais je n'ai pas besoin de le faire, car les portes de l'ascenseur s'ouvrent et elle bondit pour ouvrir ma porte d'entrée. Sa porte d'entrée.

Notre porte d'entrée.

Je devrais monter directement à l'étage, mais rien de cette soirée ne s'est déroulé comme prévu. Je la suis donc dans la cuisine. Elle allume les lumières au fur et à mesure et ouvre le réfrigérateur pour en examiner le contenu.

Je l'observe.

— Que voulez-vous dire par là ?

Elle émet un petit bourdonnement et sort un paquet.

— Vous aimez ça ?

— Je ne vois pas ce que c'est.

— Du houmous.

— Non.

— Je m'en doutais, dit-elle, et elle fouille dans une boîte pour trouver des carottes. Je veux être sûre de ne pas ruiner accidentellement le programme de Bonnie en grignotant quelque chose qu'elle a mis de côté pour vous.

Je m'appuie sur le comptoir de la cuisine.

— Ne changez pas de sujet. Que vouliez-vous dire ?

— De quoi parlez-vous ?

Elle penche la tête en arrachant le couvercle en plastique, comme si elle écoutait encore de la musique. Le bord en dentelle blanche de son soutien-gorge dépasse de son décolleté et c'est soudain tout ce que je vois.

Cecilia en sous-vêtements. Cecilia en rien du tout. Dormant chaque soir dans la chambre en face de la mienne.

Elle lève les yeux vers moi, croise mon regard. Un lent sourire se dessine sur ses lèvres.

Je me racle la gorge.

— Ma politique de non-éloge. Que je n'ai pas. Vous avez dit *aïe*, après.

Elle rit, et le son se répand dans la cuisine, l'envahissant comme jamais auparavant.

— Si vous dites que vous n'avez pas de politique de refus des éloges, ça signifie que je n'ai jamais rien fait de louable. Mais en tant qu'assistante exceptionnelle – n'y voyez pas d'objection –, je sais que c'était le cas. J'étais excellente dans mon travail.

Je fronce les sourcils en la regardant parcourir ma cuisine, ouvrir des tiroirs et trouver des ustensiles. On dirait que c'est elle qui l'a conçue. Comme si elle cuisinait ici tous les jours.

Peut-être est-ce le cas. Je n'ai aucune idée de la façon dont elle passe ses journées en mon absence.

Cela me semble soudain déplacé.

— Je vous ai fait des compliments.

Elle hausse un sourcil.

— Ah oui ? Quand ça ?

Je la fixe et me creuse les méninges. Le travail n'est pas le lieu pour des éloges excessifs. Cela n'améliore ni le moral ni la motivation, et trop d'éloges dévalorisent l'ensemble des affaires.

— On a travaillé ensemble tous les jours. Je ne me souviens pas de quand c'est arrivé.

Cecilia fredonne, un sourire au coin des lèvres.

— Je peux vous dire le nombre de fois. Zéro.

Je fronce les sourcils, la regardant tremper une carotte dans le houmous. Elle la fait tourner.

— Alors je ne crois pas aux trophées de participation, dis-je. Toutes les actions menées dans les bureaux que j'ai dirigés ont été couronnées de succès.

Elle sourit, un sourire discret, comme si j'avais fait une blague dont elle seule pouvait comprendre la chute.

— Bien sûr que oui !

— Bien sûr ? Il a fallu travailler dur et se dévouer.

— Je sais. Je ne le conteste pas. Vous êtes la personne la plus travailleuse que j'aie jamais rencontrée. Le compliment glisse sur elle comme si de rien n'était. Comme si c'était facile. Comme si ça coulait de source.

Je la regarde ouvrir à nouveau le réfrigérateur. Je ne savais pas que le jour viendrait où les anciennes coiffures de mademoiselle Myers me manqueraient, mais elles me manquent, maintenant, quand je regarde les cheveux noirs qui bouclent dans son dos. Ils sont bien trop distrayants.

— Voilà, murmure-t-elle pour elle-même, et elle sort une bouteille en verre.

Elle essaie de tourner le bouchon, mais il ne s'ouvre pas.

Je bouge avant d'avoir décidé de le faire et j'écarte doucement ses mains.

— Oh ! souffle-t-elle en levant les yeux vers moi.

C'est un geste tiré d'un mauvais film pour ados. Mais je lui dévisse le couvercle et j'ai l'impression de mesurer trois mètres de haut.

— Tenez, murmuré-je.

Sa voix est sensuelle.

— Merci.

— Qu'est-ce que c'est ?

— Du kombucha. Vous en voulez ?

Ses mains effleurent les miennes lorsqu'elle reprend la bouteille et ce simple contact me rend muet. Je la regarde sortir deux verres, et après s'être remise du malaise…

— Vous buvez du kombucha quand vous êtes ivre ?

— Je ne suis pas ivre, dit-elle en versant une bonne quantité dans chaque verre. C'est réparateur. C'est sain.

Et ça veut dire que je me sentirai merveilleusement bien demain.

— Pourquoi ne serait-ce pas le cas ? Si vous n'êtes pas ivre maintenant ?

Elle plisse les yeux vers moi, mais juste pour jouer.

— Vous voulez votre kombucha ou pas ?

Je n'en veux pas. Il n'a pas l'air appétissant du tout, avec ses petites particules qui tourbillonnent.

Je dis *oui,* et c'est à ce moment-là que je me rends compte que je devrais monter à l'étage. Parce qu'elle n'a rien à voir avec l'assistante que je croyais avoir, rien à voir avec la mademoiselle Myers qui ne contestait jamais mes ordres et ne répondait jamais, qui portait des jupes crayons trop amples avec des cheveux noués en queue-de-cheval.

La femme que j'ai devant moi est pleine de vie et de rires, de centres d'intérêt et de rêves, et pour la première fois depuis longtemps, elle m'intrigue plutôt qu'elle ne m'ennuie.

Cela me rappelle l'époque d'une cuisine comme celle-ci. L'époque où les maisons étaient faites pour rire et vivre, plutôt que pour travailler et se reposer. Quand quelqu'un osait me taquiner. Quelqu'un d'assez proche pour en avoir la possibilité.

— Victor ? demande-t-elle.

Il n'y a aucune hésitation dans sa voix. Elle prononce mon nom comme s'il lui appartenait, et non comme si elle préférait m'appeler monsieur Saint Clair et se retirer dans l'escalier comme si j'allais la mordre.

— Oui ?

— Santé ! À nos deux mois de mariage ! dit-elle en levant son verre de kombucha.

Je regarde mon propre verre et il ressemble à de l'eau de vaisselle.

Mais je trinque avec elle.

— Il n'en reste plus que dix, dis-je.

Elle me sourit par-dessus le bord de son verre et, malgré moi, je sens mon sourire à mon tour.

Il s'éteint dès que je goûte la boisson. Cecilia éclate de rire devant mon expression et ne s'arrête pas, se pliant en deux sur le plan de travail de ma cuisine.

— Oui, dis-je. Carrément bourrée, la fille !

Elle rit.

— C'est juste que… je suis désolée.

Je verse le reste de mon verre dans l'évier.

— Je n'ai sans doute jamais eu l'occasion de porter un toast avec quelque chose d'aussi dégoûtant.

— Votre visage, dit-elle. J'ai toujours fait attention à vous servir des choses qui vous plaisent.

— Des choses qui me plaisent ?

— Oui. Vous aimez la laitue sur les BLT[1], mais pas dans les hamburgers. Vous préférez les steaks à point. Vous détestez la crème dans le café, et encore plus les arômes artificiels. Je vous ai servi une fois un café noisette et je ne l'ai plus jamais fait après.

Son sourire est satisfait. Je décide de la déstabiliser.

— Vous connaissez peut-être mon numéro de sécurité sociale, dis-je, mais ça ne veut pas dire que vous me connaissez vraiment.

— Ah bon ?

Cecilia se déplace sur la chaise, ce qui la rapproche, et une bouffée de parfum m'envahit. Ses yeux verts sont sérieux dans les miens.

— Je sais qui vous embauchez, avec qui vous passez votre temps. Je connais vos goûts vestimentaires et votre taille de costume. Je sais que les au revoir mignons par e-mail vous exaspèrent. Vous n'aimez pas les vacances. Vous détestez que l'on utilise inutilement le mot *aimer*. J'ai vu comment vos yeux se crispent à sa mention.

— Mes yeux ne se crispent jamais, dis-je. Mais le mot *aimer* est inutile.

Elle sourit de plus belle.

— Il ne me dérangeait pas, avant, mais maintenant, je pense à vous chaque fois que j'entends quelqu'un l'utiliser.

— Vous savez donc beaucoup de choses, dis-je. Mais pas tout.

Elle se pince les lèvres.

— Je connais vos goûts en matière de femmes.

Ah ! Intéressant.

— Vraiment ?

— Oui. J'ai organisé la plupart de vos rendez-vous, vous savez. J'ai réservé des restaurants, j'ai passé vos appels. Vous avez un type de femme.

Cecilia ne m'a jamais parlé comme ça. Je doute qu'elle ait pu le faire fait hier, et je doute qu'elle le fasse demain, lorsque le courage initié par l'alcool aura disparu.

— Et quel est mon genre, selon vous, Cecilia ?

— Grande, mince, jeune, dit-elle. Elles s'attendent souvent à ce que vous envoyiez une voiture les chercher. Par vous, bien sûr, elles veulent dire moi.

— Hmm.

— Vous savez que j'ai dû préparer une liste d'excuses dans mon bureau pour le cas où elles demanderaient à être mises en relation avec vous ?

— Une liste d'excuses ?

— Oui. Du genre : *il est en réunion, il est au téléphone, ou parti en voyage d'affaires. Il est en train de conclure un contrat important* ou *il a une réunion avec le gouverneur.*

— Une réunion avec le gouverneur ?

Ses yeux rient.

— Oui. Vous avez rencontré le gouverneur six fois au cours de l'année écoulée, du moins si l'on en croit les femmes avec qui vous êtes sorti.

Je secoue la tête.

— Vous inventez des choses, mademoiselle Myers.

— Vous savez, je suis surprise que vous n'ayez pas demandé à l'une d'entre elles de vous épouser. Vous auriez pu avoir un vrai mariage. Un semi-réel, au moins.

Je tire la chaise à côté d'elle. Le mouvement place nos genoux l'un contre l'autre sous la table.

— Pourquoi croyez-vous que je sortais autant ?

— Parce que vous…

Ses mots s'envolent, ses yeux s'écarquillent.

— En tout cas, c'est ce que vous avez fait ces six derniers mois.

— Oui, dis-je en me demandant si je l'ai offensée.

Elle éclate de rire.

— Je ne peux pas imaginer que vous ayez eu des rendez-vous avec des femmes dans le seul but de… de…

— De trouver une épouse, dis-je. Pour remplir une clause du testament de mon grand-père.

— Oui. C'est si planifié ! C'est tout à fait vous, quoi !

— Très moi, répété-je, mon regard tombant sur ses lèvres.

Elles sont plus pulpeuses que je ne l'ai remarqué auparavant, et lorsqu'elle mordille celle du bas, de petites entailles se forment.

— Vous croyez vraiment me connaître.

Les dernières traces d'humour disparaissent de sa voix.

— Je sais certaines choses. Je m'interroge encore sur beaucoup d'autres.

— Je ne connais peut-être pas votre numéro de sécurité sociale, mais ça ne veut pas dire que je ne sais pas des choses sur vous, Cecilia Myers.

Sa respiration se bloque.

— Vous ne savez pas grand-chose, c'est certain.

La cuisine devient dangereuse et je devrais partir. Pourtant, je ne le fais pas.

— Je sais que vous vous souciez beaucoup de vos amis. Si profondément que vous m'avez épousé pour aider l'une d'entre eux à réaliser son rêve. Je sais que vous n'avez pas de frère ni de sœur, ni même de famille près d'ici. Je sais que vous voulez voler de vos propres ailes et lancer votre entreprise, mais que vous avez aussi peur de le faire. Je sais que vous avez vu dans notre mariage une chance, mais aussi une échappatoire. Je sais également que les vêtements sont un bouclier pour vous. Vous vous habilliez modestement et avec peu de style au boulot parce que vous vouliez être prise au sérieux.

— Je ne m'habillais jamais sans style !

Mon regard parcourt l'encolure de sa robe portefeuille.

— Vous ne vous êtes jamais habillée comme ça.

Elle expire doucement.

— Non. Pas au bureau.

— Je comprends pourquoi.

Je n'aurais pas pu me concentrer sur mon travail si elle l'avait fait.

— À ma connaissance, vous n'aviez pas vraiment besoin de ce mariage ou de l'argent qu'il vous procure. Vous le vouliez. Vous vouliez saisir cette chance, vous êtes ambitieuse, vous êtes déterminée. Ce qui veut dire aussi que quelque part au fond de vous, même si vous ne vous l'avouez pas, vous ne vouliez pas vous débarrasser de moi à ce point.

Sa voix est basse.

— Je voulais faire quelque chose de fou.

Il serait facile de se perdre dans son regard. L'attraction est là, qui me dit de rester, de me noyer. La victoire bat à mes tempes et un désir soudain brûle au creux de mon ventre. Je pourrais tendre la main, maintenant. Je pourrais l'embrasser.

Cecilia déglutit, sa main se resserrant autour de son verre.

— Vous ne me reprochez pas de vous avoir épousé quand même ?

Quoi ?

— Non ! Pourquoi le ferais-je ?

— Parce que je suis rémunérée pour ça.

— C'est une affaire commerciale, dis-je.

Les mots renforcent ma résolution, stabilisent le battement de ce désir qui coule dans mes veines.

— Nous y gagnons tous les deux. En tout cas, ça me donne une bonne opinion de vous. Vous m'avez aidé.

Les affaires, c'est ce que je comprends le mieux, en éliminant toute imprécision ou émotion. C'est un territoire que je comprends. Je me lève.

— Bonne nuit, Cecilia.

Elle me regarde de ses yeux sombres.

— Bonne nuit, Victor. Merci pour ce soir.

Quand je me couche, cette fois, le sommeil m'accueille immédiatement et je ne rêve de rien.

12

CECILIA

— Ce sont des gnocchis ?

Bonnie acquiesce et découvre l'assiette de gnocchis dorés.

— Le dîner de ce soir, des gnocchis en ragoût.

— Je mange comme une reine depuis que j'ai emménagé ici. Ça sent super bon.

Elle sourit, les déposant un par un dans la marmite en ébullition.

— C'est l'une de mes passions.

— Oh, et on le voit !

Elle regarde par-dessus son épaule.

— On ?

— Oui. Je sais que Victor pense la même chose.

La joie de Bonnie se lit sur ses joues, même lorsqu'elle se retourne vers la cuisinière. Je tire une chaise et m'assois à la table de la cuisine.

La journée d'aujourd'hui a été marquée par des casse-tête. J'ai consulté des créateurs de sites web pour ma start-up et, jusqu'à présent, je ne me suis sentie à l'aise avec aucun d'entre eux. Ils doivent prendre en compte mes exigences et en faire un site web fonctionnel pour les assistants que j'embaucherais et les clients que nous aurions. Avant cela, je n'avais jamais réalisé que les entretiens demandaient un tel travail.

La porte d'entrée s'ouvre et des pas familiers résonnent dans le couloir. Le chemin qu'ils empruntent a changé la semaine dernière, depuis la nuit où il est venu me chercher au club.

La nuit où l'on a failli s'embrasser.

Il ne se dirige pas directement vers son bureau, mais plutôt vers la cuisine.

Je replace mes cheveux derrière mon oreille et je regarde Bonnie, mais elle a le dos tourné. Victor entre dans la cuisine. Il a enlevé sa veste de costume et remonte les manches de sa chemise, tout doucement.

— Bonsoir, dit-il.

Je lui réponds :

— Bonsoir ! Vous avez passé une bonne journée ?

Il hoche la tête.

— Brad n'a pas autant merdé qu'hier, ça va.

Il y a un mois, j'aurais pu croire qu'il était sérieux. Peut-être l'aurait-il été aussi. Mais les yeux bleus qui rencontrent les miens sont empreints d'un humour pince-sans-rire.

— Surprenant, dis-je. Il n'a pas respiré de travers ?

— Non. Il n'a pas non plus fait bouillir mon café.

— Il apprend.

— Il avait une bonne tutrice.

Un sourire satisfait me monte aux joues. Ses épais cheveux blond foncé sont décoiffés par la main qu'il a passée dedans.

— Vous avez dû prendre de grandes décisions, aujourd'hui ?

Il hausse un sourcil.

— Vous êtes au courant ?

— Je l'ai deviné.

— L'un de mes partenaires commerciaux négocie avec un conglomérat de médias en vue d'un rachat. Ce serait l'une des plus grosses acquisitions d'Acture.

— Oh ! C'est vraiment excitant.

Il acquiesce, mais il fronce les sourcils.

— Oui. Carter est impatient de se lancer dans

cette affaire, mais nous devrons négocier en tant que groupe. L'entreprise de médias ne veut pas vendre.

— Une affaire de famille ?

Il fait un geste de la main.

— Les principaux actionnaires sont tous issus d'une grande famille élargie. Ils laissent le sentimentalisme obscurcir leur jugement.

Il dit cela comme s'il s'agissait de la plus grave des erreurs, et j'en souris.

— Vous avez beaucoup de travail, ce soir ? Nous pourrions dîner ensemble, le cas échéant.

La main de Victor se pose sur le plan de travail en marbre. Le silence s'étire, ma proposition reste en suspens. Il pourrait fermer cette porte. Il aurait raison de le faire.

— Bien sûr, dit-il.

— D'accord. Super.

Je me lève de ma chaise et vais chercher nos verres, une soudaine angoisse m'envahissant.

— Le repas ne sent-il pas délicieusement bon ?

— Oui, c'est vrai.

— Et c'est presque prêt, ajoute Bonnie.

Elle nous sert une assiette et je m'assois à table en face de Victor. Il garde les yeux rivés sur son téléphone, mais alors que je le regarde, il fait la chose la plus extraordinaire qui soit.

Il le met en mode silencieux et le glisse dans la poche de son pantalon.

Il me voit le regarder.

— Quelque chose ne va pas ?

Je secoue la tête.

— Rien, rien.

Les assiettes apparaissent devant nous et Bonnie nous souhaite un bon appétit.

— Merci, lui dis-je, et je le pense vraiment. Ça a l'air incroyable !

Elle s'essuie les mains sur son tablier.

— Il y a du parmesan dans le frigo et une bouteille de rouge qui irait très bien avec. Servez-vous.

— Merci, dit Victor.

Bonnie acquiesce à nouveau et, alors qu'elle quitte la cuisine, j'aperçois la courbe d'un sourire sur ses lèvres. Du vin dans le frigo, hein ?

Victor prend la bouteille et la débouche d'un geste exercé.

Les muscles de ses avant-bras se contractent chaque fois qu'il tire sur le bouchon.

Foutues manches de chemise !

— Cecilia ?

— Oui ?

— Comment se passe votre projet ?

Il me faut un moment pour reprendre mes esprits. Mais quand j'y parviens, je me lance dans une description et je prie pour qu'il ne déduise pas cela de nos séances mensuelles de mentorat.

— J'ai parlé à quelques assistants personnels. Des gens que je connais par le travail ou l'école. Plusieurs d'entre eux sont intéressés par l'idée d'adhérer à l'association. C'est assez souple, vous savez ? Ils peuvent s'inscrire pour faire autant d'heures qu'ils le souhaitent au cours d'une semaine donnée.

Il hoche la tête.

— C'est aussi flexible du point de vue des clients que du point de vue des assistants. C'est bien, Myers.

— Merci. Ce qui me pose problème en ce moment, c'est la conception du site web.

— Dites-moi tout.

Victor écoute l'énoncé de mes problèmes, tout en buvant son verre et en piochant dans son assiette. Il a adopté le même comportement que lors de ses réunions d'affaires, les sourcils froncés.

Il fait des remarques positives sur un changement et négatives sur deux points. Après cela, on se tait un moment, le seul bruit dans la cuisine étant celui des couverts contre les assiettes.

Je me racle la gorge.

— Ma mère vient en ville dans un mois ou deux.

— Vraiment ?

— Elle ne sait pas que je suis mariée.

— C'est un sacré changement ! dit Victor. Vous avez l'intention de le lui dire ?

— Oui. Je ne pense pas pouvoir l'éviter.

— Vous pourriez lui montrer le contrat. Ça lui permettrait de mieux comprendre.

Je ris.

— Oui. Et puis elle en perdrait la tête.

— Elle n'approuverait pas ?

— Que je transforme le mariage en une affaire commerciale ? Non. Je doute qu'elle l'approuve. Bien qu'elle soit… non conventionnelle. Elle n'a jamais choisi le mariage pour elle-même, et je pense qu'elle n'a jamais vraiment pensé que je le ferais non plus.

Victor a arrêté de manger, son regard se posant sur le mien.

— Votre mère n'a jamais cru que vous vous marieriez ?

Je hausse les épaules.

— Elle dirait qu'elle m'a mieux élevée que ça.

Il hausse les sourcils.

— Votre mère a l'air étrange.

— Elle l'est. Elle n'est pas du tout comme moi, vous savez. Elle décide d'essayer de jeûner pendant une semaine, puis de suivre un cours culinaire d'un mois la semaine suivante. Un mari ne l'aurait que ralentie dans sa vie, comme elle aime à le dire. *Les hommes pour une saison, parfois pour une raison, mais jamais pour toute une vie,* la cité-je.

Victor s'ébroue.

— Et votre père ?

— Il ne fait pas partie du cadre. Maman changeait souvent d'histoire quand j'étais jeune. Une semaine, elle disait qu'il était musicien itinérant, et la suivante, qu'il échappait à la mafia. Maintenant que je suis plus âgée, je pense qu'elle n'est peut-être pas tout à fait sûre de son identité.

Il secoue la tête.

— Je ne m'attendais pas à ça.

Cela me fait sourire.

— Non, je vois ça, je donne sans doute l'air de quelqu'un de très convenable.

— Oui. Élevée pour être une parfaite assistante.

— Mon Dieu, j'espère que personne n'est jamais élevé pour être assistant !

Il grogne et retourne son regard sur son assiette.

— Vous l'avez détesté, alors ?

— J'ai détesté quoi ?

— Le temps que vous avez passé à travailler pour moi. Vous comptiez les jours, Myers.

— Je suis redevenue Myers, dis-je. Ça a tendance à se produire souvent quand on parle de travail.

— C'est la force de l'habitude. Et ne changez pas de sujet !

— Ce n'est pas le cas, dis-je, bien que ça le soit en réalité.

Les gnocchis sont délicieux, de petits coussins de bonté céleste, et il les mange avec une précision méthodique en attendant ma réponse.

— Je ne détestais pas ça tout le temps. Il y a eu des jours où j'ai même adoré travailler à vos côtés.

— Ah bon ?

— Oui. J'ai dû appeler beaucoup de gens puissants en votre nom, sans parler du refus que j'opposais à un tas de cadres d'Exciteur quand ils voulaient accaparer votre temps.

— Mon Cerbère, dit-il.

J'acquiesce.

— Vous aviez le pouvoir, mais j'y avais accès.

Sa lèvre se courbe.

— On dirait que vous aimez ça.

— Parfois, oui. Contrôler votre emploi du temps et votre agenda, m'assurer que tout était en ordre… J'aimais cette partie du travail. J'aime toujours organiser des trucs. C'est ma passion.

Il repousse son assiette vide.

— Donc la partie que vous n'aimiez pas, c'était moi.

— Ce n'est pas ce que j'ai dit, pas du tout.

Victor hausse un sourcil.

— Vous m'avez dit, quand je vous ai demandé de m'épouser, que vous vouliez vous éloigner de moi.

Je me déplace sur ma chaise.

— Je m'en souviens, oui.

— J'étais donc la partie de votre travail que vous n'aimiez pas.

— Oui. Mais pas toujours. J'ai beaucoup appris de vous. Mais vous n'étiez pas facile à satisfaire ou à cerner.

Malgré tout, une partie de moi est fière d'avoir été son assistante pour cette raison. Regardez-moi maîtriser cette bête ! J'avais accès à l'homme qui arrachait régulièrement la tête de ses employés, et je n'ai pas été renvoyée.

Le voir en face de moi maintenant, les manches de chemise retroussées et les yeux bleu foncé rivés sur les miens, c'est comme avoir une double vision. L'image de lui dans sa propre maison, en train de me parler, se superposant celle de lui derrière son bureau, me disant de *bien faire la prochaine fois ou bien…* le même homme. Et pourtant.

Les deux se mélangent, les deux se floutent sur les bords, et je me rends compte que je n'ai plus peur de lui. Plus depuis un certain temps.

— Noté, dit-il, comme si je venais de le réaliser à haute voix. Je sais qu'il est trop tard, mais pour ce que ça vaut, vous avez été excellente dans votre travail. J'espère que ça s'est suffisamment reflété dans votre rémunération.

La fierté que m'inspirent ses paroles me gonfle la poitrine. Oui, il m'a bien rémunérée, et je sais que j'ai eu plus de chance que beaucoup d'autres avec mon compte d'épargne.

Mais il n'a jamais prononcé ces mots.

— Merci, dis-je.

Il hoche à nouveau la tête, comme si nous en avions fini avec ce sujet, mais ne se lève pas de table. Aucun de nous deux ne mange plus.

J'attrape le verre de vin.

— Êtes-vous impatient d'être à demain ?

— Demain ? répète-t-il. Ah, l'exposition de Nadine ouvre ses portes !

— Oui.

— J'ai demandé à Brad d'appeler quelques magazines d'art pour leur parler de l'ouverture de la galerie.

— Vraiment ?

Il croise les bras sur sa poitrine, comme s'il ne savait pas comment agir. Mais il acquiesce.

— Oui. Il faudrait que d'autres photographes viennent. Ils voudront nous photographier ensemble.

— Très bien.

— Nous achèterons quelques pièces pour maintenir les apparences.

Je souris.

— Mon Dieu, c'est parfait ! Merci, Victor, de faire tout ça.

— De rien.

— Je suis tellement contente pour elle ! dis-je. Elle a travaillé si dur pour en arriver là, vous savez ! La galerie est parfaite pour elle et les propriétaires ont déjà laissé entendre qu'ils voulaient que certaines de ses œuvres soient exposées de façon permanente.

Je ris alors, me souvenant de ses paroles.

— Mais même à un moment aussi important que celui-ci, son premier vernissage, elle essaie toujours de me caser avec quelqu'un.

Victor baisse son verre de vin.

— De vous caser avec quelqu'un ?

— Oui. Apparemment, l'un des conservateurs est, je la cite, un homme qui me laisserait ranger son placard.

— Je n'ai aucune idée de ce que ça peut bien vouloir dire.

— Moi non plus, dis-je. Mais pour Nadine, ce serait quelqu'un avec qui je m'entendrais bien.

— Comment peut-elle le savoir ?

— Elle me connaît très bien. Je ne pense pas être sortie avec un homme qu'elle n'ait pas rencontré.

La voix de Victor est froide.

— Vous sortez avec des hommes incapables de mettre de l'ordre dans leurs propres placards ?

Je secoue la tête. Pourquoi ai-je abordé ce sujet ?

— Non. C'est sa version d'un test de compatibilité amoureuse, je suppose. Elle pense que j'ai besoin d'être avec quelqu'un qui équilibrerait mon côté organisateur.

— Ah ! dit-il.

— Ce n'est pas scientifique, comme approche. Je pense qu'elle veut que je sorte avec quelqu'un qui lui ressemble. Peut-être que ça marcherait, vous savez. Ce n'est pas pour rien qu'elle est ma meilleure amie.

Ses lèvres ne forment qu'une fine ligne.

— Alors, vous y allez demain pour flirter, ainsi que pour soutenir votre amie. Êtes-vous sûre que vous voulez que je vienne ?

— Bien sûr que oui ! Je n'ai pas l'intention de flirter avec qui que ce soit.

— Sauf que votre amie vous y encouragera.

— J'ai mon libre arbitre, dis-je, et je le pense à plus d'un titre.

Pourquoi cette petite histoire ridicule est-elle un point de friction entre nous ? Il disparaît plusieurs nuits par semaine, allant on ne sait où et faisant on ne sait quoi.

Avec je ne sais qui.

Je suis descendue au rez-de-chaussée un soir de la semaine dernière, mais il était introuvable. Il avait disparu.

On ne s'est pas promis le célibat, et il semble profiter pleinement de cette liberté.

Victor se lève de la table de la cuisine et met son assiette dans l'évier. C'est un acte étrangement domestique pour lui, mais avec ses manches retroussées et ses cheveux ébouriffés, il a l'air d'être chez lui dans la cuisine. Aussi élégant que l'un de ses coûteux appareils de cuisine.

Les mots de Bonnie me reviennent. Le nom Saint Clair est ancien. Synonyme de richesse. Historique. Et il est le dernier à le porter. Je trouve tragique, soudain, qu'il n'ait jamais cherché à construire une vraie relation.

— Vous avez votre libre arbitre, dit-il, comme si cela réglait tout. Demain soir, je vous retrouve à la galerie.

— Ça me paraît bien.

— Vu qu'il y aura des photographes, j'apprécierais que vous ne flirtiez pas en leur présence.

J'ouvre la bouche pour répondre, mais il est déjà en train de disparaître dans le couloir.

Quand je redescends le lendemain matin, une enveloppe à mon nom m'attend sur le plan de travail de la cuisine. Bonnie est introuvable et Victor a quitté l'appartement depuis plus d'une heure.

J'ai entendu la porte de sa chambre se fermer et le bruit révélateur de ses chaussures de ville sur le parquet.

À en juger par l'écriture sur l'enveloppe, il l'a laissée ici pour moi.

Je l'ouvre. Deux anneaux familiers s'y trouvent. Le message est on ne peut plus clair. Pour ce soir.

Je les tiens dans la paume de ma main, la lourde bague en or et le design particulier de la bague de fiançailles. Elle est magnifique, le diamant solitaire se reflétant sous les lumières de la cuisine, l'anneau d'émeraudes scintillant. Je ne pensais pas qu'il aurait choisi celle-ci.

Je les enfile et referme mon poing dessus. Il veut que nous allions au vernissage de ce soir en tant que couple marié. Lui en tant qu'investisseur, moi en tant qu'amie de la peintre.

Cela aurait-il un rapport avec le commentaire imprudent que j'ai fait hier soir à propos de Jake, l'ami de Nadine ? Celui avec qui elle est sûre que je m'entendrai bien ?

Je souris en regardant les bagues. Elles sont jolies, certes, mais c'est une illusion, et c'est ce que Victor tient à protéger. Ni plus ni moins.

Et s'il se croit le seul à pouvoir s'amuser, je lui montrerai ce qu'il en est aussi ce soir. Parce que le contrat va dans les deux sens. Je peux sortir, à condition d'être discrète. Il est peut-être temps de le lui rappeler.

Quelques heures plus tard, il est en retard et Nadine est occupée, mais je ne pourrais pas être plus heureuse. Je suis entourée des œuvres d'art de ma meilleure amie. Elles sont exposées de manière professionnelle sur les murs et embrasent de couleurs la galerie neutre, les œuvres abstraites coulant d'un cadre à l'autre.

La série des sept vertus est ma préférée. Elle y a travaillé pendant un an. Parfois, elle s'inquiétait de savoir s'il était démodé de représenter les vertus. Mais nous étions toutes les deux d'accord pour dire que le monde aurait bien besoin de plus de vertu, et elle a insufflé cette idée dans ses peintures, avec des concepts abstraits et des couleurs correspondant à chacune d'entre elles.

Je sirote ma coupe de champagne et détaille Nadine sans honte. Elle est superbe, ce soir, comme si elle pouvait monter sur scène et donner une représentation impromptue à tout moment. On est allées chez elle hier pour tester des looks, et la combinaison ajustée auburn qu'elle a choisie la fait paraître grande et gracieuse.

L'artiste excentrique et la jeune femme élégante, tout-en-un.

Prête à vous vendre un tableau pour quelques milliers de dollars juste avant de retourner dans son studio de Brooklyn pour peindre à cœur joie.

Elle porte les boucles d'oreille en or que je lui ai offertes pour son vingt et unième anniversaire, et elles accrochent la lumière alors qu'elle parle à un visiteur, ses mains bougeant selon un schéma qui lui est propre.

Si c'est ce que ressentent les parents lorsque leurs enfants obtiennent leur diplôme, alors, je comprends pourquoi ils sont si nombreux à pleurer. Je suis si fière de la voir s'approprier cet espace et ce rôle ! La Nadine de seize ans serait folle de joie de voir son plus grand rêve se réaliser. Je suis aussi fière de la Nadine à seize ans que de celle de vingt-huit ans, qui se tient là, de l'autre côté de l'espace.

Une voix s'élève à ma droite :

— Magnifique, n'est-ce pas ?

Je réponds sans la quitter des yeux.

— Oui, elle l'est vraiment.

Le rire de l'homme est profond et surpris.

— Je parlais en fait du tableau qui se trouve derrière elle. *La Justice.* Il y a aussi de la colère dedans, vous le voyez ?

Je glousse et me tourne vers l'homme à côté de moi. Il fait une tête de plus que moi, porte une chemise en lin de couleur marine et une barbe qui semble artistiquement mal entretenue.

— Il y en a, en effet. Peut-être que la justice s'accompagne souvent de colère. La colère contre les injustices.

— Peut-être, dit-il. Ce qui est fantastique, c'est qu'elle a réussi à la capturer de manière abstraite. Je n'ai jamais rencontré de peintre comme elle, je crois.

— Nadine a toujours été douée pour ça. Faire ressentir des choses avec son art.

Il sourit alors, et ses yeux marron foncé sont torrides.

— Alors, vous êtes la meilleure amie. Je m'en doutais, mais vous aviez aussi l'air de contempler un tableau, et je ne savais pas si vous étiez un acheteur potentiel.

— Meilleure amie, dis-je en tendant la main. Et acheteur potentiel.

Il la serre.

— Un soutien. J'aime bien ça. Je m'appelle Jake.

— Cecilia, dis-je, et mon sourire s'élargit.

C'est donc le fameux propriétaire de l'armoire en désordre.

— J'ai entendu dire que vous aviez contribué à faire décoller l'exposition de cette galerie ?

Il fait un demi-sourire.

— J'étais là quand Nadine a présenté ses œuvres, oui. Mais je n'étais pas seul, croyez-moi. Mes collègues ont été presque aussi séduits que moi par le portfolio qu'elle nous a montré.

Mon sourire s'élargit lorsque ses yeux se tournent à nouveau vers Nadine. Il y a une vraie reconnaissance dans ses yeux. Je me demande si c'est pour plus que son art. Qui devrait vraiment ranger son armoire ?

— Elle évolue sans cesse, elle aussi.

Ma voix est empreinte de fierté.

— Depuis que je la connais, elle expérimente différents supports et différentes expressions.

— Vous êtes amies depuis longtemps, n'est-ce pas ?

— Oui. Je crois que ça fait… quatorze ans, maintenant. Oui. Quatorze ans exactement le mois prochain. Nous étions voisines, autrefois.

Son sourire redouble d'éclat.

— Rien de tel que de vieux amis.

— Oui, et on ne peut pas se faire de nouveaux vieux amis, dis-je.

— C'est une triste vérité.

Son regard s'arrête sur quelque chose derrière moi.

— Oh, quelqu'un vient vers nous ! Je me demande si la direction a envoyé quelqu'un de nouveau.

Je sais de qui il s'agit avant de me retourner rien qu'à

ce commentaire. Et c'est vrai. Il est là, traversant la galerie à grandes enjambées, le costume sombre taillé à la mesure de sa grande et forte silhouette.

— Il est avec moi, dis-je.

Victor m'entoure de son bras et dépose un baiser sur ma tempe. Ce simple et bref contact me stupéfie. Il tend la main vers Jake et parle d'un ton sec.

— Victor Saint Clair, le mari de Cecilia.

— Enchanté, dit Jake en lui serrant la main.

Son regard se promène entre nous, puis il recule d'un pas.

— Ce fut un plaisir d'échanger avec vous, Cecilia.

— De même, dis-je. Je suis heureuse que vous ayez été là le jour où Nadine a présenté ses œuvres.

Son sourire s'accentue.

— Moi aussi. À plus tard.

Une fois qu'il est suffisamment loin de nous, je me retourne vers Victor.

— Qu'est-ce que c'était que ça ?

— Quoi donc ? demande-t-il, son visage étant d'un professionnalisme ennuyeux.

— Vous vous êtes présenté comme mon mari.

— N'est-ce pas ce que je suis ?

Il se dirige vers l'un des immenses tableaux abstraits accrochés au mur, un tableau qui m'est familier. C'est *La Charité*.

— Oui, mais pas dans ce sens-là.

— Je ne vois pas ce que vous voulez dire.

Si mon regard avait pu tuer, c'est ce qu'il aurait fait. Il l'aurait fait tomber raide mort dans la galerie d'art. En l'état actuel des choses, il n'a pas l'air d'être le moins du monde hérissé. Il se contente de regarder les tourbillons bleus de *La Charité*, les mains derrière le dos.

— C'est à propos d'hier soir ? De ce que je vous ai dit à propos de l'homme avec qui Nadine veut me caser ?

— Je pense que je vais faire une offre sur celui-ci, dit-il. Il irait bien avec les couleurs de la salle de sport.

— Votre salle de sport n'a pas de couleur.

— Exactement.

Il se retourne et s'éloigne à grands pas, et je suis obligée de le rattraper. Toujours en colère, parce qu'il pourrait prétendre le contraire, mais on sait tous les deux exactement pourquoi il est venu aussi directement qu'il l'a fait.

Il m'a embrassée.

Sur la tempe, et seulement brièvement, mais quand même.

Et nous n'en avions pas convenu.

— Victor, dis-je, si vous pensez que je serai heureuse d'être…

— Monsieur Saint Clair, interrompt un homme. Et vous devez être, bien sûr, la nouvelle madame Saint Clair ?

— Oui, dit Victor, et son bras se glisse à nouveau autour de ma taille, sans se soucier de son image. C'est un plaisir de vous voir ici, Hadley.

— De même.

L'homme me fait un sourire hésitant. Il est d'âge moyen, un appareil photo à la main.

— Ça vous dérange si je prends une photo de vous deux devant, euh, le tableau ici ?

— Pas du tout, dit Victor en se tournant vers moi. Hadley travaille au *Post*.

J'affiche mon plus large sourire, parce que Saint Clair ou pas, on fait ça pour Nadine. L'appareil photo se met à clignoter et je m'éloigne de lui dès que Hadley l'abaisse.

— Que pensez-vous des œuvres ? demandé-je au journaliste. Vous aimez les couleurs ?

C'est le début d'une heure de réseautage si intense que je n'ai pas l'occasion de dire à Victor qu'il est trop dominateur. Dans mon esprit, tout ce que j'entends, c'est le bruit de la porte de sa chambre qui claque la nuit, alors qu'il disparaît de son appartement.

Mais il a le culot d'embrasser ma tempe ou de réagir comme il l'a fait hier soir, quand j'ai parlé de flirter.

Je serre Nadine dans mes bras quand je la vois. Elle remercie Victor d'un ton sérieux, puis elle repart, emportée par la marée des visiteurs. Ce soir, c'est son heure de gloire, et tout le monde veut sa part d'elle.

On se retrouve seuls face à *L'Abstinence* quand je saisis ma chance.

— Ce n'était pas juste, ce que vous avez fait là-bas. Ou la façon dont vous avez réagi hier soir.

Victor tourne ses yeux bleus vers moi.

— Expliquez-vous.

— Nous n'avons jamais convenu d'être célibataires ou monogames.

— J'en suis conscient.

— Oui, j'en suis sûre, dis-je. Mais ça va dans les deux sens, cher mari.

— J'en suis conscient, répète-t-il, les yeux plissés. Mais ça ne signifie pas que vous pouvez flirter dans une salle pleine de gens qui appartiennent à l'élite artistique de New York, dont beaucoup ont des appareils photo et sont là pour faire des reportages. Pensez à l'image que ça pourrait donner de nous.

— Je ne faisais que discuter.

— Avec quelqu'un dont vous prévoyez déjà de réarranger le placard, dit Victor, sa voix devenant grave sous l'effet de la colère. Ou peut-être que ce n'était pas lui ? Vous attendez toujours qu'on vous arrange le coup avec votre prince charmant ?

— Je n'attends pas qu'on me case. C'était une suggestion ridicule et je n'aurais pas dû vous en parler, clairement ! Mais là n'est pas la question.

— Alors quelle est-elle, Cecilia ? Expliquez-moi.

Je me rapproche, les yeux rivés sur le couple à nos côtés. Je ne veux pas être entendue.

— Vous passez plusieurs nuits à l'extérieur chaque semaine. Je vous ai déjà dit que j'étais au courant, et vous ne l'as pas nié. Pourquoi ce serait normal pour vous d'avoir une relation avec quelqu'un, mais pas pour moi ? Ce n'est pas comme si une simple conversation avec quelqu'un ici allait faire la une des journaux. Votre fragile fierté masculine restera intacte, j'en suis sûre.

La voix de Victor est tranchante.

— Que pensez-vous que je fasse exactement la nuit ?

— Voulez-vous que je vous l'explique ?

— Oui, je pense que oui.

— Si vous avez des relations sexuelles, alors, moi aussi, dis-je.

Le mot *sexuelles* semble résonner dans ce grand espace. Je jette un coup d'œil autour de moi, mais personne ne nous regarde.

— Des relations sexuelles, dit Victor d'une voix sensuelle.

— Myers, je n'ai pas eu de relation sexuelle depuis notre mariage. Ce qui, si vous vous en souvenez, remonte à plusieurs mois.

On dirait qu'il s'agit d'une révélation douloureuse.

— Je m'en souviens. J'y étais.

— Bien. Donc, quelle que soit l'accusation que vous pensiez porter envers moi, je vous assure que ce n'est pas ce dont il s'agit.

— Alors, où allez-vous la nuit ?

Sa mâchoire se crispe, puis il se détourne de moi, regardant la foule.

— Dès que nous serons partis, je vous montrerai.

13

CECILIA

Le silence rend l'atmosphère pendant le trajet très tendue. Il n'a pas fait appel à son chauffeur, et en le regardant du coin de l'œil, je me demande si ce n'est pas pour avoir quelque chose à faire. Un engin sous les pieds et une route à regarder.

On n'a pas échangé un seul mot depuis qu'il a pris le volant, nous éloignant de plus en plus de la ville. Les gratte-ciel se transforment en immeubles de taille moyenne qui se rétrécissent bientôt en banlieue glorieuse.

Les larges rues que nous traversons sont bordées d'arbres. J'aperçois des clôtures électrifiées abritant des piscines. Les vieilles maisons victoriennes et les pavés joliment fissurés ne font que renforcer la richesse qui se cache derrière ces haies.

Je n'ai jamais visité cette partie de Long Island.

Je regarde par la fenêtre et parle pour la première fois depuis notre départ de la galerie.

— Allons-nous rendre visite à un membre de votre famille ? Je suis peut-être trop habillée.

Victor émet un petit rire rauque.

— D'une certaine manière, oui.

— Oh ! Vous êtes sûr que je ne suis pas trop habillée ?

— Vous n'êtes pas trop habillée, dit-il.

Il y a une courte pause.

— Je suis en costume, Cecilia.

C'est drôle, dans ma tête, c'est toujours ce qu'il porte. Même dans le confort de sa propre maison, je ne l'ai vu qu'en costume, se rendant au travail ou en revenant.

Il tourne dans une rue plus petite. La chaussée y est lisse et des chênes géants la bordent, dont les troncs sont si gros que je ne pourrais même pas les entourer de mes bras. La voiture ralentit devant une propriété et il tourne dans l'allée. Un immense portail en fer forgé s'ouvre sur des gonds commandés électroniquement.

La maison est immense.

C'est ma première impression. Gigantesque, victorienne et belle, avec des volets et un porche enveloppant. Des haies de buis bordent le bâtiment et laissent place à un escalier en pierre, recouvert de feuilles. Derrière la maison, j'aperçois une pelouse qui s'étend vers de grands arbres. Je ne repère aucun voisin à proximité.

— Waouh ! Cette maison est…

Victor gare la voiture.

— Elle est beaucoup de choses.

L'air est lourd, ici, il sent l'automne, la pluie et la nature. On se dirige vers le porche et effraie un écureuil. Il s'élance sur la pelouse.

— C'est la maison de votre grand-père ?

— Oui.

Il déverrouille la porte d'entrée et, d'un coup d'un seul, tout prend un sens. C'est ici qu'il vient la nuit. C'est ici qu'il fait son deuil, même s'il ne l'avouera jamais.

Il ne me regarde pas. Je me demande s'il le regrette. Que je sois ici et que je sois le témoin de tant de choses le touchant de si près. Mais lorsque je pénètre dans l'entrée lambrissée, sa voix sèche devient celle d'un guide. Il me parle de la propriété et des pièces.

Je le suis dans un salon avec une cheminée géante, dans une salle à manger avec une table assez grande pour accueillir douze personnes. Je m'imprègne de tout. Les bois de cerf accrochés au mur. La photo encadrée d'un arbre généalogique jauni par le temps. On dirait un cabinet de curiosités, méticuleusement décoré et richement meublé.

— Vous m'avez épousée pour hériter de cette maison, dis-je.

Il s'arrête près des baies vitrées du salon. Je pense qu'elles feraient un excellent coin lecture, avec vue sur l'arrière-cour. Mais je ne suis pas sûre que le mot *jardin* soit approprié. Propriété, peut-être, ou domaine. La pelouse et le parc au-delà semblent infinis.

— Oui, dit-il.

— C'était une bonne affaire ?

Victor me fait un sourire ironique.

— Je n'ai pas encore décidé.

— À cause de moi, ou à cause de la maison ?

— Les deux, dit-il, et j'ai l'impression que son regard me transperce.

Je déglutis.

— Vous me montrerez le reste ?

Il acquiesce. On traverse la cuisine, une chambre d'amis, trois salles de bains. On finit notre boucle par l'entrée et les deux grands escaliers. La maison est magnifique. Il y a du caractère dans chacune de ses planches.

— Vous voulez voir l'étage ?

— Si vous voulez me le montrer, oui.

Il me guide vers l'escalier et je glisse ma main le long de la rampe usée.

— C'était sa chambre, dit Victor en faisant un signe de tête au bout d'un couloir.

J'aperçois à peine la chambre principale.

— Oh !

— Ça, dit-il en montrant une chambre d'amis anonyme, c'était la mienne.

Je sais si peu de choses de son passé, de sa vie, de sa famille ! Je sais que ses parents ne sont plus là.

— Vous avez grandi dans cette maison, murmuré-je.

Victor acquiesce.

— Depuis mes huit ans.

Il pousse une porte à moitié fermée et mes yeux s'écarquillent devant les trésors qu'elle renferme. C'est un bureau, et il est magnifique. Des fenêtres à carreaux multiples donnent sur la propriété, laissant entrer la lumière de cette fin de journée dans une pièce qui aurait pu être conçue pour Winston Churchill.

Un large bureau en chêne avec incrustation de cuir trône au milieu. Le sol est recouvert d'un épais tapis d'Orient. Tout autour de nous s'étalent des étagères. Mes yeux parcourent les reliures des livres, les souvenirs, les trophées et les photos.

— C'était le bureau de votre grand-père ? Il est magnifique. Il pourrait servir de décor pour le cinéma !

Victor ne répond pas et je me détourne de mon étude d'une petite statue de bronze représentant un chien.

Il se tient devant un tableau encadré accroché à côté de la porte. Il a les mains dans les poches, la mâchoire crispée.

M'emmener ici était peut-être une décision impulsive. Une façon de me montrer que j'avais tort quand je l'ai accusé de coucher avec d'autres femmes.

Mais il s'y sent à l'aise.

— Je suis désolée, dis-je.

— Pour quoi ?

— Pour la perte de votre grand-père. Je ne vous l'ai pas dit quand il est mort.

— Vous avez organisé ses funérailles, dit Victor. Vous étiez là.

— D'une certaine manière, je suppose.

Je me rapproche, ma voix baisse d'un ton.

— Vous venez ici pour vous sentir proche de lui ?

Victor détourne le regard.

— Non. Pas consciemment, en tout cas.

— C'est votre maison, maintenant. Vous avez l'intention de changer quelque chose ?

— Oui. Je dois nettoyer cet endroit. Ses affaires sont partout. Les affaires de mes parents sont partout.

— Vos parents sont morts quand vous aviez huit ans ?

— Oui.

Il incline la tête vers la photo derrière lui, celle qu'il a étudiée.

Deux garçons, l'un dépassant l'autre d'une tête, se tenant devant un couple souriant. L'homme a le bras autour de la taille de la femme et sa main libre sur l'épaule du petit garçon. Ils se tiennent devant cette même maison, je m'en rends compte, mais en plein été. Les genoux du petit garçon sont éraflés et son sourire est large.

C'est Victor. Ses yeux me sont familiers, tout comme son épaisse chevelure, beaucoup plus claire à l'époque. Il sourit à l'appareil photo comme s'il n'avait jamais connu autre chose que la joie.

— Oh !

Victor se retourne.

— C'était il y a longtemps.

— C'est votre frère ?

— Oui.

— Comment s'appelait-il ?

— Phillip.

Victor déroule son cou, chaque ligne de son corps semble tendue. Il est mal à l'aise. Mal à l'aise avec moi ici. Mal à l'aise dans cet espace.

Je m'éloigne de la photo.

— Merci.

— Pour quoi ?

— Pour m'avoir montré ça.

Il ouvre la porte et je sors du bureau de son grand-père. Victor me suit, et à mi-chemin dans le couloir, ses épaules se détendent.

J'attrape sa manche.

— Je suis désolée.

Il s'arrête, grande ombre vêtue d'un costume à côté de moi dans le couloir faiblement éclairé.

— Vous l'avez déjà dit.

Je secoue la tête.

— Non, je vous ai accusé de quelque chose dont je n'avais aucune preuve et sans rien en savoir. Sans compter que vous en avez de toute façon le droit selon les termes de notre mariage.

— Ne vous excusez pas, dit-il. Ou vous me forcerez à le faire aussi. Pour vous avoir revendiquée de la sorte à la galerie de votre amie.

— Vous, vous excuser ? Ce serait une première !

Il place ses doigts sous mon menton et me fait relever la tête.

— Je ne sors pas en cachette la nuit. Je suis ici. Je ne fais pas l'amour.

Je n'arrive pas à réfléchir quand il est si près.

— OK, murmuré-je. Jake ne m'intéresse pas.

— Bien, dit-il.

Il est si proche que le mot passe sur mes lèvres, puis il descend et m'embrasse.

Pas d'une manière brève ou tendre. Pas non plus comme si c'était notre premier baiser. Il presse ses lèvres sur les miennes avec force et chaleur, comme il le fait pour tout.

Peut-être est-ce dû à la surprise, ou aux longs mois sans contact physique avec un homme. Peut-être est-ce le stress de la journée.

Mais je lui rends son baiser.

Il gémit dans ma bouche, ses mains se glissent autour de ma taille.

Mon corps se tend, se rétrécit, toutes ces sensations émanant des endroits où nous nous touchons. Mon dos heurte le mur.

Je me redresse pour enrouler mes bras autour de son cou, l'une de mes mains se frayant un chemin dans son épaisse chevelure.

Je suis en train de toucher Saint Clair.

Ses mains se resserrent autour de mes hanches, et on

dirait qu'il pense la même chose que moi, parce qu'il détache ses lèvres des miennes.

— Myers, murmure-t-il.

Mon murmure est essoufflé.

— Ça vous fait penser au travail ?

— Quoi ?

— Vous ne m'appelez Myers que lorsque nous parlons de travail.

Je regrette instantanément mes paroles, car il relève la tête, un sillon entre les sourcils.

— Je peux vous assurer que je ne pensais pas au travail. Pas du tout.

— Moi non plus, dis-je.

Ses lèvres se courbent et il tend la main pour passer une mèche de mes cheveux entre ses doigts. Il l'observe un moment avant de la glisser derrière mon oreille.

— Eh bien ! dit-il en s'éloignant de moi.

Dans l'obscurité, ses yeux brillent.

— Rentrons à la maison avant de faire quelque chose que nous regretterions.

14

VICTOR

Heureusement que je n'ai jamais su quel goût avaient les lèvres de Cecilia Myers.

Si je l'avais su, je n'aurais pas pu faire le moindre travail avec elle à quelques pas de mon bureau, tous les jours, dans ces vêtements sages, avec ces queues-de-cheval et des lèvres qu'un homme pourrait dévorer.

La tension musculaire dans mes bras me fait gémir. J'ai trop chargé les poids aujourd'hui, et je le sais, mais la brûlure est bonne. Un mal pour un bien. C'est un accomplissement et une réalisation, et si je ne m'y attelle pas, je perdrai en puissance.

Cette pensée me fait faire une pause au milieu d'une levée de biceps. Puissance, c'était le mot favori de mon grand-père. Il l'utilisait sans relâche pour tout décrire, des investissements à l'exercice en passant par les études. Je lui ressemble tant !

Aller si souvent dans sa maison n'aide sans doute pas. Me promener et me mettre au défi d'ouvrir des tiroirs, de jeter des choses, de prendre de foutues décisions à propos de cet endroit. Pour l'instant, ce n'est qu'une relique.

Une relique que j'ai montrée à Myers.

Elle m'a mis au défi avec son accusation d'hier, pensant que je couchais avec quelqu'un la nuit. J'aurais aimé que ce soit le cas. Je doute que j'aurais réagi aussi vivement si ça avait été le cas.

Mais depuis ma dernière expérience de relations amoureuses un mois avant d'épouser Myers, je n'ai couché avec personne.

Je pose les poids en expirant. J'ai plutôt abusé de la salle de sport. J'ai travaillé plus que jamais. J'ai accepté tous les rendez-vous qui m'étaient proposés, tout ce qui pouvait m'éloigner des questions de Cecilia, de son regard interrogateur et de ces satanés leggings moulants qu'elle porte dans l'appartement.

Je suis attiré par mon assistante devenue ma femme.

C'est une complication que je ne peux pas avoir maintenant, mais à en juger par le goût de son baiser et la sensation de son corps contre le mien, elle va se répéter. C'est d'ailleurs la raison pour laquelle je m'entraîne dans ma salle de sport en milieu de matinée.

C'est l'heure à laquelle elle l'utilise.

J'ai commencé à remarquer des changements il y a une semaine. Les poids les plus légers du rack ont été déplacés. Pas beaucoup, mais de quelques centimètres ici et là. Et lorsque j'ai allumé le tapis de course, l'inclinaison n'était pas celle que j'utilise habituellement.

Et là, je reste une heure de plus que d'habitude, et tout cela pour avoir la chance de la revoir. Sans avoir la moindre idée de ce que je ferai quand elle sera là. Je la reluquerai dans son legging de sport, certainement. Je suis en train de perdre la tête.

Je soulève l'ourlet de mon T-shirt et m'en sers pour essuyer la sueur sur mon front.

La porte s'ouvre et j'entends un petit soupir. Je laisse tomber l'ourlet de mon T-shirt, mais il est trop tard, parce que les yeux de Cecilia fixent mon torse.

Elle a vu la cicatrice. Si ce pour quoi mon corps brûle se produit, elle la verra, de toute façon. Peut-être que ce n'était qu'une question de temps. Mais elle va me poser des questions, c'est sûr.

Elle a toujours des questions.

— Bonjour, dit-elle, la main toujours posée sur la poignée. Je ne voulais pas vous interrompre.

— Vous ne m'interrompez pas. Entrez.

Elle me fait un sourire timide. Le souvenir se lit dans ses yeux, celui auquel je pense. Le baiser dans le couloir hier soir.

Elle se dirige vers le tapis de course et oui, elle porte son legging d'entraînement. L'aspect de ses fesses dans cette tenue me fait serrer la mâchoire.

— Tout va bien ? demande-t-elle.

— Oui, très bien.

Je reporte vite mon attention sur les poids. J'en saisis un et m'allonge sur le banc, prêt à travailler mes triceps.

L'air du gymnase semble aussi lourd que l'haltère en acier que je tiens, empli de possibilités. Est-elle restée éveillée la nuit dernière, elle aussi ? Pensait-elle aux deux portes et au couloir qui nous séparaient ?

Je ne peux pas le supporter plus longtemps. Je jette un coup d'œil sur elle qui court sur le tapis roulant, et je la surprends qui me regarde soulever les poids. Ses joues se colorent et son regard se pose sur ma poitrine. Je dois détourner son attention avant qu'elle ne me pose des questions sur la cicatrice.

Il y a beaucoup de choses que je veux faire avec Cecilia Myers avant de parler de l'accident de voiture.

— Vous avez des nouvelles de votre amie ? lui demandé-je. À propos d'hier ?

Elle acquiesce en marchant rapidement sur le tapis de course.

— Nadine est aux anges. Je ne pense pas qu'elle parvienne vraiment à croire qu'elle a vendu autant de tableaux ni qu'il y ait eu autant de journalistes. De toute façon, je n'arrive pas à y croire non plus !

— Tant mieux.

— Merci pour tout ça. Je sais que vous avez tiré quelques ficelles.

Je hausse les épaules, ce qui n'est pas évident quand on a un poids de dix kilos au-dessus de la tête. Passer les appels n'a pas été pénible, à part quelques palabres inutiles que cela m'a obligé à échanger.

Je me dis qu'il n'y a pas grand-chose à faire, en observant le sourire sur son visage.

Sa voix se fait plus grave.

— Merci aussi pour hier soir.

Je ferme les yeux contre la vague de désir qui monte en moi. Elle m'a regardé avec trop de gentillesse, debout dans le couloir devant le bureau de mon grand-père. J'ai dû l'embrasser pour m'en éloigner.

Mais maintenant, je n'arrive plus à oublier ce souvenir.

— Je ferais n'importe quoi pour prouver que j'ai raison, dis-je.

Sa voix devient taquine.

— C'est vrai. Tout ce que vous vouliez, c'était gagner.

— Je n'aime pas être accusé de choses que je n'ai pas faites.

Je me tourne vers elle, rencontrant des yeux qui ne m'ont jamais regardé avec autant d'audace avant que je ne l'épouse.

— Faites-moi confiance, Cecilia. Je suis très conscient de toutes les choses que je n'ai pas faites depuis notre mariage.

La température dans le gymnase monte encore d'un degré.

— Eh bien ! murmure-t-elle.

Elle passe une main sur son front et remonte sa queue-de-cheval. Elle porte un débardeur qui met les lignes douces et fortes de ses bras en évidence. Puis elle saute du tapis de course.

— Alors ?

— Je crois que je vais essayer cette machine.

Je m'assois sur le banc et je la regarde s'attaquer au développé des épaules. Elle pousse, elle ne tire pas. Je pose mon poids et traverse l'espace jusqu'à elle.

— Comme ça, plutôt, dis-je, mes mains se posant sur les siennes.

De si près, elle sent le shampoing. Floral, sensuel et féminin.

— Oh ! soupire-t-elle.

— Vous tirez comme ça… vous le sentez entre vos omoplates ?

— Oui, c'est incroyable. Je n'ai aucun muscle, là !

— Les développer vous aidera à rester assise devant l'ordinateur toute la journée.

J'écarte sa queue-de-cheval et je pose ma main sur le haut de son dos, juste entre les ailes de ses omoplates. Ses cheveux bouclent le long de la peau délicate de sa nuque.

— Juste là.

— Je l'ignorais, dit-elle.

Je dépose un baiser dans son cou. Sa peau est chaude et parfumée sous ma bouche.

— Maintenant, vous le savez.

— Oui, oui.

Je glisse ma main jusqu'à sa taille et continue d'explorer la longue étendue de son cou. C'est dangereux. Mais c'est mon corps qui contrôle, maintenant, mon ventre se serre de désir pour elle.

— Victor, murmure-t-elle.

— Oui.

Elle se trémousse sur le banc et je l'embrasse. Ses lèvres sont douces et souples sous les miennes. Elle a le goût mentholé du dentifrice, frais, sensuel et irrésistible.

Ses mains remontent autour de mon cou. Je suis en sueur, mais elle aussi, et de toute façon, nous transpirerions certainement dans le même lit. Si Myers y est aussi fougueuse qu'elle l'a été lors de la négociation de notre mariage, c'est garanti.

Je glisse ma langue entre ses lèvres et elle soupire, approfondissant le baiser en réponse. Le son me traverse et je sens mon corps réagir, l'envie monter dans mon bas-ventre.

Je ne lui ai pas menti. Cela fait longtemps.

Je l'attire pour qu'elle se mette debout et elle me suit rapidement, la longueur de son corps pressée contre le mien. Enfin, je pense, et je glisse ma main vers le bas pour caresser ses fesses à travers son legging de sport.

Des fesses que je n'ai remarquées qu'il y a quelques mois, mais qui m'ont nargué chaque fois qu'elle a porté cette tenue dans l'appartement.

— Victor, dit-elle encore, et j'aime ça.

Je veux qu'elle ronronne mon nom de toutes les façons possibles.

— Oui ?

— Qu'est-on en train de faire, là ?

— C'est important ?

Je la serre contre moi et lui fais sentir à quel point j'en ai envie.

— On peut faire ce qu'on veut.

— Hmm.

Ses lèvres reviennent sur les miennes et je me demande si nous pouvons le faire ici, maintenant, et nous livrer à un autre type d'exercice.

Puis sa main glisse sur mon cou et caresse l'endroit de mon T-shirt où commence la cicatrice en diagonale.

— Je suis désolée pour ça, murmure-t-elle contre mes lèvres.

— C'était il y a longtemps. Et je n'ai pas envie d'en parler maintenant, pas quand je serre tes fesses et que ta bouche est sur la mienne.

Un endroit heureux, juste ici.

— Veux-tu me dire comment c'est arrivé ?

Je dépose un autre baiser sur ses lèvres avant de relever la tête. Cela me fait mal de retirer mes mains d'elle, et je sais que je vais devoir prendre une douche froide ou utiliser ma main droite avant de pouvoir travailler aujourd'hui.

— Je t'empêche de faire ta séance d'entraînement, dis-je.

Ses lèvres gonflées se froncent et je me retourne, ne voulant pas montrer que j'en suis responsable.

— Victor… Je ne voulais pas être indiscrète.

— C'est bon.

— Reviens, murmure-t-elle.

Je mets ma serviette sur mon épaule. Celle que j'aurais dû utiliser à la place de mon tee-shirt pour m'essuyer le visage, et tout cela aurait été évité.

— Je devrais aller prendre une douche. Mais demain soir.

— Demain soir, répète-t-elle.

Je ferme la porte de la salle de sport derrière moi et laisse l'odeur entêtante des corps et du désir. Le reste de mon appartement est en ordre, propre, frais et calme. C'est comme un baume sur mes sens enfiévrés, même si cela ne soulage pas la longueur douloureuse entre mes jambes. Qu'ai-je déclenché ici ?

15

CECILIA

Mon bras est passé dans celui de Victor, et à chaque pas que l'on fait, mon corps me le rappelle. Il me l'a proposé avec désinvolture, comme si c'était habituel. Comme si l'on était un couple. L'odeur de son eau de Cologne et sa présence constante sont aussi distrayantes que la grandeur de l'opéra dont nous nous approchons.

Victor donne notre nom au préposé à l'entrée voûtée.

— Les Saint Clair, dit-il.

Ce soir est une nouvelle occasion de montrer un front uni et fort, d'exhiber le succès de notre mariage. Il m'a prévenue qu'un ou plusieurs de ses partenaires commerciaux pourraient être ici ce soir, que des journalistes, des photographes et l'élite new-yorkaise seront là.

Ce qui signifie que pour ce soir, nous sommes très amoureux.

— Cet endroit est magnifique ! dis-je.

La lumière pénètre par le haut, à travers le plafond en dôme de verre, faisant briller le sol en pierre calcaire.

— La construction a pris trop de temps, dit Victor. L'architecte que la ville a engagé a dépassé le délai de trois mois.

Je me rapproche.

— Je comprends que ça a dû être une grande déception pour toi, étant donné que j'ai travaillé pour toi pendant un an et que pas une seule fois tu ne m'as demandé de réserver des places pour aller au théâtre ou à l'opéra.

Il grogne.

— Je suppose que je n'y suis pas allé autant ces derniers temps.

— Par ces derniers temps, tu veux dire ces dix dernières années ?

— C'est possible, oui. Tu es de bonne humeur, ce soir.

Mes doigts se resserrent sur son bras. Je le suis, et cela n'a rien à voir avec l'opéra. L'excitation et l'envie sont un poids lourd dans mon estomac. Contre tous mes principes, j'ai adoré l'embrasser. Le souvenir de son contact dans sa salle de sport est encore assez puissant pour me faire frissonner.

— Je suis de bonne humeur, dis-je. Nadine est venue avec moi pour acheter cette robe. Nous avons passé un bel après-midi.

Victor me regarde, ses yeux bleu foncé balayant mes formes. La robe est rouge et me colle au corps. Nadine l'a appelée la robe *baise-moi,* mais en version allégée. Celle qu'on peut porter à une soirée… et demander à un homme de l'enlever après.

La voix de Victor est rauque.

— Bon choix.

— Merci. Je t'aime bien dans ce smoking.

Il s'arrête, ses yeux se posent sur mes lèvres. Je penche la tête en arrière pour l'accueillir. Le baiser est parfait. Torride, fort et rempli de la promesse de ce qui va suivre. Il approche ensuite ses lèvres de mon oreille, sans se soucier de ceux qui le regardent.

— C'est une belle robe, murmure-t-il. Mais elle sera encore plus belle sur le sol de ta chambre.

Un frisson me parcourt la peau. J'aperçois quelques hommes en smoking qui nous observent à travers le hall et je ris, à bout de souffle.

— Quelque chose de drôle, Myers ?

— Je viens de réaliser que l'on n'aura pas à faire tant

d'efforts que ça pour avoir l'air d'un couple amoureux, ce soir.

À la seconde où les mots sortent de ma bouche, j'entends la façon dont ils sonnent.

— Je veux dire, à cause de… eh bien. Sans dire que l'on est réellement amoureux. Enfin, tu vois ce que je veux dire.

Victor acquiesce et m'entraîne. Son regard reste fixé sur le même groupe d'hommes.

— En effet.

J'ai envie d'appuyer mes mains contre le rouge chaud de mes joues, mais s'il n'a pas remarqué à quel point mes propres mots m'ont troublée, je ne lui en ferai pas part.

Victor fait du réseautage comme il fait tout le reste. Intensément. Les bavardages sont brefs et précis, malgré mes efforts pour les faire durer. J'adresse des sourires aux gens pour adoucir sa franchise.

Il me demande *qu'est-ce que c'était, ça ?* alors que l'on s'éloigne d'un couple. Je leur ai demandé où ils ont passé leur lune de miel, parce que l'on n'avait pas encore eu l'occasion d'en faire une nous-mêmes, et cela a lancé une conversation rafraîchissante de dix minutes sur les différentes îles des Caraïbes.

Je lui dis que c'était du réseautage.

— Pas de mon style.

— Non, j'en suis bien consciente.

— Qu'est-ce que ça veut dire ?

— Que tu es piquant et que tu vas toujours droit au but. Et ça marche très bien en réunion – j'ai pu le voir ! –, mais pas lors d'événements comme celui-ci.

— Tu es en train de me critiquer ! dit-il.

Je croise son regard, et ce n'est pas la peur qui se déploie en moi face au défi qu'il représente. C'est tout autre chose, mais cela m'effraie tout autant.

— Je te donne des conseils. Ce n'est pas la même chose.

— Tu parles de sémantique, là.

— Parler d'intérêts communs en dehors des affaires est la partie la plus importante du travail en réseau. Si l'on était un vrai couple marié, et si tu voulais vraiment qu'ils se souviennent de toi, on prendrait leurs conseils au sérieux. On les appellerait quelques semaines plus tard pour les remercier de nous les avoir donnés. Tu leur dirais qu'on a réservé un voyage dans l'une des îles dont ils ont parlé. Les Bermudes, par exemple.

— La Barbade, dit-il. Ils ont dit qu'on y trouve les plus belles plages.

Je souris.

— La Barbade. Et quand on y serait pour notre lune de miel différée, on leur enverrait une photo ou une carte postale électronique.

— Ce serait trop.

— Non, ça montrerait que nous pensons qu'ils nous ont fait une faveur. Ils se sentiraient utiles et comme contribuant à notre bonheur. Les gens aiment aider, Victor. Ils aiment aussi avoir l'occasion de paraître compétents devant les autres.

Il fronce les lèvres. Mais c'est son froncement de réflexion.

— C'est beaucoup de travail, dit-il.

Je hausse les épaules.

— Pas nécessairement. Ça demande juste un peu de réflexion. Et tu préfères vraiment qu'on passe notre fausse lune de miel à la Barbade ? Je n'aurais jamais cru que tu étais un surfeur.

Les yeux de Victor rencontrent les miens.

— Ah non ?

— J'aurais cru que tu ne prenais pas de vacances du tout.

— Pas régulièrement, non, en effet.

— Ce n'est pas le surf qui t'aurait fait changer d'avis !

— Tu prétends me connaître, dit-il, et pourtant, je me demande parfois si tu me connais vraiment.

— Hmm. Je sais pertinemment que tu ne me connais pas.

— Je commence à apprendre.

Je pense qu'il ne parle plus de mes préférences pour la lune de miel. Je passe mes doigts sur sa manche, finissant par trouver un bout de peau le long de son poignet.

— Qu'est-ce qu'on fait ?

— Tout ce qu'on veut, dit-il, les yeux s'assombrissant. Je te l'ai déjà dit.

Ça a l'air si simple quand il le dit ! C'est sans doute le cas pour lui. J'ai passé un an à le regarder faire ce qu'il veut et prendre ce qu'il veut. Et le monde se prosterne à ses pieds à cause de cela.

Qu'est-ce qui pourrait être plus pratique pour lui que de coucher avec la femme avec laquelle il vit ? Avec qui il est déjà marié ?

Mais la commodité va dans les deux sens. J'ai dit un jour que j'essaierais d'être plus comme lui et ses semblables. D'aller au bout de ce que je veux.

— Regarde, dit-il.

Je suis son regard jusqu'à une estrade située de l'autre côté du hall. Un petit demi-cercle s'est formé autour d'un couple bien habillé. Lui est grand, a des cheveux bruns et porte un costume. La femme brune à ses côtés est magnifique et, bien qu'elle lui arrive à peine à l'épaule, ils ont l'air bien assortis.

— Qui sont-ils ?

— Les architectes qui ont conçu cet opéra.

— Vraiment ?

— Oui.

— Ils forment une équipe, alors ? Un duo d'architectes ?

— C'est une équipe, très bien dit, dit Victor. Ils sont mariés.

— Ooh ! soufflé-je. Imagine se côtoyer au travail tous les jours et finir ses soirées également ensemble à la maison.

— Un vrai cauchemar ! dit Victor.

Je ris.

— C'est ce qu'on pourrait croire.

— Je n'ai pas l'esprit d'équipe. C'est dépassé, comme concept.

— Sur le plan professionnel, oui, dis-je, et j'ignore le regard qu'il me lance.

J'ai passé un an à l'observer et je n'ai jamais pensé que j'aurais l'occasion de parler de ça avec lui. Le faire maintenant est enivrant.

— C'est peut-être vrai, dit-il, mais pourrais-tu le faire, Cecilia ? Une dispute à la maison s'étendrait au boulot, et ce serait intolérable.

— Tous les couples ne se disputent pas.

— Ceux qui sont mariés, si.

— Vraiment ? Nous n'en avons pas eu une seule.

Ses lèvres se tordent.

— Pas encore, en tout cas. Mais toi et moi, c'est une autre histoire.

— Vraiment ?

— Nous ne sommes pas un vrai couple. Eux, dit-il en inclinant la tête vers les architectes au loin, le sont.

— C'est ta vision des relations, alors. Elles sont vouées à se transformer en bagarres ?

Il détourne le regard. La ligne nette de sa mâchoire au-dessus de moi ressemble à une vitre, distante et imposante. Mais il répond :

— Oui. Les petits désaccords prennent de l'ampleur, se transforment en tracasseries, qui se transforment en disputes. Je n'ai pas le temps pour ça.

— Mais les récompenses sont aussi plus importantes, dis-je. Lorsque tu connais suffisamment bien quelqu'un pour surmonter un différend, ça renforce le couple.

Il grogne en signe de désaccord.

— Tu es aussi psychologue ?

Je ne peux pas laisser passer ça, même si je ne fais qu'effleurer l'ours qui se cache en lui. Il nous conduit sous une grande voûte.

— Quelle a été la plus longue relation que tu aies jamais eue ?

— Je ne suis pas allongé sur un divan dans ton cabinet, dit-il.

— Tu ne veux donc pas répondre à ma question.

Il me tourne vers un escalier en pierre. Je laisse ma main traîner le long de la rampe en bois lisse alors que l'on monte. L'endroit sent encore le neuf, la promesse de souvenirs à venir. C'est magnifique.

— Je répondrai à ta question si tu y réponds d'abord, dit-il.

— Trois ans et demi.

Il reste silencieux alors que l'on marche le long d'un couloir vide. Je resserre ma prise sur son avant-bras.

— Victor ?

— Un an, dit-il. Presque.

— Gabriella ?

Il me regarde. La question est dans ses yeux, mais il la ravale et secoue la tête.

— Non. C'était à l'université.

Je hoche la tête. J'étais chargée de réserver ses rendez-vous hebdomadaires avec son ex-top-modèle, et quand ils ont mis fin à leur relation juste après qu'il a pris la direction d'Exciteur, c'est aussi moi qui lui ai envoyé des fleurs.

— L'université, c'était il y a longtemps.

— Tu es ma femme, dit-il. Pas ma thérapeute.

Sa manière bourrue de me le dire me fait rire, et je ne peux plus m'arrêter, le son emplissant le couloir vide.

— Pas de relations pour toi, alors. Juste des mariages.

Victor secoue la tête. Mais ce n'est pas de la colère. C'est plutôt de l'exaspération.

— Oui, et seulement quand il s'agit d'arrangements professionnels.

— Noté, le taquiné-je.

C'est son mot.

— Ce que je n'aime vraiment pas, dit-il, c'est quand

les femmes te tapent sur les nerfs. Quand tu ne peux pas te les sortir de la tête.

— Oh !

La voix de Victor baisse.

— C'est encore pire quand on est obligé d'être proche d'elles.

— Genre quand tu vis en face d'elles ?

— Oui. Quand elles se promènent dans ton appartement en pantalon moulant.

Je suis agréablement surprise.

— Comment osent-elles, murmuré-je. Dans leur propre maison.

— L'audace ! dit-il.

Son bras disparaît sous le mien et une main forte saisit mes doigts.

Il m'entraîne dans un vestiaire vide. Des portemanteaux nus sont accrochés à des rayonnages successifs. En l'absence d'un public nombreux, il n'y a pas de personnel et clairement aucun manteau.

Ma voix est essoufflée.

— Si tu cherches un moyen d'éviter de parler de relations, ce n'est pas ici que tu le trouveras.

— Si, dit-il, les mains se refermant sur ma taille. Je trouverai un moyen.

Mes lèvres sourient encore lorsqu'il presse les siennes dessus et m'embrasse avec fermeté.

Il faut attendre un moment avant que je ne puisse reprendre la parole.

— Oh ! Effectivement.

Son gloussement est sombre.

— C'est la seule façon de te faire taire.

J'appuie mes mains sur son torse, puissant sous le tissu de son smoking. Il m'embrasse comme il l'a fait à la salle de sport, comme s'il savait ce qu'il voulait et n'avait aucun scrupule à le prendre.

Il m'embrasse comme il négocie. Pour gagner.

Je ne me suis jamais sentie désirée de cette façon, je n'ai jamais voulu autant en retour. Ce sentiment est renforcé par l'enchevêtrement complexe d'émotions que je ressens pour cet homme.

Respect, aversion, curiosité, admiration. Une énigme totale.

Et en ce moment, c'est une énigme qui se concentre entièrement sur moi.

Ses mains s'enfoncent dans mes hanches et je lui réponds avec la même intensité, glissant mes doigts dans ses cheveux. Le mur est dur contre mon dos.

— Tu crois que c'est pour ça qu'ils ont conçu autant de vestiaires ? murmuré-je.

Il rit à gorge déployée et approche ses lèvres de mon cou. Sa barbe me chatouille et me donne la chair de poule.

— Oui, dit-il. Les architectes sont mariés.

— Ils avaient besoin d'un endroit où s'éclipser pendant les travaux.

Ses mains glissent le long de mon corps, sur le tissu doux de la robe et il en vaut chaque cent. Victor gémit, sa main frôlant la courbe de mon sein. Une longueur dure s'enfonce dans ma hanche.

— Bon sang, Myers ! Ça ne faisait pas partie du programme.

— Oui, dis-je en bloquant mes genoux autour de ses hanches. Ça ne faisait pas partie du mien non plus.

— Et pourtant.

— Et pourtant.

Il m'embrasse à nouveau, plus langoureusement cette fois, et chaque seconde qui passe, la chaleur au creux de mon ventre se fait plus vive. J'ai envie de lui.

— Si ce n'était pas notre première fois, dit-il, je t'aurais emmenée ici.

Les mots me transpercent comme un éclair. Je l'imagine, je nous imagine…

— Là où n'importe qui pourrait passer et nous voir ?

Il pose sa tête contre mon épaule.

— Putain ! Mais oui, je l'aurais fait.

Je descends le bras et je le touche à travers son pantalon. Son membre dur palpite contre ma main et il gémit dans mon cou, rien à voir avec le Victor en parfait contrôle de lui-même et de son monde.

Cela me fait tourner la tête.

— Dommage que ce soit notre première fois, alors.

Ses mains s'enfoncent dans ma taille, ses doigts sont à quelques centimètres du dessous de mes seins.

— Oui.

Je le caresse une dernière fois à travers le tissu. Puis je le repousse et réarrange ma robe. Mes lèvres sont gonflées et quand je regarde vers le bas, mes mamelons sont visibles à travers le tissu.

— On devrait s'en aller.

Victor me fixe, les yeux sombres.

— Oui. Il faut partir.

— N'appelle pas Steven. Je veux qu'on rentre à pied.

— C'est ta façon de te venger de moi ? demande-t-il. Pour toutes les fois où je t'ai demandé de faire mes courses et de répondre à mes appels ?

— Peut-être. Ça t'ennuierait si c'était le cas ?

Dans l'obscurité et dans son smoking, Victor semble tout aussi dangereux qu'à la table des négociations. Le feu dans ses yeux parle de batailles à conquérir.

— Non, dit-il. Allons-y.

16

CECILIA

Victor ne fait même pas un signe de tête au concierge dans le hall de notre immeuble quand on rentre à la maison. Il se contente de garder une main sur le bas de mon dos, me guidant vers l'ascenseur.

Il m'embrasse dès que les portes se ferment. Je le serre fort, enivrée par ses taquineries, ses provocations. Le délice de cet homme, d'habitude si guindé, se libère pour moi.

On arrive dans le couloir et la porte d'entrée se referme brutalement derrière nous. On se regarde. Sa respiration est rapide, sa large poitrine se soulève et s'abaisse.

Et je suis perdue.

Il me tend la main et je me retrouve dans ses bras, dans ses baisers. Je n'aurais jamais cru que cela pouvait être comme ça.

— Victor, murmuré-je.

Il émet un gémissement de reconnaissance, mais ne s'arrête pas. Ses mains descendent le long de ma robe et découvrent la courbe lisse de mes cuisses.

— Agrippe-toi à moi.

Je m'accroche à ses épaules, juste à temps. Victor me soulève sur la table du couloir. Quelque chose frôle ma hanche, puis du verre heurte le sol en pierre avec fracas.

— Oh, non ! Notre vase.

Victor m'embrasse dans le cou et passe entre mes jambes. Elles s'écartent d'elles-mêmes, mes genoux se soulevant pour le serrer contre moi.

— Oups !

Je souris.

— Tu vas me dire que tu ne l'as pas fait exprès ?

— Bien sûr que non ! murmure-t-il. Je n'arrête pas de l'enlever. C'est toi qui le remets.

— Ça t'agace.

Ses doigts s'enfoncent dans ma cuisse.

— Tu aimes bien m'agacer ?

— Parfois.

Ses lèvres reviennent sur les miennes, sensuelles et fortes. L'une de ses mains remonte le long de ma jambe.

— Cette robe m'agace, en ce moment. Il faut que je sente ta peau.

— Mon Dieu, oui, s'il te plaît !

— Où ?

Il prend l'un de mes seins à travers le tissu et, avec une précision infaillible, effleure un mamelon.

— Ici ?

— Hmm.

— Ou… ici ?

Il trouve l'ourlet de ma robe et le soulève, le soulève, le soulève. Je sursaute au contact de sa main sur l'intérieur de ma cuisse, mes mains se resserrent sur ses épaules.

— Victor…

— Continue à dire mon nom comme ça, Myers.

— Cecilia.

Ses lèvres s'emparent des miennes et sa main se pose sur ma culotte, sensuelle contre ma chaleur.

— Cecilia, murmure-t-il. Que dirais-tu d'ici ?

L'accord est un murmure contre ses lèvres.

— Oui.

Il la fait glisser sur le côté et je n'arrive plus à respirer, à penser, à la sensation de ses doigts qui frôlent ma peau brûlante.

— Bon sang ! murmure-t-il. Tu es toute mouillée.

Oui, pensé-je. *Tout pour toi, rien que pour toi*, mais les mots meurent sur ma langue tandis qu'il me caresse. Ses doigts sollicitent mes plis et avec une habileté qui ne devrait pas me surprendre, il trouve mon clitoris.

Mon souffle devient tremblant contre ses lèvres.

— C'est ça, dit-il. Vite ou lentement ?

Je n'arrive pas à croire qu'on fasse ça. Mais je lui dis, les yeux fermés et la respiration rapide.

— Vite.

Un autre de ses sourires contre mes lèvres, puis la pression augmente sur mon clitoris. La chaleur irradie de ce simple contact, et à chacun de ses cercles, elle s'intensifie.

Je resserre ma prise sur ses épaules. C'est ce qu'elles sont, un soutien vital, alors qu'il m'emmène vers les sommets.

Sa main libre rejoint celle qu'il utilise sur moi, et alors je la sens, la douce brûlure de son doigt qui glisse en moi.

— Oh, mon Dieu !

— Tu sais, demande-t-il, à quel point j'ai envie d'être en toi ?

Mes doigts se resserrent autour de son revers. Je ne sais pas, mais s'il le veut aussi fort que je le veux en moi, il doit brûler ! Les mouvements incessants de sa main ressemblent à une punition. Ses doigts accélèrent et c'est tout ce que je peux faire pour résister à l'accélération de mon pouls.

Je vais jouir s'il continue.

— Victor, je…

— Je sais, dit-il. Tu me détestes pour ça, mais tu m'aimes aussi pour ça.

— S'il te plaît.

Il m'embrasse, sa langue se rapproche de la mienne. Son pouce appuie sur mon clitoris gonflé et je m'effondre. Le plaisir envahit mon corps et je serre les genoux autour de ses hanches. Il me soutient, un doigt continuant à entrer et sortir de moi.

— C'est ça, murmure-t-il.

Je respire difficilement quand cela se termine, les mains serrées autour de son cou.

— Oh, mon Dieu !

Ses doigts tournent une dernière fois autour de ma culotte avant qu'il ne la remette en place. Le tissu est rugueux contre ma peau sensible.

— C'est une bonne chose, dit-il, que je n'aie pas su avant pas à quel point ça fait du bien de te toucher. Je n'aurais jamais pu travailler en t'ayant comme assistante.

Ma voix est haletante.

— Oui. Tu m'aurais tuée.

Il glousse et je l'attrape, finissant à nouveau par ses lèvres. Il est dur contre moi. Il était sincère. Il a besoin d'être en moi.

Mais je pensais aussi ce que je lui ai dit tout à l'heure.

Je veux le provoquer pour lui faire payer tout ce qu'il m'a fait subir pendant un an.

Alors je glisse de la table de la console sur des jambes tremblantes et je trouve mes appuis parmi les éclats de verre.

— Merci.

— Tout le plaisir est pour moi.

— C'était… instructif.

Son sourire en coin se transforme en un véritable sourire, qui me coupe le souffle.

— Je pourrais utiliser beaucoup d'adjectifs pour décrire ce qui vient de se passer, mais *instructif* n'en fait pas partie.

— Oui. Je n'ai pas de thésaurus sur moi.

— Il y en a un dans mon bureau. Tu pourrais m'y accompagner.

— Dans ton bureau ?

Je hausse un sourcil, les séquelles de mon orgasme

me rendant audacieuse.

— Tu le ferais, n'est-ce pas ?

— Oui, dit-il. Tout comme toi. Mon bureau est bien assez grand. Mais pas ce soir.

Je me retourne, même si cela me fait mal, et je commence à me diriger vers l'escalier. Là où se trouvent nos deux chambres, séparées par un couloir et deux portes sans serrure.

Aucune distance.

— Cecilia, m'appelle-t-il.

— Oui ?

— J'ai un dîner demain avec des associés.

Je tends une main pour m'appuyer contre le mur. Ses yeux observent mon geste, tout comme ils observent la rougeur de mes joues. Ses lèvres se retroussent en un demi-sourire.

— Oh ! dis-je. Comme c'est excitant !

— Veux-tu m'accompagner ?

Je déglutis.

— En tant que femme ?

— Oui.

— Je viendrai.

— *Treize* tableaux, dit Nadine. Tu te rends compte de la somme d'argent que ça représente ?

— Oui, dis-je. Enfin, presque. J'ai vu à quel prix tu les as vendus.

— Il n'est pas question de se payer de bonnes bières, même pas le loyer. Ça représente le loyer pour un an !

— Même avec la commission que prend la galerie ?

— Elle ne prend que dix pour cent ! Jake m'a dit qu'ils demandent habituellement trente pour cent, mais comme il s'agissait d'une réservation de dernière minute, ils n'en prennent que dix.

— C'est Jake qui a dit ça, dis-je.

— Oui. Il a dit qu'il était heureux de te rencontrer, d'ailleurs. Qu'il était clair que toi et moi étions de grandes amies.

Sa voix devient grave.

— J'ai une confession à te faire.

— Vas-y, dis-je.

Avec mes écouteurs, je peux parler à Nadine et faire le tour de mon placard. Bien qu'il s'agisse de la chambre d'amis, il est assez grand pour accueillir un petit futon au centre.

— J'ai l'impression que Jake s'intéresse à moi.

Je ris.

— Oh, vraiment ?

— Oui. Je suis désolée.

— Ne le sois pas ! Je l'ai deviné à la seconde où je l'ai rencontré.

— Tu ne l'as même pas vu.

— Si, dis-je. Pendant les cinq minutes où nous avons parlé, il a passé son temps à dire à quel point tu es fantastique, et ça ne m'a pas dérangée, parce que j'adore chanter tes louanges. On était comme deux fans.

— Oh, arrête !

— C'est vrai. Alors, tu t'intéresses à lui ? Il te plaît ?

— Non. Ce n'est pas mon genre.

Je souris, rassurée qu'elle ne soit pas là pour le voir, et je tends la main pour attraper quelques robes.

— Tu sais que je t'aime, mais tu vois souvent les choses en noir et blanc.

— Non, je ne vois pas les choses en noir et blanc. Je suis une artiste. Je vois des nuances de couleur à l'infini.

— Bien sûr, oui ! Mais pas quand il s'agit d'hommes.

— Il est parfait pour toi. Il me ressemble trop pour que ça marche.

Je pense à Victor, à sa façon précise de parler, au

mouvement méthodique de ses mains. L'ambition, le sens des affaires et la discipline.

— Je ne sais pas si c'est le cas. Je pense que l'attraction consiste plutôt à trouver quelqu'un de complémentaire.

Nadine reste silencieuse un moment, mais quand elle reprend la parole, sa voix est sensuelle.

— D'accord. Raconte.

Je ris.

— Comment l'as-tu su ?

— À ta voix. À tes mots. Allez, tu ne veux pas vraiment savoir comment je le sais, pas autant que je veux savoir ce que tu as à dire.

— Je ne comprends rien à ce que tu viens de dire.

— Crache le morceau !

— D'accord, d'accord. Donc. Hier soir, Victor et moi avons assisté à l'inauguration du nouvel opéra de New York.

— C'est vrai, événement normal pour vous deux.

— Normal, dis-je. Quand on est mariée à un Saint Clair, eh bien… il se passe des choses.

Nadine reste silencieuse comme une tombe alors que je lui raconte tout ce qui s'est passé en quelques phrases. Je fais passer la scène sur la table de la console dans son couloir pour une poignée de main, mais quand j'ai fini, mes joues sont encore rouges.

— Dire tout ça à voix haute… waouh !

— Et maintenant ? Que veux-tu ?

Je regarde mes robes. La plupart sont sans intérêt, celles que j'ai portées un million de fois au bureau. L'une d'entre elles… ne l'est carrément pas.

— Je pense que pour lui, hier soir, c'était une question de contrôle. De le garder, surtout. Pour une raison ou une autre, il veut toujours avoir le contrôle.

— Ça ressemble à quelqu'un que je connais.

Je grogne.

— J'aime que les choses soient organisées. Je n'ai pas besoin d'avoir le contrôle, ça n'a rien à voir.

— D'accord, je ne ferai pas de commentaire. Continue.

— Eh bien, je veux qu'il perde la tête.

Je passe une main sur le tissu soyeux de la robe.

— Je vais essayer de séduire mon mari et je sais comment m'y prendre.

17

CECILIA

J'attends que l'on soit assis à table pour lâcher la bombe. Victor et moi sommes côte à côte, observant les deux hommes qui s'approchent. Carter Kingsley parle au magnat des médias que Victor et lui sont venus courtiser. Moi, je courtise mon mari.

Je me penche pour lui murmurer les mots :

— Je ne porte pas de sous-vêtements.

La mâchoire de Victor se crispe.

— Bon sang, Myers !

— Cette robe est assez courte, aussi.

Des yeux bleus flamboyants se plantent dans les miens.

— Tu joues avec le feu.

— C'est le cas ? Ou c'est toi ?

Il sourit, ses lèvres se retroussent à peine et me réchauffent. La première moitié du dîner se déroule sans incident, si ce n'est le bras de Victor qui se drape derrière ma chaise. Chaque fois que sa main effleure mon épaule, laissée nue par la robe sans bretelles, mon attention se focalise sur le petit point de contact.

Si l'on m'avait dit que l'on serait ici maintenant il y a six mois, je ne l'aurais jamais cru. Que je serais assise à côté de lui dans un restaurant chic et que je me sentirais moins comme une femme trophée que comme une femme d'affaires.

Comme quelqu'un qui va à la conquête de ce qu'elle veut. Quelqu'un qui ne se soucie plus de ce que son ancien moi, plein de jugement, aurait pensé de cet arrangement.

— C'est un plaisir de vous avoir ici, dit Carter.

Il me jette des regards spéculatifs toute la soirée, et plus d'une fois, je le vois noter la main de Victor sur mon épaule.

— La vie conjugale semble vous aller à merveille.

Monsieur Simmons, propriétaire d'un conglomérat médiatique national, lève les yeux de son steak.

— J'en ai entendu parler. Félicitations à vous deux. Où êtes-vous allés en lune de miel ?

— Oh, nous ne sommes pas encore partis !

Je pose une main sur la poitrine de Victor en le regardant.

— Aucun de nous n'a eu la possibilité de s'éloigner du travail. Mais c'est prévu.

— Nous pensons à la Barbade, dit Victor.

Son regard se pose sur ma main et sur les deux bagues qui scintillent à la lumière.

Est-ce que j'en fais trop ?

Mais sa lèvre se retrousse.

— Vous y êtes allé, Simmons ?

Du papotage. Il s'y engage, et l'accent que j'ai noté dans sa voix tout à l'heure a disparu. Nous sommes à mi-chemin d'une discussion sur les mérites des Caraïbes quand quelque chose sur ma jambe me fait faire une pause, la fourchette à mi-chemin de ma bouche.

La main de Victor se trouve sous la table.

Il fait glisser mon ourlet vers le haut, centimètre par centimètre, jusqu'à ce que ses longs doigts s'enroulent autour de mon genou nu.

— J'ai entendu dire que vous vous étiez également lancé dans les médias espagnols, dit-il aux hommes en face de nous.

Mon cerveau essaie de se concentrer sur la réponse de Simmons, mais il est plus occupé par les doigts de mon mari qui tracent des motifs sur l'intérieur de ma cuisse. Merci mon Dieu pour les restaurants chics et les longues nappes en lin.

Victor garde son autre main appuyée sur ma chaise, le visage lisse et professionnel, pendant que nous finissons notre repas. Et petit à petit, son pouce glisse vers le haut.

Abandon de la mission, je pense. Parce qu'il a toujours l'air de la sculpture froide et calme du contrôle, alors que c'est moi qui brûle de désir. Les souvenirs de ses doigts entre mes jambes hier se combinent avec l'aspect public d'aujourd'hui, et s'il atteint le point entre mes jambes, il sentira à quel point j'ai envie de lui.

Je couvre ma bouche avec une serviette et me penche vers lui.

— Victor…

Son pouce effleure deux fois l'intérieur de ma cuisse. Un signe qui montre qu'il a bien compris, avant de continuer à remonter.

— Et vous ? me demande Simmons. Que faisiez-vous avant d'épouser Saint Clair ?

Ses doigts marquent une pause, comme s'il voulait me donner une chance de répondre sans distraction. Je m'en réjouis et me lance dans l'explication de la création de mon assistant virtuel. Simmons acquiesce.

À ses côtés, Carter semble impressionné.

— Ça a l'air génial, dit-il. Tu vendrais essentiellement la résolution de tâches et facturerais les clients par le biais d'un abonnement. Victor, envisages-tu d'investir ?

— Potentiellement, répond-il, sans rien laisser paraître dans sa voix. Si elle me le permet, bien sûr. Nous n'en avons pas encore parlé.

— Il est encore trop tôt, dis-je.

Carter acquiesce.

— Bien sûr, bien sûr. Mais s'il ne veut pas en faire partie, je serai fortement intéressé.

Il adresse un sourire tordu à Victor.

— Ne le prends pas mal. Je suis toujours à la recherche de bonnes entreprises à diriger, de nouveaux entrepreneurs à encadrer.

— Je suis son mentor, dit Victor.

Je me racle la gorge.

— Merci, Carter. Pour l'instant, je n'envisage pas d'investissement extérieur, mais si j'arrive à ce stade, j'y penserai.

La main de Victor se resserre autour de ma cuisse à mes mots, et je ferme les jambes en réponse. Quelques secondes plus tard, je le sens. Le doux cercle d'excuses de son pouce. Je les ouvre à nouveau et sa main glisse plus haut, à un centimètre seulement de l'endroit où je veux la sentir. Un seul effleurement sur ma peau sensible et je…

— Il faut que j'y aille, dit Simmons. C'était très agréable, messieurs. Acture Capital a beaucoup à offrir.

Victor retire sa main.

— Le plaisir est partagé.

— C'est vrai, reconnaît Carter. Je vous appellerai cette semaine. Nous pouvons rédiger une ébauche de contrat que vos avocats pourront également lire, à votre convenance. Nous voulons que vous preniez votre décision sereinement, quelle qu'elle soit.

Je souris et je fais mes adieux, puis nous regardons tous les trois Simmons sortir du restaurant.

— Je devrais moi aussi en rester là, dit Carter en jetant sa serviette sur la table. À moins que vous ne soyez d'humeur à sortir en boîte ?

— Non, pas vraiment, dit Victor.

— Tu vas en boîte ? demandé-je.

Carter rit. C'est étonnant de le voir passer de la vie professionnelle à la vie privée en si peu de temps.

— Non. Pas depuis des années. Mais si notre dame le veut…

— Ma femme, corrige Victor, avant de secouer la tête.

— Bien entendu, ta femme. Et comme nous autres,

hommes, pleurons ce fait ! Cecilia, vous êtes superbe, ce soir.

— Merci.

Il se lève de table et nous le suivons dans l'air froid de New York. Steven nous attend sur le trottoir. Dès qu'on est dans la voiture, Victor appuie sur le bouton pour remonter la cloison, ce qui nous donne une totale intimité sur la banquette arrière.

Il me prend la main.

— Touche, murmure-t-il en la pressant contre son membre dur.

Le contour est net à travers son pantalon.

— Voilà ce que m'a fait ton numéro sans culotte.

Je me sens étourdie, la puissance et le désir montant en une déferlante sur moi.

— Tu as aimé ça.

Il m'embrasse, pressant durement ses lèvres sur les miennes. Je passe mes ongles sur son sexe dur et il émet un sifflement sourd.

— Cecilia…

— Oui ? Puis-je t'offrir un autre café ? Reprogrammer une réunion ? Te fixer un rendez-vous avec une nouvelle femme ?

— Tu veux me punir, dit-il.

— Tu as dit que tu n'y voyais pas d'objection.

Dans l'obscurité de la banquette arrière, ses yeux semblent presque noirs.

— Oh, je ne m'y oppose pas ! Mais on peut jouer à ce jeu à deux.

Sa main saisit l'ourlet de ma robe et la remonte avec force, l'autre écartant mes jambes. Le silence surpris qui s'ensuit est plus doux qu'un bonbon.

— Bon sang ! murmure-t-il. Tu as dit la vérité.

— Tu ne m'as pas crue ?

— Non. C'est pour ça que j'ai essayé de tâtonner sous la table.

Sa voix est tout enrouée et je n'aurais jamais cru qu'elle puisse l'être, une voix qui n'est ni polie, ni contrôlée, ni retenue. C'est le Victor que j'ai vu dans le bureau de son grand-père, le Victor qui m'a défié de le suivre à l'exposition de Nadine.

Le Victor qui veut avec une intensité torride tout ce que je veux moi aussi, laisser se consumer le désir. Je veux le pousser à bout.

Et puis je veux le faire passer par-dessus.

Ses doigts caressent la jointure entre mes jambes, dans le même mouvement que celui que j'effectue sur la longueur de son pantalon.

— Deux minutes de plus, murmure-t-il, et j'aurais fait ça dans le restaurant.

J'en ai le souffle coupé.

— Tu n'aurais pas osé.

— Tu sais très bien que j'aurais osé.

Ses doigts m'écartent, puis il se penche et pose sa bouche sur mon clitoris.

— Oh, mon Dieu !

Je trouve les mèches épaisses de ses cheveux et je les agrippe.

— Oui. Juste là.

Il y a un bref gloussement contre ma peau sensible, puis ses lèvres reviennent, sa langue manipulant mon clitoris en un mouvement de va-et-vient. Sous cet angle, c'est tout ce qu'il peut faire. Mais c'est aussi plus que suffisant.

— Je voulais te séduire, murmuré-je.

Victor tourne la tête pour me regarder, sa barbe grattant ma peau.

— Tu crois qu'on fait quoi, là ?

— J'ai réussi ?

— Tu as dépassé toutes mes attentes.

Il retourne à sa tâche et je dois me mordre la lèvre pour ne pas gémir. Deux fois en deux jours, Victor s'est concentré sur mon plaisir plutôt que sur le sien. Ce n'est pas ce à quoi je m'attendais. C'est peut-être parce qu'il veut toujours avoir le contrôle, mais si c'est à ça que ressemble un Victor qui a le contrôle, eh bien...

. . .

Qu'il en soit ainsi !

Une grosse main impatiente sur mon genou m'écarte et j'abandonne toute prétention de le caresser à travers son pantalon. Il n'y a pas de place pour la concentration lorsqu'il aspire mon clitoris dans sa bouche.

— Victor, chuchoté-je. Victor, je ne peux pas, pas ici.

Il ne s'arrête pas, et dans la marée montante à l'intérieur de moi, mon corps dit quelque chose de différent : qu'il peut le faire, et qu'il le fera. C'est mon mari. C'est notre voiture qui nous ramène à notre appartement. Et c'est à moi d'accepter ce plaisir.

Alors j'enfonce mes doigts dans ses cheveux et je ne me concentre sur rien d'autre que la sensation de sa langue qui fait des allers-retours.

— Comme ça.

Il émet un bourdonnement contre mon clitoris quand il accepte, et quelques secondes plus tard, l'orgasme m'envahit. Je tourne la tête contre l'appuie-tête pour m'empêcher de gémir, mes doigts se resserrant dans ses cheveux. Il n'arrête pas de me lécher. Il ne retire pas sa bouche jusqu'à ce que mes jambes se détendent contre le siège en cuir et que ma main glisse hors de ses cheveux, se posant sur sa nuque.

— C'est clair, comme ça, murmure-t-il. Tu ne peux pas me provoquer comme ça, Myers, si tu ne peux pas en assumer les conséquences.

— Cecilia.

Il dépose un baiser sur mon clitoris encore sensible.

— Cecilia, acquiesce-t-il, et il redescend l'ourlet de ma robe.

Hébétée, je regarde par la fenêtre.

— On ne bouge pas.

— Oui, depuis quelques minutes déjà.

— Oh ! On est arrivés à la maison.

— Oui, dit Victor.

Il se penche et se réarrange, un froncement sur les lèvres.

— J'ai hâte d'entrer.

— À l'intérieur de quoi, exactement ?

Ses yeux s'illuminent.

— À l'intérieur de qui, plutôt, je pense.

Victor frappe à la cloison et élève la voix.

— Bonne nuit, Steven.

Une voix étouffée résonne de l'autre côté.

— Bonne nuit, monsieur et madame Saint Clair.

Mes joues brûlent. Je l'avais complètement oublié, mais il semble que Victor non. Et il a quand même fait ce qu'il avait à faire.

— Oh, mon Dieu ! lui chuchoté-je sur le trottoir. Steven a… il était là tout le temps.

— Il n'a rien vu ni entendu, dit Victor.

Son bras s'enroule autour de ma taille et je suis à moitié portée, à moitié escortée dans notre hall d'entrée. C'est une bonne chose, parce que mes jambes sont en coton.

— Augmentons-le.

— Cela atténuera-t-il ton embarras ?

— Oui.

Victor appuie sur le bouton de l'ascenseur.

— Alors, considère que c'est chose faite. Maintenant, viens ici.

Son baiser a le même goût que moi et enflamme la même envie qu'il a assouvie il y a quelques minutes dans la voiture. Mon corps brûle littéralement pour le sien.

Ce soir, c'est moi qui ouvre notre appartement avec la carte magnétique. Victor s'avance derrière moi. Sans me laisser aller à l'hésitation, je le pousse contre la porte d'entrée fermée. Ses yeux rencontrent les miens, mais le flash de confusion se transforme en approbation surprise lorsque je tombe à genoux.

— Myers...

Je défais la boucle de sa ceinture et descends sa fermeture éclair. Il est difficile de la faire passer par-dessus le bourrelet dur qui se trouve en dessous, mais j'y parviens au prix d'un effort héroïque. Je glisse mes doigts sous l'élastique de son boxer et le tire vers le bas. Il jaillit, dur, gonflé et luisant à l'extrémité.

— Tu ne crois tout de même pas que tu es le seul à avoir le droit de m'allumer ?

Ses yeux me disent que c'est bien ce qu'il pensait. Ils se ferment dès que je l'empoigne, sa peau est sensuelle et ferme au toucher.

— Doux Jésus ! murmure-t-il.

J'ouvre les lèvres, les referme autour de son gland, puis je fais tourner ma langue comme il me l'a fait dans la voiture.

Les doux jurons ont disparu. Sa main trouve mes boucles lâches et il s'y agrippe.

— Putain de merde, Myers !

C'est ce que je veux. Lui, sans retenue, et complètement à ma merci. Victor Saint Clair me suppliant d'en faire plus.

Victor Saint Clair a besoin de moi pour changer.

J'enroule mes lèvres autour de sa verge et je commence à bouger en prenant soin de faire tourner ma langue à l'extrémité à chaque coup. Je lève les yeux vers lui tout du long, et je crois que je n'ai jamais rien vu de plus sexy que Victor dans cet état, adossé à une porte et le visage crispé comme s'il souffrait.

Il est si dur qu'il palpite dans ma bouche, et tout ça grâce à moi.

J'agrippe fermement la base de son membre et j'utilise ma main libre pour envelopper ses deux poids jumeaux. Il a un goût musqué et délicieux, et alors que j'accélère, il gémit au-dessus de moi. Le son envoie un éclair de chaleur entre mes jambes.

J'ai hâte qu'il soit en moi.

Ses mains se resserrent sur mes cheveux.

— Myers, il faut que tu t'arrêtes.

J'accélère.

— Myers, répète-t-il.

C'est la voix qu'il utilisait au boulot, m'appelant depuis son bureau, et j'y réagis par instinct. Sa verge fait un bruit sec lorsque je la libère de ma bouche et que je lève les yeux vers lui.

— Oui ?

— Tu as prouvé que tu avais raison.

Sa poitrine se soulève et s'abaisse rapidement, et les yeux qui me fixent sont sauvages.

— Mais je serai en toi quand je jouirai, ce soir.

Oh, Seigneur !

J'acquiesce, muette, et accepte la main qu'il me tend.

Nous n'allons pas plus loin que la cuisine. Il saisit mes hanches et me soulève sur le plan de travail, celui-là même sur lequel j'ai préparé le petit déjeuner une douzaine de fois ou sur lequel j'ai vu Bonnie cuire du pain.

— Ici, dit-il. Maintenant.

J'attrape les boutons de sa chemise et les défais, mes doigts tâtonnant.

— Il faut que je te l'enlève.

Il m'aide avec un grognement impatient, la chemise pend sur son immense carrure. Il est magnifique, sculpté par un régime d'exercice quotidien qui donne la priorité à la santé et au bien-être. Un torse large et fort et le soupçon d'une tablette de chocolat sur un ventre plat, seulement terni par la longue cicatrice dentelée qui balaie son torse. Je passe la main dessus, le désir et la curiosité s'affrontant en moi.

La cicatrice ne le gêne manifestement plus, alors qu'il descend ma robe par-dessus mon soutien-gorge sans bretelles. Il défait le fermoir et mes seins tombent dans ses mains, les mamelons tendus.

— Bon sang, Myers ! Purée !

Il baisse la tête pour aspirer un mamelon dans sa bouche, et mon sourire se transforme en halètement. Sensible, si sensible, et je suis déjà trop stimulée.

J'agrippe la partie dure de son corps et je la rapproche de moi. Il siffle une respiration, ses mains repoussant l'ourlet de ma robe. Ses doigts s'enfoncent dans ma peau.

— Préservatif ?

— Je prends la pilule.

Sur ce, il montre une tête émoussée et me donne une seule et profonde poussée. J'éprouve un étirement sensuel et une plénitude qui atteint une profondeur impossible. Mes mains s'accrochent à ses épaules, ma respiration est rapide. Il est grand, il est complètement enfoui, et tout mon corps se sent tel un fil électrique.

— Enfin ! murmure Victor en commençant à onduler.

Je fais tout ce que je peux pour m'accrocher, mais je le fais du mieux possible, en bloquant mes jambes autour de ses hanches et en appuyant une main derrière moi sur le comptoir de la cuisine. Le bruit que nous faisons emplit la cuisine entière, amplifié par le marbre.

La concentration et le plaisir-douleur se lisent sur son visage.

— Regarde vers le bas, me dit-il.

Je le fais, et je pense que je vais avoir un orgasme rien qu'à la vue de ce qu'il m'enfonce avec des coups profonds et mesurés. Je ne savais pas que l'on pouvait ressentir cela. Que je pouvais avoir envie d'une telle chose.

— Tu es irréelle, dit-il, la voix telle une bénédiction. Je ne vais pas pouvoir tenir longtemps.

— Alors, ne te retiens pas.

Il émet un demi-rire rauque, et le son me traverse, touche des parties de moi qui me font aussi mal que l'endroit entre mes jambes. Il est hors de contrôle, et c'est tout ce qu'il me faut.

Victor glisse un bras autour de ma taille pour me soutenir tandis qu'il accélère. L'autre main caresse les plis lisses de mon corps, étalés autour de lui, et appuie sur mon clitoris gonflé de plaisir.

Je gémis à cette sensation. Je suis trop stimulée, bien trop stimulée, et il ne pourra pas…

Mais il le fait, et je le fais, mon corps se désagrège pour la deuxième fois. J'agrippe ses épaules et tends la main, ma bouche trouve son épaule nue. Les dents s'enfoncent.

Victor jure et accélère, les hanches comme des pistons, ma peau s'enfonçant dans le plan de travail de la cuisine.

Il faudra le désinfecter à l'eau de Javel après.

Ses mains s'enroulent autour de mes hanches et ses doigts s'enfoncent dans ma peau.

— Putain de merde, Myers !

Il jouit avec des coups de reins brusques et erratiques qui s'écrasent contre l'intérieur de mes cuisses. Sa poitrine se soulève et s'abaisse, sa cicatrice ondulant au rythme de ses respirations. J'enfonce mes mains dans ses épaules. *Ne te retire pas,* me dis-je. *Pas encore.*

Mais Victor le fait. Il recule, la bouche douce et les cheveux en bataille, et remet son pantalon. La chemise pend toujours sur lui et sa poitrine est exposée de façon glorieuse ! Il a l'air d'un dieu, d'un conquérant, d'un homme parfaitement satisfait.

Je glisse du plan de travail et laisse redescendre ma robe jusqu'à mes hanches, tout en gardant mes jambes fermées. L'absence de culotte est soudain très apparente.

Victor me regarde, le plaisir dans ses yeux bleus profonds.

— Ça pourrait compliquer les choses, mais on ne les laissera pas se compliquer, je pense. Nous avons toujours bien travaillé ensemble.

— Euh, dis-je. Oui, c'est vrai.

Il secoue la tête.

— Tu es la femme idéale, Cecilia. Les affaires passent toujours en premier.

J'attrape mon soutien-gorge. Il est dans l'évier, et le satin couleur chair est éclaboussé de gouttes d'eau.

— Les affaires d'abord, répété-je.

Il le prend comme un accord de principe.

— Merci pour cette soirée irréelle, dit-il, puis sa démarche familière résonne dans le couloir alors qu'il se dirige vers l'escalier.

Il a perdu le contrôle, mais il ne lui a pas fallu longtemps pour le retrouver.

18

VICTOR

Trois jours se sont écoulés depuis l'incident de la cuisine, mais coucher avec Myers n'a en aucune façon fait disparaître le désir qui m'habitait. Il n'a fait que l'amplifier, au point que mon envie d'elle ressemble à une fièvre aphteuse.

L'idée que la Cecilia Myers guindée, assistante discrète et génie de l'organisation porte une robe sans culotte lors d'un dîner avec des associés est… eh bien… incroyablement érotique.

Torride comme les feux de l'enfer, putain !

Mais l'idée d'une Cecilia, avec son large sourire et ses blagues aguicheuses, se tenant dans la chambre en face de la mienne et prenant la décision de ne pas mettre de sous-vêtements pour pouvoir me séduire ?

Rien que d'y penser, j'en ai une érection de cheval.

Je passe la main sous mon bureau et tente de soulager la tension. Trois jours depuis la cuisine, c'en est trois de trop, en ce qui concerne cette partie de mon anatomie. Elle a sa propre tête, à plus d'un titre.

Elle avait un goût sucré dans la voiture. Si je ferme les yeux, j'entends encore ses gémissements étouffés. Je peux voir le trésor nu entre ses jambes et le goûter sur ma langue.

Ces souvenirs n'aident en rien ma concentration ni le mal de tête qui me martèle les tempes. Rien non plus pour atténuer la douleur dans mon pantalon, mais je n'ai pas le temps de résoudre ce problème.

Pas quand Myers et moi avons un rendez-vous dans quinze minutes.

Elle arrive à l'heure dite, ponctuelle comme toujours. Nous sommes chez nous, mais mon bureau ressemble tellement à celui d'Exciteur qu'il est difficile de ne pas faire le parallèle. La seule différence, c'est qu'elle porte des pantoufles au lieu de talons.

— Bonjour, dit-elle.

Ses cheveux sont attachés en une queue-de-cheval et elle commence à rougir.

— Bonjour, dis-je.

Nous n'avons pas beaucoup parlé depuis que nous avons couché ensemble, même si coucher n'est pas le bon mot pour décrire la partie de jambes en l'air explosive sur le plan de travail de la cuisine.

Elle a ses habitudes et moi les miennes.

Il va falloir que j'y introduise plus de sexe d'une manière ou d'une autre.

— Tu vas bien ? Tu as l'air fatigué.

— Je vais très bien, dis-je.

Elle s'assoit sur la chaise en face de mon bureau, serrant un classeur contre sa poitrine.

— Parfait, alors. Je dois discuter de beaucoup de choses avec toi, aujourd'hui.

— Allons-y.

Cecilia se lance dans un discours bien rodé, et je l'écoute en marmonnant de temps en temps. Son idée ressemble à celles de la plupart des centaines de start-ups dont j'ai entendu parler au fil des ans. Mon estomac se serre lorsque je réalise qu'elle ressemble aussi à la plupart des start-ups qui échouent au cours de leur première année d'existence.

Elle me remet un aperçu des coûts et un plan d'expansion.

— Voilà ce vers quoi je tends, dit-elle. Les frais généraux sont considérables, mais avec une expansion assez rapide, je devrais atteindre mes objectifs.

Je tapote mon stylo sur le papier. C'est net et ordonné, comme tous les rapports qu'elle a préparés pour moi. En fait, le plan qu'elle a élaboré est impressionnant. Elle voit loin. Elle a mis au point la marque de son entreprise. Mais…

— Tes frais sont trop élevés.

Elle se penche sur le bureau et le décolleté du tee-shirt qu'elle porte s'abaisse. J'aperçois le haut de ses seins lisses.

Une douleur lancinante et douloureuse s'insinue en moi.

— Ai-je mal calculé ?

— Non, je suis sûr que tu l'as fait correctement. Mais les chiffres sont trop élevés en termes de risque.

Ses lèvres larges et douces se retroussent aux commissures. Elles se sont enroulées autour de ma verge il y a à peine trois jours. L'image d'elle s'agenouillant, me poussant contre la porte d'entrée… prenant les commandes. Me regardant de haut. Bon sang, Saint Clair !

— En termes de risque, répète-t-elle, la voix devenant dure. Je veux prendre des risques. Je t'ai vu, toi et tes partenaires, prendre des risques tout le temps. Ils ont toujours été récompensés.

Je passe le dos de ma main sur ma bouche pour cacher un sourire.

— Pas toujours. J'ai eu des tas d'affaires qui n'ont pas abouti.

Elle lève les yeux vers les miens.

— Vraiment ?

— Bien sûr. J'ai trente-quatre ans, Myers. Que penses-tu que j'aie fait jusqu'à mes vingt-cinq ans ?

— Des erreurs ? demande-t-elle.

Sa voix est si pleine de scepticisme que j'ai envie de rire.

— Oui. Il faut faire les choses mal pour apprendre à

les faire bien. Plus vite tu commettras une erreur, plus vite tu en apprendras les leçons.

— C'est vrai.

Je tapote le papier devant nous.

— Avec de tels frais généraux si tôt dans le démarrage de l'entreprise, tu n'auras pas le droit à l'erreur.

Pas de place pour les pertes inattendues. Une rafale et tu tombes. Et il y en aura. Il y en a toujours.

Elle expire.

— Si je diminue les frais, je ne grandirai pas aussi vite.

— Si tu ne le fais pas, tu pourrais ne pas grandir du tout.

Cecilia ramasse les papiers et se rassoit sur sa chaise. Elle les lit en fronçant les sourcils, comme un chaton en colère. Mais elle m'a demandé mon avis et je le lui ai donné.

Je passe une main dans mes cheveux. Pas une seule fois jusqu'à présent je ne me suis soucié de savoir si j'offensais les gens que je critiquais. Je leur ai asséné des vérités dures et des faits froids, laissant les choses se faire comme elles le voulaient. Je n'ai certainement pas été aussi mesuré que je le suis avec elle en ce moment.

Coucher avec elle m'a clairement mis la tête à l'envers.

— Bon sang ! dit-elle. Tu as raison. Tu pourras dire que tu m'avais prévenue.

— Ça ne servirait pas à grand-chose.

Elle soupire et pose ses papiers.

— Je vais donc recommencer mes calculs.

— Une fois que tu les auras modifiés, envoie-moi ton nouveau plan et je l'examinerai.

Ses yeux ressemblent à ceux qu'elle m'a lancés quand je l'ai regardée dans la voiture, la tête entre ses jambes. Elle est surprise par ce que je fais.

— Tu veux dire pour la réunion du mois prochain ?

— Non, envoie-les-moi dès que tu as fini.

— Mais tu as dit…

— Je sais ce que j'ai dit.

Je fais un signe de tête vers les papiers, rompant le contact visuel. Ma tête me tue, et maintenant ma gorge commence aussi à me faire souffrir. Elle me gratte quand je parle.

— Mais j'ai aussi un intérêt dans cette entreprise. Envoie-les-moi.

— D'accord. Merci.

Elle ramasse les papiers et se dirige vers la porte, un air de profonde concentration sur ses traits clairs.

Cela fait un an qu'elle entre et sort de mon bureau comme ça, et je ne l'avais jamais vraiment remarquée.

Je trouve que c'est un oubli flagrant de ma part.

Trente minutes plus tard, Cecilia frappe à nouveau à ma porte entrouverte. Elle tient une tasse et arbore un sourire d'excuse.

— Ta voix était tout éraillée tout à l'heure. Tu crois que tu couves quelque chose ?

— Ce n'est pas possible, je ne peux pas, dis-je.

C'est la vérité. J'ai trop de travail, et trop de gens dépendent de sa réalisation. Le flot de courriels ne s'arrête jamais. Brad est bon, mais il n'est pas Cecilia, et ça se sent.

Sans parler de la conférence à Boston la semaine prochaine avec Exciteur. Elle me privera de trois précieux jours de travail.

Elle dit *quand même* et pose la grande tasse de thé sur mon bureau. Un parfum de miel s'échappe de l'eau chaude.

— Pour ta gorge. Et… merci d'avoir accepté de regarder de nouveau mes chiffres cette semaine.

— De rien. Pas de problème.

Elle repart, et je regarde la tasse pendant un long moment. Je ne me souviens pas de la dernière fois où quelqu'un a fait quelque chose pour moi. Tout du moins une chose pour laquelle il n'a pas été payé et que je n'ai pas demandée.

Je bois le thé.

Il est tard dans l'après-midi lorsque je quitte mon bureau, la tasse à la main. Cela m'a aidé, mais seulement temporairement, et maintenant, j'ai l'impression que ma gorge se referme sur elle-même.

Je n'ai pas été malade depuis des années.

Je ne permets jamais à mon corps d'être malade.

Ce qui, bien sûr, signifie qu'il le fait de toute façon. Je me demande si c'est une punition pour avoir mélangé travail et plaisir et pour avoir cédé à Cecilia. Ou peut-être est-ce la façon dont mon corps me punit de ne pas lui avoir cédé au cours des trois derniers jours.

Je sais ce que ma tête veut que ce soit. Les deux.

Des voix familières s'échappent de la cuisine et je m'arrête dans le couloir pour les écouter discuter. Autrefois, mon appartement était toujours très silencieux. Ce n'est plus le cas aujourd'hui.

Cecilia et Bonnie semblent bien s'entendre, leurs voix sont feutrées et douces. Ma mère et ma grand-mère avaient l'habitude de parler ainsi. Mon frère et moi nous asseyions à la table de la cuisine de grand-mère et les écoutions bavarder de tout et de rien pendant qu'elles cuisinaient ou préparaient des pâtisseries.

Toutes ces personnes sont parties, désormais, et dans neuf mois, Cecilia le sera aussi. Mon appartement sera à nouveau calme.

J'entre dans la cuisine. Les yeux de cette dernière s'illuminent lorsqu'elle me voit, et cette expression me fait mal à la poitrine. Mais son expression se transforme rapidement en inquiétude.

— Oh, tu as vraiment l'air mal en point !

— Salut à toi aussi.

— Tu as l'air encore plus mal en point.

Elle contourne l'îlot et pose une main froide sur mon front.

— Tu as de la fièvre.

Elle donne l'impression que c'est ma faute.

— Je vais bien, Cecilia.

— Non, ce n'est pas vrai.

— Ne fais pas d'histoires.

Elle recule, les yeux plissés. J'imagine que c'est le regard qu'elle arborait à l'extérieur de mon bureau, éloignant les employés qui voulaient me parler sans raison particulière. Elle a toujours été douée pour ça. Mon Cerbère.

— On a une soupe pour le dîner, dit-elle. Ça devrait soulager un peu ta gorge.

Bonnie prend la parole depuis la cuisinière.

— De la soupe de poisson et du pain frais.

— Bon sang, Bonnie ! dis-je en m'affaissant sur la chaise de la cuisine. Ma tête est prête à exploser.

Vous méritez chaque centime que je vous paie.

Il y a un silence après mes mots, mais je suis trop fatigué pour savoir s'il est stupéfait ou désapprobateur. Trop fatigué aussi pour m'en soucier.

Puis un bol chaud apparaît devant moi, ainsi qu'un grand verre d'eau. Une petite main, que je reconnais intimement maintenant, dépose une aspirine à côté. Du thé et maintenant ceci.

On mange en silence, Cecilia et moi. Ses habituelles tentatives de bavardage ont disparu, et je ne sais pas si j'en suis reconnaissant ou si elles me manquent.

Après le dîner, je parcours la moitié du couloir avant que sa voix ne m'arrête. J'y distingue une note de commandement qui ne trompe pas.

— Où vas-tu ?

Je tends la main pour me stabiliser contre le mur. J'envisage de mentir, puis j'abandonne l'idée. Je suis maître chez moi.

— Dans mon bureau.

— Tu as besoin de te reposer. Va t'allonger.

— Je peux me reposer sur la chaise. Elle est ergonomique.

Cecilia s'ébroue, puis elle est là, devant moi. Sa main se pose sur ma poitrine.

— Repose-toi, s'il te plaît. Au moins, allonge-toi un petit moment. S'il te plaît.

Ses yeux sont incroyablement proches. Voudrait-elle s'allonger avec moi ?

Je ne peux pas refuser cette offre, même si mon corps est en guerre contre lui-même. Le désir contre la maladie.

— J'ai décidé, dis-je. Je vais m'allonger un peu.

Ses lèvres se retroussent.

— Sage décision. Et ton canapé ? Je ne t'ai jamais vu l'utiliser.

— Je l'utilise.

— Eh bien, tu ne l'as pas fait ces derniers mois.

— Je ne savais pas que tu t'en rendais compte.

Cette fois, le sourire qu'elle affiche est sans équivoque. Elle se moque de moi, mais ne dit pas un mot alors que l'on retourne dans le salon.

Je m'allonge sur le canapé gris. C'est l'une des rares choses que j'ai dites à l'architecte d'intérieur : le canapé devait être confortable. Pas de ces conneries qui consistent à être beau, mais où l'on est mal à l'aise. Il a respecté ma demande.

Un soupir de soulagement. C'est bon de s'allonger, et l'oreiller sous ma tête est… agréable. Je devrais peut-être essayer de dormir ici, pour changer. Ce serait mieux les nuits où le lit ne contient que des cauchemars.

— N'est-ce pas plus agréable que de travailler ?

Je n'ouvre pas les yeux.

— Ne te réjouis pas trop vite.

J'entends des bruits de pas, puis on verse de l'eau. J'ouvre une paupière et la vois revenir, une serviette propre à la main. Elle se penche sur mon visage.

— Hé, je ne… oh ! D'accord.

La serviette est glacée contre mon front. C'est délicieux.

— Je t'ai aussi posé un grand verre d'eau sur la table basse. Tu veux autre chose ?

— Non.

Après un bref silence, j'ouvre une autre paupière.

— Merci.

Cecilia me sourit.

— C'est plus que ce que j'ai jamais entendu en tant qu'assistante.

— Tu frappes un homme alors qu'il est à terre, pourquoi ne pas en profiter ?

Elle rit, puis ses pas chaussés de pantoufles s'éloignent sur plancher en bois dur. Elle s'en va.

Je lui dis :

— Cecilia ! Où vas-tu ?

Les pas s'arrêtent.

— Tu veux de la compagnie ?

Je devrais dire non. Je n'aurais même pas dû demander. Je me déplace sur le canapé, sachant que répondre oui, ce serait faire preuve de faiblesse. Cela ne fait clairement pas partie du pack affaires ni même du pack plaisir où je l'ai placée il y a trois nuits.

— Oui, dis-je.

— Je vais chercher quelque chose à boire.

Quelques minutes plus tard, elle s'installe à côté de moi sur le canapé géant et pose ses pieds sur la table basse. Elle tient à la main un grand café glacé couleur caramel.

— Ça, dis-je, ça a l'air dégoûtant.

— C'est quatre-vingt-sept pour cent de sucre, douze pour cent de lait et un pour cent de café. C'est aussi cent pour cent délicieux.

— Beurk !

— Ce n'est pas ton Americano préféré, c'est sûr !

Elle attrape la télécommande. Elle est dans un panier sur la table du salon, avec celle de mon système surround. Je n'ai pas mis de musique depuis un bail.

Cela fait longtemps que je n'ai pas réellement vécu dans ma maison. Je ne l'ai utilisée que pour travailler, dormir et faire de l'exercice.

— Ta télé est énorme, dit-elle. Tu aimes la regarder quand tu es malade ? Ou tu préférerais que je me taise ?

— Tu ne serais pas d'une compagnie formidable si tu restais silencieuse.

— Tu es encore plus grincheux quand tu es malade. Je ne peux pas dire que ça me surprenne.

Des doigts frais rajustent la serviette sur mon front et réarrangent mes cheveux.

Oh ! Le léger contact de ses doigts sur mon cuir chevelu tendu est un véritable paradis. Mais sa main n'est plus là, et je me suis déjà trop exposé ce soir.

— Je suis grincheux, dis-je, parce que tu es détendue et sur mon canapé, mais je n'ai pas l'énergie nécessaire pour en profiter pleinement.

Le défilement des chaînes s'arrête.

— Tu parles de…

— Oui. Je parle de sexe.

Le défilement des chaînes reprend.

— Tu ne seras pas malade pour toujours.

— Remercions les petites miséricordes.

Je tourne légèrement la tête. Elle s'est arrêtée sur une émission de rénovation. Un couple du Texas retapant des fermes.

— J'adore regarder ces émissions, dit Cecilia. Ça me permet de combiner tous mes centres d'intérêt.

— Tu t'intéresses aux vieilles granges ?

Elle rit, et le son ne me fait pas mal à la tête. Il est apaisant.

— Non. Mais j'aime l'organisation, la rénovation, les choses qui s'arrangent. J'aime voir des couples heureux et leurs enfants. J'aime… d'accord, les granges ne me dérangent pas.

— As-tu déjà été dans une grange ?

— Oh, oui ! Souvent.

Je tourne la tête, ignorant la migraine aveuglante.

— Tu es sérieuse ?

— Tout à fait sérieuse. Ma mère est passée par une phase végane. L'une de ses meilleures amies de l'époque avait un endroit où l'on pouvait caresser des animaux de basse-cour sauvés pour obtenir une guérison spirituelle.

Mon silence doit être suffisant, car elle rit.

— Oui. Je sais que ce n'est pas quelque chose pour toi.

— Une guérison spirituelle, dis-je.

Elle hausse les épaules.

— Ou la relaxation, je suppose. Je dois lui reconnaître qu'il est difficile de se sentir stressé ou en colère quand on tient un agneau ou qu'on caresse une vache.

— Il y a tellement de choses chez toi que je n'aurais jamais pu envisager !

— Je suis heureuse de pouvoir encore te surprendre, dit-elle.

Elle étend un bras le long du dossier du canapé et je vois sa main qui pend à quelques centimètres de mon visage. Il serait si facile de la faire passer dans mes cheveux.

Et si compliqué à la fois.

Je ferme les yeux.

— Parle-moi de ta mère.

— Tu es sûr ?

Non.

— Oui.

Elle ramène ses jambes sous elle sur le canapé, pour mieux s'y installer.

— Elle m'a eue à vingt et un ans. Elle avait abandonné l'université et faisait un road trip avec quelques amis, à l'époque.

— Waouh !

— Oui, ce n'était pas le moment idéal pour tomber enceinte.

La voix de Cecilia ne contient aucune d'amertume. Seulement de la tendresse.

— Elle n'est pas normale. Pas dans le sens où toi et moi sommes normaux. Si tant est qu'on le soit, car en vérité, qu'est-ce que la normalité ? Elle est spéciale. Intrépide et obsessionnelle. Elle va loin dans une direction et entraîne tous ceux qu'elle rencontre dans son sillage.

— Comme le véganisme ?

— Comme le véganisme, dit-elle, ou la géologie, ou

la conservation des océans, ou l'exploration spatiale. Une fois, c'était le yoga tantrique. Elle m'a fait pratiquer avec elle tous les matins et tous les soirs.

J'émets un son étouffé et je lève les yeux vers elle. Elle croise mon regard, puis elle rit et me donne une tape sur l'épaule.

— Le yoga tantrique n'est pas la même chose que le sexe tantrique !

— Tu en es bien sûre ?

— Certaine. Mon Dieu, Victor ! Non, ce n'était pas son truc.

Cecilia fronce les sourcils.

— Enfin, pas à ma connaissance. Mais peut-être que ça l'était quand j'étais encore enfant. Beurk, je ne veux pas y penser !

— Quelle est la différence, alors ?

— Le yoga tantrique n'implique pas de sexe du tout. Juste beaucoup de respiration, de pleine conscience et de prières aux divinités. C'est à la même époque qu'elle a expérimenté le polythéisme.

Je me passe une main sur les yeux.

— Je ne peux pas imaginer une éducation qui ressemble moins à la mienne.

Cecilia s'esclaffe.

— C'était aussi différent de celle de la plupart des enfants de l'école. Mais grâce à elle, j'excelle dans les jeux de société. J'en sais beaucoup sur plein de sujets.

— Où viviez-vous ?

— On a beaucoup déménagé. L'endroit où nous sommes restées le plus longtemps a été Santa Fe.

— Le Nouveau-Mexique, murmuré-je. C'est logique.

— Sois gentil, dit-elle, mais il n'y a que de la tendresse dans son ton. Elle aime très librement, ma mère, et n'a pas de limites. Ses amis dormaient souvent sur le canapé.

— Je ne peux pas t'imaginer dans un tel foyer. Comment es-tu devenue… toi ?

— Quelqu'un devait être l'adulte, dans l'histoire.

— Et c'est toi qui as joué ce rôle ?

— La première personne dont j'ai été l'assistante personnelle a été ma mère. J'ai organisé nos voyages dès l'âge de douze ans.

L'image d'une jeune Cecilia avec un presse-papiers et une expression patiente se dessine devant mes paupières. Quelque chose se resserre dans ma poitrine. Un sentiment de tendresse.

Je dois vraiment être bien malade.

— C'est pour ça que tu veux créer ta société ? Pour être l'assistante personnelle de tout un pays ?

Elle rit.

— Je suppose que oui. Comme le modèle est basé sur l'abonnement et les tâches, il est abordable. Les gens de tous horizons pourront acheter une certaine tranquillité d'esprit chez nous. Je veux aider les gens à s'aider eux-mêmes, en quelque sorte.

Ses doigts tambourinent doucement contre son genou.

— Mon enfance a donc été différente de la tienne. Je suppose que ton grand-père ne t'a pas emmené dans des étables pour caresser des vaches afin de soulager ton stress ?

Je grogne.

— Il aurait eu une attaque si j'avais suggéré un truc pareil !

— Quelles activités récréatives étaient acceptables pour un jeune Saint Clair ?

Son ton est faussement grandiloquent, mais il est aussi empreint d'intérêt.

Je fais glisser la serviette froide. Aussitôt, ses minces doigts sont là, brefs et merveilleux. — Tennis, golf, voile, dis-je. Les langues. Nous allions au musée de temps en temps, surtout s'il connaissait le… le guide.

Je fais un geste de la main. Ma peau est brûlante, trop chaude. Foutue fièvre !

— Je l'accompagnais dans la plupart de ses voyages d'affaires. Les voyages étaient importants pour lui.

— Que faisais-tu quand il travaillait en voyage ?

— Je me promenais dans la ville où l'on se trouvait.

Elle s'installe plus confortablement sur le canapé derrière moi, puis quelque chose se pose contre ma tête. Clairement sa cuisse. Cette femme me tue.

— Raconte-moi.

Je soupire. J'ai la gorge nouée, mais je le fais quand même, parce qu'elle me l'a demandé.

— Il allait souvent en Europe, parfois en Asie. J'ai traversé Londres à pied quand j'avais onze ans. C'est incroyablement grand. J'ai dû demander à quelqu'un de m'expliquer le fonctionnement du métro pour pouvoir rentrer à l'hôtel à temps pour le dîner.

Elle émet un son incrédule.

— À onze ans, je me levais à six heures tous les matins pour que ma mère puisse raligner mes chakras.

— Eh bien, ils m'ont l'air très bien alignés, maintenant !

— Merci, dit-elle. Mais je n'ai pas fait lire mon *aura* depuis des années. Il se peut que je sois complètement déréglée. Est-ce qu'il te manque ?

— Qui ça ?

Je le sais déjà, et elle aussi, mais elle continue. Elle est courageuse. Je le savais déjà, mais elle le confirme chaque jour.

— Ton grand-père.

— Non.

J'attrape les boutons de ma chemise. J'ai l'impression que ma peau est en ébullition, que la chaleur a augmenté de dix degrés.

— Il n'était pas… Je ne sais pas. Ce n'était pas facile d'être son petit-fils.

— Je ne peux qu'imaginer, dit-elle.

J'en suis à la moitié de ma poitrine quand je me souviens de la cicatrice. Elle la verra, mais c'est déjà fait. Elle a déjà demandé aussi, et bon sang, j'ai trop chaud. Je défais le dernier bouton et je respire profondément. J'ai encore trop chaud.

— Il avait de fortes attentes, à l'époque…

— Ce n'est pas le cas de tous les parents ou tuteurs ? demande-t-elle. Les siennes étaient peut-être juste très bien formulées. C'est pour ça que tu travailles si dur ?

— Je suis malade, marmonné-je. Je ne suis pas allongé sur le divan d'un thérapeute.

Sa voix devient taquine, puis elle soulève la serviette humide de mon front. Ses doigts lisses dessinent des cercles sur mes tempes.

— Oui, dit-elle. Tes chakras sont clairement déréglés.

Je soupire. Elle est douée dans ce qu'elle fait, toute absurdité spirituelle mise à part.

— Raligne-les pour moi.

— Je n'ai vraiment aucune idée de ce que je fais, tu sais.

— Ne le dis jamais.

— C'est vrai ! Inspirez la confiance. Négociez à partir de vos points forts. J'ai beaucoup appris en te regardant faire des affaires.

Je ne sais pas quoi répondre à cela, alors je n'en fais rien, je me laisse aller dans cette sensation agréable qu'elle prend soin de moi. C'est de la faiblesse, et c'est dangereux, et je devrais m'éloigner. Mais je ne me souviens pas de la dernière fois qu'un truc pareil est arrivé.

En arrière-plan, un couple enthousiaste pousse des cris lorsque sa maison rénovée est révélée.

— Il ne voulait pas plus de moi que je ne voulais de lui, dis-je.

Ses doigts s'arrêtent.

— Comment ça ?

— Il ne s'attendait pas à devoir élever un garçon de huit ans, et je ne le connaissais que comme quelqu'un qu'on voyait une fois par mois autour d'un dîner. Et tout à coup, nous n'étions plus que tous les deux.

Ses doigts passent enfin dans mes cheveux.

— Il a demandé la garde, alors ? Après le décès de tes parents ?

— Il l'a exigée, plutôt, dis-je. Il n'allait pas me laisser

aller chez ma tante en Floride. Il n'aimait pas son mari et il disait que je serais devenu une cause perdue dans ce foyer. *Charlotte laisse ses garçons jouer à trop de jeux vidéo, mais il y a encore de l'espoir pour toi, mon garçon.*

Cecilia s'esclaffe.

— Il était comme toi ?

— Non. Il travaillait tout le temps. Il n'avait pas beaucoup d'amis proches non plus. Juste des gens qu'il considérait comme… dignes d'être connus. Il a essayé de m'élever comme si j'étais mon père, le fils qu'il avait perdu. Une chance de recommencer de zéro.

— Victor, dit-elle. Ça te ressemble beaucoup.

Je passe la main au-dessus de ma tête et cherche son poignet à l'aveuglette. Je le trouve et je ramène sa main sur mes cheveux.

— Tu es devenue beaucoup plus audacieuse depuis que je t'ai épousée.

— Je n'ai plus peur de toi.

Ses paroles sont douces, sans fioritures. Mais il me faut plusieurs secondes pour les assimiler.

— Tu avais peur de moi, avant ?

— Bien sûr que j'avais peur, dit-elle.

Malgré la gravité du sujet, sa voix est taquine.

— Tu m'as dit plusieurs fois au cours des deux premières semaines à quel point j'étais inutile. Mason m'a couverte deux fois quand j'ai dû aller aux toilettes.

— Aux toilettes ?

— Pour pleurer, dit-elle. Mais tu ne m'as pas brisée.

Je n'arrive pas à retrouver les émotions que j'ai eues envers l'assistante à l'époque, je ne peux pas les faire correspondre à la Cecilia que je connais maintenant. Mais je ne peux pas nier les mots qu'elle m'attribue. Ils ressemblent aux miens.

La honte a un goût de cendre sur ma langue.

Je l'ai fait pleurer. Je ne connaissais même pas son prénom et je ne me souciais même pas de l'apprendre, mais j'ai tout de même réussi à la faire pleurer.

Je suis comme lui, mais en pire, parce qu'il travaillait

pour quelque chose. Pour l'héritage et le nom de la famille. Je travaille pour prouver qu'il avait raison à mon sujet, mais il n'est même plus là pour le voir.

— Tu es encore en vie là-dessous ? me demande Cecilia, en soulevant la serviette de mon front. Tu dois me dire si tu as besoin d'une ambulance, tu sais.

— Je suis désolé, dis-je. Je ne l'ai jamais dit auparavant, je crois. Mais je suis désolé de ne pas t'avoir mieux traitée quand tu étais mon assistante.

Elle reste silencieuse. Une main descend le long de ma joue, le plus doux des touchers, et cela ressemble à un pardon. On ne parle plus pendant un long moment, jusqu'à ce que mes paupières soient lourdes et ma peau plus froide.

Cecilia change de chaîne jusqu'à ce qu'elle trouve un film. Je l'ai déjà vu, il y a de nombreuses années. Une comédie romantique. Elle pose la télécommande et se replace derrière moi. Cette fois, elle s'étire aussi, et son bras finit par se draper sur ma poitrine. Je jette un coup d'œil vers le bas pour voir sa main caresser ma cicatrice. La ligne déchiquetée, fine maintenant, la seule preuve restant de l'accident de voiture.

Je n'ai pas l'énergie de protester, et sa main semble fraîche contre ma peau chaude.

— Il y a longtemps, ça ? murmure-t-elle.

Je ferme les yeux.

— Dans une autre vie.

Elle soupire, un doux son de relaxation.

— Peut-être que tu gardes trop les choses en toi. C'est ce que dirait ma mère.

Peut-être bien que oui, pensé-je. *Et peut-être que c'est le début d'une nouvelle vie.*

19

CECILIA

Je cligne des yeux pour découvrir le soleil. Je me retourne dans mon lit, je cherche le meilleur oreiller, celui qui a le niveau parfait de fermeté, et je remonte la couette sous mon menton. Pourquoi fait-il soleil ? Je tire toujours les rideaux.

Je bâille et j'ouvre les yeux, recroquevillée sur le côté, et je regarde la vue. Je ne m'en lasserai jamais. Central Park, les arbres, les gratte-ciel qui le bordent de l'autre côté. Dans l'un de ces immeubles vivent Tristan Conway et son fils, l'appartement dans lequel je me trouvais avec Victor il y a plus d'un mois. Quand nous avons porté un toast à notre mariage.

Victor. On était sur le canapé, hier soir. Comment suis-je arrivée jusqu'ici ?

Soit ma mémoire m'a trahie, soit j'étais endormie quand il m'a fait monter. M'a-t-il guidée, à moitié endormie sur mes pieds ? M'a-t-il portée ?

Je jette un coup d'œil sous les couvertures. Je porte les mêmes vêtements qu'hier, enfin, sans le gilet et les pantoufles.

C'est donc lui qui m'a mise au lit.

J'en gémis en tirant la couette sur ma tête. Il était malade et il a quand même fait ça.

Je ne sais plus où j'en suis.

Hier soir, il m'a donné quelque chose que je n'aurais jamais cru obtenir. Des excuses et un aperçu des raisons pour lesquelles il est comme il est.

Je pense à lui voyageant seul avec son grand-père dans les villes du monde entier, puis laissé à lui-même pendant les réunions. Je pense à un homme qui n'avait aucune idée de la façon d'élever un petit-fils en deuil, mais qui a fait de son mieux. Un petit-fils qui avait tout perdu et qui a appris à jouer selon les règles de son grand-père.

Je prends une douche rapide sous le pommeau à effet de pluie et je m'enroule dans mon peignoir violet moelleux. Je me regarde dans le miroir et j'y vois des yeux brillants, une peau propre et des cheveux mouillés et séchés à la serviette.

Puis je me dirige vers le couloir à la recherche de mon mari, malade et PDG.

Il n'est pas dans sa chambre. La porte est entrouverte et je jette un coup d'œil à l'intérieur, mais elle est vide, le lit fait avec une précision militaire.

Il n'est pas en bas non plus. Ni dans son bureau, ni dans la salle de sport, ni sur le balcon. J'ai même vérifié les deux chambres d'amis. Aucun signe de vie.

J'attrape mon téléphone. Le dernier message que je lui ai envoyé était l'adresse de la galerie de Nadine pour le vernissage. J'ai l'impression que c'était il y a une éternité.

Nous étions deux personnes complètement différentes à ce moment-là.

Cecilia : Ne me dis pas que tu es au travail. Dans l'état où tu étais hier soir, tu devrais être au lit.

Je ne m'attends pas à recevoir de réponse, mais il fallait qu'il en soit conscient.

Je suis donc surprise d'entendre mon téléphone sonner dix minutes plus tard.

Victor : Tu sais, tu es beaucoup plus autoritaire que je ne l'aurais cru.

Il est facile d'imaginer la lueur dans ses yeux bleus à l'écriture de ces mots. Il me renvoie l'ascenseur.

Cecilia : Tu esquives une nouvelle fois. Et je t'en remercie. Comme je suis maintenant mon propre patron, je le prends comme un compliment.

Victor : Tu fais bien. Oui, je suis au travail. J'ai eu un certain nombre de réunions qui ne pouvaient pas être reportées et je me sentais mieux, ce matin.

Trente secondes plus tard, mon téléphone sonne à nouveau, et cette fois, je glousse.

Victor : Je ne sais pas non plus pourquoi je me sens obligé de me justifier auprès de toi. Si tu es ton propre patron, eh bien, moi aussi, je le suis ! Mets-toi au travail pour changer ces chiffres, Myers.

Cecilia : On dirait bien que tu aurais besoin de caresser une vache.

Victor : Je pense à de bien meilleures façons d'évacuer le stress.

Mes entrailles se serrent à l'écoute de ces mots innocents. Je les imagine dans sa voix, ce ton sombre et bas qui ne laisse aucune place à la discussion. La façon dont il m'a parlé sur la banquette arrière de notre voiture.

Cecilia : Dommage que tu n'aies pas choisi de travailler à domicile. J'ai pris une douche avant de partir à ta recherche… et je ne porte qu'un peignoir.

Victor : Super ! Maintenant, tu me fais bander, et j'ai une réunion avec des investisseurs japonais dans cinq minutes.

La chaleur monte en moi. Je l'imagine, grand et imposant, en costume, assis dans son bureau. Je l'ai vu comme ça des centaines de fois. Chaque jour où j'ai travaillé pour lui.

Mais l'image mentale de lui se penchant sous son bureau et se rajustant à cause de moi…

Je fais quelque chose que je n'ai jamais fait auparavant.

Je fais glisser mon peignoir le long de mes épaules et je resserre la ceinture autour de ma taille. Mon modeste décolleté semble attrayant sur l'appareil photo de mon téléphone. Pas de mamelon, juste le haut de mes seins et le creux de mon décolleté qui disparaît dans mon peignoir.

Je prends une photo et je l'envoie, le cœur battant.

Victor : Putain !

Quelques instants plus tard, une image de lui apparaît. L'empreinte de sa longueur dure contre son pantalon de costume gris, sa main la tenant fermement. Chaque centimètre en est visible à travers le tissu italien.

J'en ai une boule dans la gorge. Je connais ces centimètres. Je désire ces centimètres.

Cecilia : On dirait que tu vas mieux.

Victor : Tu as intérêt à être encore dans ce peignoir à mon retour à la maison.

Cecilia : Rien n'est moins sûr… alors, tu ferais mieux de rentrer rapidement.

Il ne répond pas, se rendant certainement à sa réunion avec des investisseurs en pensant à moi. Je me sens puissante. Désirée.

C'est drôle, le seul sujet où nous n'avons absolument aucun problème de communication est le domaine physique. Le désir que je ressens de sa part efface tous les problèmes habituels que j'ai pu rencontrer avec les hommes dans le passé. Il ne me laisse pas de place pour penser à mon sentiment d'insécurité, et c'en est enivrant.

Malgré mon texto, je me change assez rapidement. Bonnie arrive toujours en milieu de journée et je n'ai pas l'intention de me promener à moitié nue avec quelqu'un d'autre dans la maison.

Non, je fais ce que je fais toujours, c'est-à-dire que je travaille. Mon bureau dans ma chambre avec la vue incroyable est devenu mon refuge.

Je cours avec Summer à Central Park à l'heure du déjeuner, puis je mange un repas rapide sur l'îlot de la cuisine. Je ne me douche pas. Après, j'ai la tête pleine de nouvelles idées, alors, je retourne à mon ordinateur. Ses paroles avaient du sens.

Je dois être plus prudente avec mes chiffres, et je sais maintenant comment m'y prendre. Je suis en plein dans mes calculs quand j'entends des pas dans l'escalier.

Ce ne sont pas les pas prudents de Bonnie.

Je me recule du bureau. C'est tout ce que j'ai le temps de faire avant qu'on ne pousse ma porte. Je hurle lorsque Victor franchit la distance qui nous sépare, les yeux concentrés, les cheveux en désordre.

— Tu n'es pas en peignoir, dit-il, les mains se refermant sur ma taille. Mais ça fera l'affaire.

Il me soulève et nous amène sur le lit. Mon rire se transforme en halètement.

— Quel compliment !

— Je sais faire des compliments.

Sa main passe sur ma cuisse.

— Tes jambes et tes fesses sont irréelles dans ce legging. Je n'ai jamais vu une femme porter ce genre de choses auparavant.

— Un pantalon de yoga ?

— Oui.

Il m'embrasse, envieux et impudique, et j'écarte les jambes pour accepter son poids sur moi. Je sens qu'il est dur contre ma cuisse.

Il porte toujours son costume gris.

— Comment s'est passée cette réunion ?

— La torture. Je n'ai pensé qu'à ça.

Ses mains trouvent l'ourlet de mon T-shirt et le font glisser vers le haut. Il saisit l'élastique de mon soutien-gorge de sport et le tire, me découvrant à son regard.

Il se penche sur un téton et je soupire en passant ma main dans ses cheveux. Je murmure :

— Eh bien, tu as l'air d'aller beaucoup mieux que la nuit dernière.

Il donne une poussée contre moi, comme s'il contestait cette affirmation. Je pouffe et je tends la main pour le caresser à travers son pantalon.

— D'une certaine manière, je veux dire.

— Je vais beaucoup mieux, dit-il, son début de repousse de barbe griffant ma peau alors qu'il embrasse mon ventre. Il accroche ses doigts à mon pantalon de yoga et à ma culotte et les fait descendre.

— Soulève tes hanches.

Je m'exécute et je me retrouve à nouveau nue devant lui, mais cette fois en plein jour. Tous les scrupules qui remontent à la surface s'évanouissent à la vue de ce désir torride dans ses yeux, de l'appréciation qu'ils ont de moi.

Cela me rend audacieuse, enflamme mon corps jusqu'à l'embrasement.

Cette fois, je le chevauche.

Ses yeux brillent d'abord, puis deviennent pure lave en fusion en posant son regard sur mon entrejambe. Il regarde comment je l'accepte à l'intérieur de mon intimité.

Comme il l'a déjà fait, il se concentre sur moi. Il n'y a pas de fioriture, pas de pression. Pas une seule fois il ne me dit de jouir. Il se contente de faire le tour de mon clitoris avec son doigt, les yeux mi-clos.

— Tu es incroyable, dit-il, le regard rivé sur mes seins.

Et je le crois.

Je jouis d'abord, sous le mouvement régulier de son pouce et celui profond de lui en moi. Les mains appuyées sur sa poitrine, j'accélère le rythme de mon orgasme, le corps tremblant.

J'ouvre les yeux sur son expression mêlée de douleur et de plaisir. Il s'est retenu, mais à en juger par la sueur sur son front, cela lui a coûté beaucoup. Je l'embrasse. Il soulève ses hanches et c'est moi qui m'accroche, le visage enfoui dans son cou, tandis qu'il me pilonne avec la force d'un piston. Les va-et-vient deviennent erratiques et il grogne dans mon oreille lorsqu'il explose, se vidant en moi.

Je n'ai jamais entendu un son aussi sensuel que celui de Victor Saint Clair perdant le contrôle.

Sa poitrine se soulève sous la mienne, ses bras puissants s'enroulent autour de mon dos. Je ferme les yeux et respire son odeur, celle du savon, du shampoing et d'un soupçon d'après-rasage.

— Qui es-tu ? murmure-t-il dans mes cheveux. Tu m'accompagnes au dîner sans ta culotte. Tu m'envoies des photos de toi nue au travail.

Je glousse. Ses yeux sont en fusion et rassasiés, le sillon s'est effacé de ses sourcils.

— Je ne suis pas sûre, dis-je. Mais ça a l'air de marcher sur toi.

— C'est un euphémisme !

Je l'embrasse à nouveau, mes lèvres sont douces, maintenant, et je m'installe à côté de lui sur le lit.

Son bras est sous ma tête et sa large poitrine se soulève au rythme de sa respiration postcoïtale difficile. Il fixe le plafond.

— C'est une bonne chose que tu n'aies pas mis l'interdiction des relations physiques dans notre contrat, dis-je. Sinon nous serions tous les deux en infraction.

— Je ne l'avais pas prévu.

— Moi non plus !

Il passe sa main libre dans ses cheveux. Je doute qu'il soit le genre d'homme à faire des câlins. Je ne devrais pas insister, et pourtant… je ne peux pas laisser passer cette occasion. Je me tourne sur le côté et pose ma tête sur son épaule.

Victor ne réagit pas, il se contente de regarder le plafond. Sa pomme d'Adam bouge sous sa barbe alors qu'il déglutit.

— Merci de m'avoir portée jusqu'à ma chambre, hier soir, dis-je.

Il met un peu de temps à répondre.

— Steven utilise la salle de sport certains matins, dit-il. Je ne voulais pas qu'il voie ma femme comme ça.

Les mots *ma femme* semblent se bousculer dans ma tête, dans ma poitrine et s'enraciner.

— Je dois partir pour une conférence le week-end prochain, dit-il. C'est la grande…

— Conférence. Je me souviens. À Boston.

— C'est vrai. Tu sais tout.

— J'ai planifié les vols de monsieur Conway la dernière fois, et les tiens aussi.

— Viens avec moi, dit Victor.

Il lève sa main gauche et la passe sur mon dos.

— J'aurai une suite. Tu pourras travailler pendant la journée. Nous pourrons dîner le soir. S'il te plaît.

J'enfouis ma tête contre son épaule. La partie de moi qu'il vient d'exciter jusqu'à l'orgasme veut dire oui. Trois jours à l'hôtel avec lui, avec ça, avec un lit géant, une baignoire et une douche.

Mais je ne veux pas l'accompagner juste pour être

disponible pour le sexe. Il a son travail et j'ai le mien… et le sexe ne peut pas être un simple avantage. Une autre partie de notre accord.

Cela ne doit pas signifier grand-chose, mais cela doit signifier quelque chose.

20

CECILIA

— Que je comprenne bien les choses, dit Nadine à l'autre bout du fil. Vous avez couché ensemble plusieurs fois, maintenant. Il s'est excusé pour la façon dont il t'a traitée en tant qu'assistante, ce qu'il aurait dû faire depuis longtemps d'ailleurs, et il t'a invitée comme jouet sexuel à une conférence.

— Bon sang !

— J'ai bien saisi le plus important, n'est-ce pas ? Et maintenant, tu lui prépares son dîner préféré.

Le ton désapprobateur dans sa voix est faible, mais il y est quand même.

— C'est une décision stratégique, dis-je. Je vais lui dire de s'asseoir pour dîner quand il rentrera à la maison, et ensuite, je ferai ce à quoi il réagit bien. Je vais négocier.

Elle gémit.

— Je ne comprends pas votre étrange fascination à tous les deux pour les jeux de bureau.

— Ça n'a jamais été un jeu pour moi, dis-je. C'était mon vrai travail.

— Tu te souviens de notre cours d'introduction à la philosophie ? Tu as fait un guide d'étude à partir de tes notes et tu as imprimé des copies pour chacun de nos camarades de classe.

— Et tu en as illustré la première page, lui rétorqué-je.

Elle rit.

— Très bien, très bien. Alors, tu vas renégocier avec Saint Clair. Renégocier quoi, exactement ? Ton mariage ?

J'attrape la poivrière géante que Bonnie garde sur le plan de travail de la cuisine et j'en ajoute une bonne dose à la sauce tomate.

— Pas notre mariage, mais plutôt ce que nous sommes l'un pour l'autre.

— Tu vas lui demander de définir votre relation.

— Je ne pourrais pas le faire moi-même.

Je me penche sur la cuisinière et respire l'odeur des pâtes *pomodoro*.

— Mais je veux qu'il soit clair que ça ne peut pas être que du sexe. Même si je cuisine pour lui ce soir, je ne serai pas sa femme de secours qui lui a offert la maison de son grand-père et qui est toujours là quand il veut faire l'amour. Il faut que ce soit séparé de l'accord.

— Bien sûr que oui, dit-elle. Comment te sens-tu ?

Il me faut un moment pour l'admettre.

— Je suis en train de m'attacher.

— Bien sûr que tu t'attaches. Tu ne serais pas toi si ce n'était pas le cas.

Elle fait une pause, et dans le silence, je peux entendre toutes les choses qu'elle ne dit pas.

— Je sais, dis-je. Je ferai attention.

— Tu es trop bien pour lui. Ne te laisse pas intimider par son argent, son pouvoir et ses costumes.

— Promis, dis-je. Alors, Jake et toi allez enfin avoir un vrai rendez-vous ?

— Oui… et ne ris pas, mais je suis vraiment nerveuse à cette idée.

— C'est bon signe ! Tu ne l'es jamais, d'habitude. Dis-moi ce que tu vas porter.

Nous sommes en pleine discussion sur les coiffures quand j'entends la porte d'entrée s'ouvrir.

— Désolée, je dois te laisser, il est rentré !

— Bonne chance !

Je range mes écouteurs dans la poche de mon pantalon de yoga et me retourne, appuyée contre l'îlot. Ses pas résonnent sur le parquet.

Victor s'arrête dans l'entrée, les yeux passant de moi à la cuisine vide. Pas de Bonnie.

— Bonjour.

— Bonjour.

Ses lèvres se courbent lentement.

— Tu es seule.

— En effet. J'ai décidé de nous préparer le dîner.

Il pose sa mallette et défait le bouton de sa veste de costume.

— Une raison particulière à cela ?

— Pas vraiment, dis-je. Tu veux boire quelque chose ?

Ses yeux cherchent les miens, puis il acquiesce.

— Oui, je vais aller en chercher. Du vin ?

— Parfait.

Il passe à côté de moi, puis, comme s'il se surprenait, il s'arrête pour déposer un baiser sur ma tempe. Ce contact affectueux fait monter la chaleur à mes joues.

— J'ai regardé les chiffres que tu m'as envoyés aujourd'hui, dit-il en ouvrant la bouteille de vin.

— Oh ? Qu'en penses-tu ?

— Beaucoup mieux. Les frais généraux moins élevés permettront de faire face à une croissance plus lente, mais plus durable.

Il s'assoit à la table de la cuisine, les yeux rivés sur moi.

— Tu es prête à te lancer.

J'ai les nerfs à fleur de peau.

— Je le pense aussi.

— Carter s'est proposé, et je ne ferais pas mon travail de mentor si je ne remettais pas le sujet sur le tapis, dit Victor.

Il regarde son verre de vin, la mâchoire serrée.

— Si tu fais une proposition, je peux la transmettre à

Carter. Il est à la recherche de nouvelles start-ups dans lesquelles investir.

— Tu penses que ce serait une bonne idée ?

— L'investissement te permettrait de décoller plus rapidement. Il a un réseau et des relations que tu pourrais utiliser.

— Je sens qu'il y a un *mais* dans tout ça.

Ses yeux rencontrent les miens.

— Mais je préférerais que ce soit moi qui investisse.

Mon cœur bat la chamade dans ma poitrine.

— Si je te laisse faire, cependant, nous mélangerions encore plus affaires et plaisir que nous le faisons déjà.

— J'en suis conscient, dit-il, la voix sèche. C'est une mauvaise idée.

J'éteins la cuisinière et garde les yeux sur les aliments que je suis en train de préparer.

— Aussi mauvaise que de coucher ensemble ?

— Non, admet-il. Ce serait certainement pire.

Son honnêteté me fait sourire. Pour le meilleur et pour le pire, Victor vous le dit toujours franchement. Je pose nos assiettes et accepte le verre de vin qu'il me tend en échange.

— Merci.

— Non, merci à toi. C'est Bonnie qui a préparé ça ?

— Je l'ai fait de A à Z.

Sa gouvernante n'a pas émis la moindre objection lorsque je lui ai dit que je voulais préparer un dîner pour nous deux. Elle a souri, en fait, d'une manière un peu trop complice.

— C'est bon ! dit-il. Ta mère t'a aussi appris à cuisiner ? Entre le sexe tantrique et les caresses aux vaches ?

— Le yoga tantrique, corrigé-je, et il me fait un sourire de travers. Mais oui, elle m'a enseigné tout ça. Pendant un certain temps, nous avons vécu dans une communauté avec un grand potager et nous avions toujours des produits frais.

Il secoue la tête.

— Une communauté ?

— C'était génial, pendant un certain temps. Je trouvais toujours d'autres enfants avec qui jouer.

— Tu crois que c'est à cause de ta mère que tu as accepté de m'épouser ?

Je lève les yeux vers lui, surprise, et des yeux bleus immuables me fixent. Je réfléchis à la question.

— Je pense que oui, en fait. Pas directement. Mais elle n'a jamais eu peur de penser grand ou différemment. Elle dit toujours que la chose la plus importante est l'intégrité d'une personne. Qu'il n'est pas difficile de trouver le sommeil la nuit tant qu'on a cette intégrité. Elle me dit aussi que le ciel est la seule limite.

Je regarde mon plat en pensant à elle. Aux choses que je ne lui ai pas dites.

— Elle est la représentation de l'aventure même. Et si je crée cette entreprise, si je poursuis mon propre rêve, j'aurai vécu une aventure dans ma vie. J'aurai essayé, en tout cas.

Le silence de Victor est total. Je ne le regarde pas, embarrassée par mes propres paroles.

— Tu as peur de lui parler de notre mariage ?

— Oui, un peu.

— Si tu le lui expliques en ces termes, je ne pense pas que tu aies à craindre quoi que ce soit, dit-il. Tu es restée fidèle à toi-même tout au long de cette histoire. Et si c'est une aventure que tu veux, eh bien…

Je souris en levant les yeux vers lui.

— Épouser mon patron est clairement une aventure.

— Heureux de te rendre service, dit-il.

Je me mords la lèvre, réfléchissant à ce que je vais dire.

— En fait, en parlant d'intégrité et de mélange des affaires et du plaisir… je ne veux pas être là pour toi seulement quand tu as envie de sexe.

Ses yeux s'enflamment d'un coup.

— D'accord, dit-il. Que veux-tu ? Si tu veux une relation, Cecilia, je…

— Oh, ce n'est pas le cas ! Pas du tout. Ne t'inquiète

pas. Je sais que notre mariage n'est qu'une affaire commerciale et je le respecte. Ce que je dis, c'est que je veux aussi une amitié. Je veux de l'équité. Que nous soyons égaux.

— Je comprends, dit-il. Je ne t'ai jamais vue comme quelqu'un qui se contenterait de me satisfaire.

Je grogne.

— Très bien. Je ne te vois plus comme ça.

— Parfait, c'est honnête.

— Je suis toujours honnête avec toi.

J'acquiesce.

— Je ferai de même avec toi.

Mais les mots n'adoucissent pas l'expression de son visage. Ses yeux se rétrécissent.

— Qu'est-ce qui a amené cette conversation ? Est-ce quelque chose que j'ai dit ou fait ?

— Pas en soi. C'est juste que... je ne vais pas venir avec toi à une conférence juste pour être dans la chambre d'hôtel quand tu reviendras du travail, simplement pour te satisfaire.

Sa voix devient sombre.

— Parce que je ne te satisfais pas en retour ? Hier soir, tu as joui pas une fois, pas deux, mais...

— Oui, c'est vrai. De nombreuses fois.

Mes joues sont en feu. C'est une chose de le faire, c'en est une autre d'en parler avec désinvolture au cours d'un dîner.

— Je n'ai pas à me plaindre de ce côté-là.

— Elle n'a pas à se plaindre, murmure-t-il. Alors qu'elle vient de me promettre l'honnêteté.

— D'accord. Nos relations sexuelles sont incroyables. Les meilleures que j'aie jamais eues. Si j'avais su que ce serait aussi bon entre nous, je t'aurais sauté dessus bien plus tôt.

Un sourire se dessine sur le visage de Victor. Il est heureux et masculin et transforme entièrement ses traits sévères, comme si un projecteur venait de les illuminer.

— Les meilleures que tu aies eues, hein ?

Je me frotte la nuque.

— Je ne pensais pas que cette conversation prendrait cette direction.

— D'abord, elle me fait à manger, ensuite elle me complimente sur mes prouesses sexuelles. Putain, Myers ! Cet endroit s'est beaucoup amélioré depuis que tu y as emménagé.

Ce n'est pas la même chose que ce que je lui ai dit, mais… les mots me serrent la poitrine.

— Oh…

— Ne me dis pas que tu portes encore ce legging ?

Je passe une jambe sous la table.

— Oups !

Il gémit, les yeux dansants.

— Tu veux m'achever !

— Mais tu vois ce que je veux dire ? Je ne veux pas avoir l'impression de n'être qu'un plan cul pratique, juste parce qu'il se trouve que je vis ici. Je veux que ce soit complètement séparé de notre contrat et de notre accord.

— C'est complètement séparé, dit-il. Ça n'a rien à voir avec ta rémunération, avec le mentorat, avec la maison de mon grand-père. C'est ce qui t'inquiète ?

— Un peu, oui.

— Pas d'inquiétude à avoir. Il n'y a pas de lien entre les deux.

Il repousse son assiette vide et tend la main pour défaire les boutons de sa chemise. J'aperçois un soupçon de poils blond foncé sur son torse et je suis obligée de détourner le regard.

— J'allais proposer un dessert, mais j'ai changé d'avis. J'ai tenu compte de ce que tu m'as dit.

— Ah bon ?

— As-tu du travail à faire ?

— J'en ai toujours, dis-je. Je crée ma propre entreprise.

— C'est vrai. D'accord. Travaillons dans le salon pendant une heure, puis tu nous choisiras un film.

— Je choisirai un film ?

Sa voix devient bourrue.

— Oui. N'est-ce pas une bonne chose à faire entre amis ? Et puis après, je pourrai te faire l'amour sur le canapé. Je n'ai toujours pas pardonné à mon corps d'avoir été trop malade pour ça la dernière fois.

— Oui, dis-je. Ça me semble être une chose digne d'une belle amitié. Mais tu pourrais regretter de m'avoir laissé le libre choix du film.

Mes yeux sont comme collés : lourds et alourdis par la fatigue, et mon lit est comme un nuage de coton. La chambre est encore sombre et le réveil près de mon lit indique deux heures quatorze.

Je n'ai vraiment aucune raison d'être réveillée.

Je me retourne et me blottis dans l'oreiller, me laissant aller au sommeil. J'y suis presque lorsque je suis réveillée en sursaut par un bruit. Le même que celui qui a dû traverser mon sommeil tout à l'heure.

On dirait que quelqu'un crie.

Je rejette les couvertures et attrape mon téléphone sur la table de nuit. Il y a quelqu'un dans l'appartement ?

Je traverse ma chambre et colle mon oreille à la porte, mais tout est silencieux. Pas un bruit. Le cri n'était pas loin non plus. J'entrouvre la porte. Tout est sombre.

Puis un bruit sourd résonne dans le couloir. Il vient de la chambre de Victor. Je m'approche pieds nus et m'arrête juste devant sa porte fermée. Sur mon téléphone, je compose le 911 et garde mon doigt sur le bouton d'appel.

Mon cœur est sur le point d'exploser, un millier de

possibilités se bousculent dans ma tête. Y a-t-il quelqu'un à l'intérieur avec lui ? Est-ce que tout va bien ?

Je tourne la poignée et pousse la porte.

La grande chambre de Victor est plongée dans l'obscurité. Le grand lit se trouve au milieu, et une seule silhouette s'y dessine, recouverte d'un drap fin autour des hanches.

Il n'a pas tiré les rideaux et la lumière de la ville derrière lui permet de voir son expression douloureuse. Il se retourne, un autre son grave et angoissé s'échappe de ses lèvres.

Il fait un cauchemar.

Sur le pas de la porte, je ne sais pas quoi faire. La seule chose à exclure est d'appeler le 911. Mais tel que je le connais, il n'aimerait pas que je le voie dans cet état, sans parler de le réveiller.

J'ai découvert que la faiblesse est l'une des nombreuses choses qu'il déteste.

Je me tourne pour partir. Mais il pousse un cri rauque, cette fois dans son oreiller, et cela me fend le cœur. Je dois le réveiller.

Je laisse mon téléphone sur le sol et me précipite sur la moquette. Vêtue uniquement du T-shirt trop grand que je porte toujours au lit, je me glisse sur son lit gigantesque.

— Victor, murmuré-je. Victor, je crois que tu devrais te réveiller.

Il s'agite, se met sur le dos. Ses yeux tournent sous ses paupières. Je pose une main sur sa poitrine et la trouve moite.

— Victor, dis-je.

— Non, murmure-t-il, ses jambes se déplaçant sous le drap.

Son genou heurte mon tibia avec une force atroce.

— Non !

Je l'agrippe par les épaules et le secoue.

— Réveille-toi ! Ce n'est pas réel, ce n'est qu'un rêve.

Son corps s'immobilise et je ramène mes mains sur

sa joue. Ses cheveux sont humides là où ils collent à son front en sueur.

— Victor, tout va bien !

Ses yeux s'ouvrent et clignent. Ils mettent un moment à se concentrer avant de se fixer sur les miens.

— Cecilia, dit-il.

Sa voix est rauque.

— Oui, c'est moi. Tu vas bien, tu ne risques rien, ici.

Il regarde mes mains posées sur sa poitrine. Je m'apprête à les soulever lorsqu'il bouge, m'attirant contre sa poitrine. À travers le tissu fin de mon T-shirt, je sens les battements de son cœur. Ils reflètent les miens.

— Que fais-tu ici ?

— Tu faisais un cauchemar. Je t'ai entendu crier.

— Tu m'as entendu ? dit-il. Depuis ta chambre ?

— Oui.

Je ne veux pas qu'il recule, alors je me retourne et j'embrasse son cou. Son pouls bat la chamade sous mes lèvres.

— Je vais bien, dit-il.

Sa main remonte le long de mon dos, trouve l'ourlet de mon T-shirt et se glisse à l'intérieur. Elle est chaude lorsqu'elle remonte le long de ma colonne vertébrale.

— Je vais bien.

— Tu veux en parler ?

Il enlève les draps et déplace mes hanches contre les siennes, jusqu'à ce que je découvre que Victor Saint Clair dort nu.

Je lève la tête et l'embrasse. La course de mon cœur se transforme en quelque chose d'autre, et coincé contre mon ventre, il devient long et dur. Il ne veut pas en parler, d'accord. Sa main libre remonte le long de ma cuisse jusqu'à l'élastique de ma culotte et la fait descendre.

Il me retourne sur le dos et je me cambre, lui permettant d'enlever mon T-shirt. Une main forte tire sur mon mamelon. Le désir brut qu'il dégage me rend plus que prête, et il le découvre, ses doigts sollicitant mon entrejambe.

Nous ne parlons pas tandis qu'il se colle contre moi et me pénètre. Je passe mes jambes autour de ses hanches, mes bras autour de son cou, et je le tiens tandis qu'il arrive à l'extase à toute vitesse. Cela ne prend pas longtemps. Il s'effondre sur moi en un gémissement et je ferme les yeux, le serrant de toutes les manières possibles.

Son poids est délicieux et même en sueur, il sent bon, l'homme, le savon et Victor. Il embrasse l'endroit juste sous mon oreille, pressant ses lèvres sur ma peau pendant si longtemps que j'ai l'impression qu'il s'agit d'une excuse pour la partie de jambes en l'air frénétique et précipitée. Je l'excuse.

Je passe ma main dans son dos musclé. Pardonné.

Je ne retourne pas dans mon lit cette nuit-là, je reste blottie dans ses bras et l'on s'endort tous les deux.

21

VICTOR

— Je n'arrive pas à y croire, dit-elle. Je veux dire, je sais que nous n'avons encore rien signé, mais quand même. Je n'arrive pas à y croire !

— Tu ferais mieux de commencer.

— Mais je veux dire… Oh, merci beaucoup, Steven ! Passez une bonne soirée.

Mon chauffeur penche la tête en direction de Cecilia, un léger sourire aux lèvres.

— Vous aussi, madame.

Je lui dis :

— Bonne nuit.

Il acquiesce et referme la portière derrière nous. Je passe mon bras autour de la taille de Cecilia. Elle porte des talons, et même s'ils ne sont pas très hauts, les feuilles sur le trottoir peuvent être traîtresses.

Elle s'appuie sur moi.

— Je sais que tu préférerais que ce soit toi, mais… j'espère que tu comprends pourquoi je dois accepter l'offre de Carter.

— Je comprends, dis-je, et je le pense vraiment.

Même si je préférerais que ce soit moi qu'elle vient voir pour de l'argent et des conseils, elle veut voler de ses propres ailes. Garder la distance qu'elle peut entre nous. Sa société durera plus d'un an… mais pas notre mariage.

Le bonheur dans sa voix est enchanteur.

— Il m'a dit que tu lui avais parlé, dis-je.

Une jalousie malvenue brûle dans ma poitrine. Elle n'a pas sa place ici. C'est chez moi qu'elle rentre. Bon sang, ce sont mes bagues qu'elle porte à son doigt !

Elle acquiesce.

— Je l'ai fait, juste après le dîner. Ce n'est pas très professionnel, peut-être, à une fête.

— C'était juste un dîner en toute décontraction chez Tristan. Les affaires y ont du sens.

— Carter a dit que ma start-up ressemblait exactement à ce qu'il cherchait.

J'appuie sur le bouton de l'ascenseur, mon bras toujours autour de sa taille.

— Carter est bon dans ce qu'il fait.

J'entends la réticence évidente dans ma voix.

— J'ai une entreprise ! J'ai un investisseur ! Oh, je n'arrive pas à croire que c'est en train de se produire ! Je vais bientôt avoir une date de lancement. D'ici quelques mois, je pourrai avoir des clients. Tu y crois, toi ?

Elle secoue la tête, ses boucles sombres se défont. Ses yeux sont maquillés avec élégance, mais cela n'enlève rien à sa beauté naturelle. Cela la rend encore plus belle.

Je renverse sa tête en arrière et j'embrasse des lèvres souriantes. Elle a un goût sucré, comme le vin blanc et l'allégresse.

— Désolée, dit-elle. Je me suis vantée.

Ridicule et attachante humilité. Je lui prends la main et l'entraîne dans notre appartement, directement vers la cave à vin cachée dans la cuisine.

— Tu t'es vantée, dis-je en ouvrant la porte.

Des bouteilles de champagne me regardent fixement.

— Tu te souviens d'où tu as mis le sabre que nous avons reçu en cadeau de mariage ?

— Celui que je brandissais comme une arme quand tu es rentré ?

— Celui-là même.

— Je vais le chercher.

Quelques minutes plus tard, elle me retrouve dans la cuisine. J'ai trois bouteilles sous le bras. Elles devraient être suffisamment froides.

Ses yeux s'écarquillent.

— Waouh ! On fait la fête ?

— Nous allons fêter ton premier investisseur, et de la manière dont je sais le mieux le faire.

— En buvant beaucoup de champagne hors de prix ?

— En utilisant le sabre que tu tiens. Allez, viens. Faisons ça sur le balcon.

— Dehors ?

Mais elle sourit et nous guide dans le salon. Deux coupes de champagne pendent dans sa main gauche.

— Je n'ai jamais sabré le champagne avant.

— Je l'ai fait assez souvent pour nous deux. Viens, je vais t'apprendre.

— Tu vas le faire ?

— Oui.

J'ouvre la porte du balcon et nous sortons dans l'air automnal.

Elle resserre sa veste autour d'elle, le vent jouant avec ses boucles autour de son visage. L'air du soir est froid, mais j'ai chaud en la voyant regarder avec une curiosité non dissimulée la façon dont je décapsule les bouteilles de champagne.

— Comment fais-tu ?

Cela fait trop longtemps que je ne l'ai pas fait. Trop longtemps que personne ne m'a regardé comme ça, avec une telle ouverture d'esprit et un sentiment d'appartenance.

— Enlève le papier d'aluminium comme ceci, en exposant le goulot… dévisse la cage. N'oublie pas de garder ton pouce sur le bouchon. Maintenant, donne-moi le sabre.

Elle le fait, les yeux pleins d'appréhension. Cela me fait sourire. New York avec ses gratte-ciel scintillants en toile de fond et une belle femme me regardant. Je me sens à nouveau adolescent, m'exhibant devant une fille.

— Ensuite, tu passes ton doigt le long du goulot. Tu vois le joint dans le verre, ici ? Tu dois faire glisser le sabre le long de la couture, vers la tête, et frapper à l'endroit où se trouve le bouchon. L'endroit où les deux coutures se rejoignent est le plus faible. En appuyant sur ce point, le verre se fissurera et le bouchon tombera.

— Tu es sûr que c'est sans danger ?

— Oui, dis-je.

C'est en grande partie le cas, de toute façon.

— Je l'ai fait des centaines de fois.

— C'est donc pour ça que tu l'as reçu en cadeau de mariage.

Je hausse les épaules.

— Oui. Ça devait être un cadeau de mariage d'un des gars avec qui j'étais à l'internat.

— L'internat ? Je ne savais pas que tu avais été en pension.

— Oui, j'ai été à Andover pendant un certain temps. C'était mieux pour mon grand-père et pour moi. Nous faisions souvent ça là-bas. On peut même le faire avec un couteau de cuisine, ou si l'on a le goût du risque, avec une carte de crédit.

— Waouh !

Le vent fouette mes vêtements et soulève ses cheveux de son visage.

— Prête ?

Ses yeux s'écarquillent.

— Tu vas le faire dehors ?

— Oui.

J'incline la bouteille à quarante-cinq degrés vers l'obscurité de la ville. Cela fait des années. Mais je fais glisser le sabre le long du goulot une fois, deux fois, je resserre ma prise et je frappe.

Le verre se brise et le bouchon s'échappe dans l'air froid de New York vers le parc sombre.

— Oh, mon Dieu !

Je ris et laisse échapper quelques gouttes de champagne sur la balustrade. Le coup a été net, mais cette pratique est ancrée en moi. Elle permet d'éliminer les éclats de verre.

— Je peux essayer ?

— Bien sûr. Pourquoi penses-tu que j'ai apporté plusieurs bouteilles ?

Je lui tends le sabre en souriant.

— Tu viens d'obtenir ton premier investisseur, Cecilia. Vante-toi autant que tu veux. Cette soirée t'appartient.

Un sourire illumine son visage. Il m'atteint au plus profond de moi, me tord les boyaux. C'est trop. Elle voit trop de choses, mais je ne veux pas qu'elle arrête de regarder.

Il lui faut plusieurs tentatives et un peu de persévérance, mais elle y parvient. D'un seul coup de sabre, le bouchon est projeté par-dessus la balustrade.

— Oh !

— Tu as réussi.

— Putain de merde ! C'était tellement excitant !

— Tu comprends vite !

— Menteur ! dit-elle en souriant. Il m'a fallu une douzaine d'essais.

— Je n'y arrivais pas du tout lors de mon premier mois à Andover.

— Je ne parviens toujours pas à croire que tu aies fait ça en internat. Quel genre d'endroit était-ce, vraiment ? Je t'imagine en uniforme d'écolier, en train de harceler les professeurs.

Je glousse.

— C'était un environnement intéressant, c'est sûr.

— C'est une façon à la Victor de dire *j'ai détesté ça* ?

— Je n'ai pas détesté, dis-je. Parfois, bien sûr. Mais c'était bien pour moi de ne pas vivre avec mon grand-père pendant quelques années.

— Tu pouvais boire du champagne et fumer dans les dortoirs ?

— On pourrait dire ça.

Je passe un bras autour de ses épaules et j'ouvre la porte.

— Allez, viens. Tu as froid.

— Non, je n'ai pas froid. J'ai du champagne pour me réchauffer.

— Alors, pourquoi tu trembles ?

Elle étouffe un bâillement du revers de la main.

— Il faut que tu arrêtes de gagner nos disputes !

— Je suis comme ça, dis-je. Et toi, Cecilia, tu dois arrêter de t'excuser de te vanter, ou de ton succès, ou de prendre ce que tu veux.

Elle pose son verre et passe ses bras autour de mon cou. Je glisse mes mains le long de ses hanches. Elle n'a pas dit un mot sur le cauchemar pour lequel elle a dû me réveiller l'autre nuit. Elle n'a rien dit non plus lorsque je l'ai tirée de son lit hier soir en l'entraînant vers ma chambre. Dormir à côté d'elle n'a pas été difficile. Je n'ai pas eu l'impression d'être un fardeau… et je n'ai pas attendu qu'elle s'endorme pour descendre à mon bureau.

Je me suis endormi avec l'odeur de ses cheveux sur mon épaule et son poids sur mon bras, et je n'ai fait absolument aucun cauchemar.

— Alors, dit-elle. On va toujours à la maison, ce soir ?

— J'en ai l'intention. Mais si tu te sens fatiguée, reste ici.

Elle secoue la tête.

— Ce sera l'occasion pour moi d'en apprendre plus sur toi.

Je grogne.

— C'est vrai. L'Inquisition espagnole. Si tu poses trop de questions, je te bannis à la première porte.

— Ce n'est pas grave. Je suis sûre qu'il y aura des objets intéressants à découvrir. Des trophées d'enfance… des photos de toi bébé.

— Si tu cherches quelque chose de sentimental, tu seras très déçue. Mais allez, on y va.

Elle fredonne la chanson qui passe à la radio pendant que je nous conduis à la maison. La route familière nous emmène hors de la ville et dans le paradis de la banlieue.

Je trierai les papiers, ce soir. C'est le but, de toute façon, même si je sais que Cecilia pourrait être une distraction. Mais elle a dit qu'elle veut faire plus de choses amicales, quoi que cela veuille dire. Pas des relations amoureuses. J'ai pensé que c'était ce qu'elle demandait, et j'ai ouvert la bouche pour acquiescer quand elle m'a coupé l'herbe sous le pied avec un refus catégorique.

Ce qui est tout aussi bien.

Les relations s'enveniment invariablement, deviennent pleines d'attentes et de pleurnicheries, et les femmes disent une chose tout en voulant en dire une autre.

Je regarde Cecilia. Elle a les jambes croisées, les doigts jouant avec l'ourlet de sa jupe, tandis qu'elle chante en écoutant la radio. Je doute qu'elle soit comme ça. Elle a toujours été honnête et directe avec moi. Les problèmes, parce qu'il y a toujours des problèmes, pourraient être moindres, cette fois-ci. On pourrait peut-être les résoudre ensemble.

Peut-être même que ça en vaudrait la peine.

Une heure plus tard, elle est assise dans le bureau de mon grand-père avec moi, les jambes croisées sur le plancher. Un énorme classeur de photos est ouvert sur ses genoux.

Je l'ai déjà regardée plusieurs fois. C'est un sentiment brut, une mise à nu de lui faire voir les albums que je ne savais pas qu'il conservait. Une partie de moi ne veut rien d'autre que de les lui arracher.

Mais ce serait admettre qu'ils signifient quelque chose.

À la place, je reviens aux registres de dépenses soigneusement tenus sur son bureau. Il en a des dizaines, des dossiers qui remontent à des décennies.

Il y a ici des choses qu'il s'attendait à ce que je récupère après sa mort. Des choses que j'ai négligées.

Y compris les dépenses annuelles pour l'entretien du cimetière. Je regarde le reçu jusqu'à ce que les lettres se brouillent. Bien sûr qu'il a payé pour ça. Et comme il est mort, c'est à moi qu'incombe cette responsabilité. Comment ai-je pu ne pas m'en rendre compte plus tôt ?

Les tombes de mes parents sont-elles envahies par la végétation ? Dépourvues de fleurs ?

— Oh ! dit Cecilia. Tu étais adorable.

Je détache mon regard et me concentre sur elle. Elle arbore un doux sourire.

— Je n'arrive pas à croire que tu aies trouvé des photos de moi bébé.

— Ça va dans la pile à garder.

Elle referme l'album relié en cuir d'un coup sec et l'empile sur les autres dans le coin.

Je ferme le registre que je suis en train de lire. L'entretien des tombes. Des choses auxquelles je n'ai jamais pensé, pas depuis que j'ai quitté cette maison. Je ne me souviens même pas de la dernière fois où j'y suis allé et, pour la première fois depuis des années, la culpabilité me prend aux tripes.

— Victor, dit-elle. Ça va ?

— Oui. Ça va.

— Ce doit être dur pour toi d'être ici. Entouré de toutes ses affaires.

Je m'appuie sur le bureau. Son bureau. Soudain, mes mains me semblent étrangères. Les mains d'un adulte sur un bureau dont je me souviens si bien depuis mon enfance. Il m'arrivait d'être envoyé ici pour faire mes devoirs. Il s'asseyait dans le fauteuil et regardait, un livre à la main.

À l'époque, j'ai toujours considéré cela comme une punition. Aujourd'hui, je me demande si ce n'était pas sa façon de nous faire passer du temps ensemble.

— Il s'asseyait très souvent ici, même après avoir

pris sa retraite. Le travail représentait une si grande partie de sa personnalité !

Ses yeux s'adoucissent.

— Une partie de l'image qu'il avait de lui-même.

— Oui, dis-je.

Je caresse l'incrustation de cuir d'un seul doigt.

— Il adorait les jeux de société et les quiz. C'était le seul jeu auquel nous jouions, lui et moi. Il doit bien y avoir une vieille boîte de Trivial Pursuit quelque part par ici.

— Un Trivial Pursuit, hein ?

— Oui. Les questions finissaient par être dépassées, et nous finissions par nous disputer pour savoir s'il fallait accepter la réponse sur la carte ou la vérité. Tu sais le genre Moscou est-elle la capitale de l'Union soviétique. Ce genre de choses.

— Il y a eu des échauffourées entre vous ?

— Oui. Bêtement. Nous étions tous les deux assez têtus.

Elle sourit.

— Toi, têtu ?

— Difficile à croire, n'est-ce pas ?

— Incompréhensible !

Je regarde les rangées de livres qui nous entourent, le regard perdu.

— Le jour de l'anniversaire de la mort de mes parents et de mon frère, il commandait une pizza. Nous ne mangions jamais de pizza à emporter en dehors de cette date. Je pense qu'il considérait qu'une pizza grasse était le meilleur moyen de faire oublier leur mort à un garçon de neuf ans.

— Quel genre de pizza preniez-vous ?

— Toujours du pepperoni pour lui, et je choisissais quelque chose de différent à chaque fois. Nous la mangions dans le jardin.

J'attrape son coupe-papier et je regarde la poignée gravée. R. Saint Clair.

— Il s'assurait toujours d'être à la maison cette semaine-là. Pas de voyage d'affaires ou de réunion.

Même ces dernières années, nous dînions ensemble ce jour-là. Nous ne prenions plus de pizzas. Nos conversations n'étaient pas animées ou profondes. Elles étaient ce qu'elles ont toujours été. Les affaires, les exigences et, comme un courant sous la surface, notre perte commune.

— C'était gentil de sa part, dit-elle. Il te manque ?

— Tu m'as déjà posé cette question.

— Je sais. Mais parfois, les questions peuvent avoir des réponses différentes.

J'appuie mes mains sur le bureau, l'or de mon alliance se heurte au chêne. Des mains d'adulte, en effet, comme celles de mon père.

— Oui, dis-je. Il était la dernière personne de notre clan, tu sais ? Il me reliait à ma famille. La dernière source d'information sur ma mère et mon père.

— C'était ton grand-père paternel ?

— Oui.

Elle se lève du plancher d'un mouvement souple. Des boucles sombres tombent dans son dos, chatouillant le bord de son débardeur. Elle se dirige vers le mur et le tableau encadré qui y est accroché.

Elle le décroche du mur, et j'ai l'impression que mon cœur s'immobilise dans ma poitrine.

— Ce sont tes parents ?

— Oui.

Elle se tourne vers moi, le cadre serré contre elle. Un sourire se dessine sur ses lèvres.

— Tu ressembles un peu à ton père, mais tu as le sourire de ta mère. Même si on ne le voit pas assez souvent.

Je déglutis.

— Tu ressembles aussi à ton grand frère. J'ai toujours aimé ça chez les frères et sœurs. Les mêmes caractéristiques, mais rassemblées dans un ordre différent. Phillip était plus âgé de combien ?

— Trois ans.

— Tu l'admirais ?

Un souvenir me traverse l'esprit et je glousse.

— Oui. Je le suivais partout, quand j'étais enfant. Dès qu'il s'intéressait à un truc, je le reprenais une semaine plus tard, sans exception !

Cecilia sourit en regardant la photo, puis en me regardant à nouveau.

— J'ai l'impression que tu étais encore plus têtu quand tu étais enfant.

— On me l'a dit, oui.

Elle fait le tour du bureau, le cadre toujours dans la main.

— Ils font partie de tes cauchemars ? Je veux dire, comment tu les as perdus ?

Je n'arrive pas à faire entrer l'air dans mes poumons. Ils travaillent, inutilement, contre la marée de honte qui monte en moi. C'était trop espérer qu'elle ne les évoque jamais.

Pendant toutes les années où j'ai vécu dans cette maison, mon grand-père n'a mentionné mes cauchemars qu'une seule fois, et encore, pour me dire d'en parler moins. Ils devenaient de plus en plus rares avec les années, mais la fatigue ou le stress les faisaient ressortir en force. Ou, semble-t-il, mon désir douloureux pour Cecilia.

Elle pose le cadre sur le bureau et se place derrière ma chaise, les mains sur mes épaules.

— Je suis désolée, dit-elle. On peut faire comme si je n'avais jamais demandé.

Ses paumes contre ma poitrine relancent ma respiration. Je regarde le cadre, l'image familière de nous tous, heureux et inconscients.

— Oui, je rêve d'eux.

Sa main trace la cicatrice à travers ma chemise. Cela ne me surprend pas qu'elle ait fait le rapprochement. Ce qui me surprend, ce sont mes propres mots, lents et douloureux.

— C'était un accident de voiture. Un conducteur ivre. Nous rentrions d'un dîner dans cette même maison, en fait.

— Oh !

J'attrape son poignet et je la tire vers moi, la repoussant du bureau. Elle s'installe sur mes genoux en soupirant. Je mets mes mains sur ses hanches et la serre contre ma poitrine. Elle est une bouée à laquelle m'accrocher.

— Papa et Phillip sont morts sur le coup. Ils étaient sur le côté gauche de la voiture, là où l'autre voiture nous a percutés.

Elle resserre sa prise sur mes épaules et je les vois devant moi, mon frère et mon père. Coincés à côté de moi dans la voiture écrasée, ne respirant pas, ne…

Je me racle la gorge.

— Un morceau de métal est entré directement dans ma poitrine. Pas profondément, mais largement. Les secours ont dû m'extraire de la voiture.

— Oh, Victor !

Je dis la suite parce que ça fait partie de l'histoire, parce que c'est important, parce que c'est son souvenir. Mais j'en déteste chaque mot.

— Maman m'a parlé dans la voiture, quand il n'y avait que nous deux et le silence, avant que les sirènes n'arrivent. Elle m'a dit de tenir bon. Nous sommes tous les deux arrivés à l'hôpital en ambulance, mais je suis le seul à en être ressorti. Il s'est avéré qu'un énorme morceau de métal dans la poitrine n'était pas aussi grave qu'un traumatisme crânien et une hémorragie interne.

« Ces longues et douloureuses journées à l'hôpital sont des souvenirs que je n'ai jamais réussi à effacer. Allongé dans un lit d'hôpital, le corps à moitié brisé, j'ai appris que maman m'avait également quitté. Je ne l'avais même pas revue. Ils l'avaient emmenée en chirurgie, puis elle n'était plus là, et on m'a donné de la gelée, des regards apitoyés et le sentiment écrasant d'être absolument et complètement seul au monde.

« Plus jamais je ne me sentirais aussi impuissant. Grand-père a vu ce sentiment en moi, il m'a appris à prendre les choses en main. À ne plus être plus à la merci du destin.

Cecilia s'appuie contre moi, ses yeux verts brillants rencontrant les miens. Sa voix tremble.

— Je suis tellement désolée, Victor !

Je ferme les yeux. Je ne veux pas voir sa pitié, je ne veux pas l'entendre. Les femmes avec qui je suis sorti par le passé ont toujours regardé ma cicatrice de cette manière. Au début, cela semble les inciter à me désirer davantage, pour une raison incompréhensible. Mais ensuite, elles veulent toujours une explication, et l'explication conduit à la pitié.

Et j'ai déjà reçu tellement de pitié ! Toute ma vie n'était que ça à l'époque, dans les mois et les années qui ont suivi. Chaque fois que quelqu'un à l'école posait une question innocente sur mes parents, je devais dire les mots. *Ils sont morts.*

— Non, dis-je. Ne te sens pas désolée pour moi. Je ne veux pas de ta pitié.

Avec l'étrange façon qu'elle a de toujours savoir comment gérer certaines situations, elle secoue la tête.

— Ce n'est en rien de la pitié, mais plutôt de la compassion.

Mon pouce passe sur sa hanche et je ne trouve rien à dire. Elle ne dit rien non plus, elle se contente de m'embrasser, et c'est bien. C'est ce que je sais faire.

Je relève la tête un peu plus tard. Ma gorge et ma poitrine sont inconfortablement serrées, et ce n'est pas à cause de son poids glorieux sur mes genoux. J'attrape sa main gauche et la tiens entre nos deux poitrines, passant mon pouce sur ses alliances.

— Oh ! murmure-t-elle. J'ai oublié de te les rendre, tout à l'heure.

Je sépare sa bague de fiançailles de son alliance, appuyant mon pouce sur le diamant entouré d'émeraudes.

— C'était la bague de fiançailles de ma mère.

— Ah bon ?

— Oui.

Sa voix est calme.

— Merci de me laisser la porter.

— Elle est dans un coffre-fort depuis plus de vingt ans, dis-je, les yeux sur la pierre. Et ce n'est qu'une bague.

— Ce n'est certainement pas qu'une bague.

Elle commence à s'inquiéter de la porter à son doigt, faisant glisser d'abord la bague de fiançailles, puis l'alliance. Son annulaire semble nu sans ces bijoux. Elle les pose dans ma paume, chaudes comme sa peau.

Je les regarde longuement, puis je les glisse à nouveau à son doigt.

— Je préfère qu'elles soient à ton doigt plutôt que dans mon coffre-fort.

— Tu veux que je les porte ? demande-t-elle. Tout le temps ?

Je garde les yeux sur les bagues.

— Si ça ne te dérange pas.

Sa main se referme, elle tient les bagues.

— Ça ne me dérange pas.

22

CECILIA

— C'est un code rouge, là ! dit Nadine.

— C'est un code noir. Code… noir comme la nuit. Tout ce qui est pire que le rouge.

— Tu réagis vraiment trop vite.

— Vraiment ? Je lui parle au téléphone toutes les semaines et je ne lui en ai pas touché un mot ! Elle ne va pas être contente.

Nadine penche la tête. Elle s'est fait des tresses qui tombent en cascade sur son épaule. Elle a l'air à l'aise dans le salon de Victor, recroquevillée dans l'un des fauteuils.

— Ta mère ne réagit jamais comme on s'y attend. Je parie qu'elle va vous féliciter tous les deux et vous demander la date de naissance de son petit-fils.

— Elle est l'incarnation vivante de l'expression *au diable l'ordre établi*. Elle ne s'est jamais mariée.

— Elle a épousé Jeff.

— Pas devant la loi. La cérémonie n'était qu'une ancienne cérémonie maya.

Nadine sourit.

— Je m'en souviens. Ton rôle était d'invoquer l'élément feu.

J'avais accidentellement fait tomber l'allumette et elle avait enflammé l'ourlet de la robe de ma mère. Elle avait ri, Jeff avait étouffé les flammes, et leur ami Harry, remplissant le rôle de chaman, avait dit que cela symbolisait une union explosive à venir.

Et c'est ce qui s'est passé, pendant deux longues années.

— Tu as fait un excellent travail sur le vent, dis-je.

Nadine sourit.

— Merci.

— Elle vient vendredi. D'habitude, elle reste avec moi, mais cette année, elle loge chez son amie Gwen. Dieu merci ! Je pense qu'elle aurait une crise cardiaque si elle entrait dans cet appartement.

Nadine regarde autour d'elle, un sourire aux lèvres.

— C'est plutôt… austère, oui.

— Je le lui dirai pendant le dîner. C'est le seul moyen.

— Tu vas lui présenter Saint Clair ?

Je tourne les bagues de ma main gauche.

— J'en ai envie, mais je ne sais pas si ça ne va pas l'effrayer. Ma mère n'a rien à voir avec le genre de personnes auxquelles il est habitué. Je veux dire, nos enfances n'auraient pas pu être plus différentes.

Nadine hausse les épaules.

— C'est peut-être un test. S'il tient à toi, il le fera sans hésiter.

— Ça peut s'appliquer aux hommes normaux. Je ne suis pas sûre que ça s'applique à lui.

— C'est un homme normal, Cece. Je ne veux pas t'entendre lui accorder des avantages particuliers juste parce qu'il est riche et puissant, me fait-elle remarquer.

— Ce n'est pas ce que je fais.

— Très bien, alors.

Elle semble avoir encore quelque chose à dire, mais le bruit de la porte d'entrée qui s'ouvre nous arrête toutes les deux. Bonnie est en train de s'affairer en cuisine. Steven n'entre jamais dans l'appartement à l'improviste. Ce qui veut dire que Victor est rentré plus tôt.

Nadine sourit.

— Ça promet d'être intéressant.

Victor s'arrête dans le salon, son regard se promène entre nous deux.

— Bonjour.

— Bienvenue chez toi, dis-je.

Mes joues sont chaudes et je ne sais pas quoi faire de mes mains. Ses yeux brillent et rencontrent les miens. Il voit tout et plus encore.

— Je ne savais pas que tu venais, Nadine, dit-il. Veux-tu rester et dîner avec nous ?

Elle me jette un coup d'œil avant de répondre.

— J'aimerais beaucoup, mais je crains de ne pas pouvoir. Je dois me rendre à une nouvelle exposition qui ouvre ses portes à NoHo.

— La galerie Tavaso ? demande-t-il en se débarrassant de sa veste de costume.

— Oui. Tu la connais ?

Il acquiesce.

— Ils m'ont appelé pour investir, il y a environ un an. J'ai refusé à l'époque, mais je pourrais reconsidérer la question. L'endroit a l'air sympa.

— C'est vrai. Ils inaugurent ce soir une exposition sur le thème des ruines. L'affiche est impressionnante.

— Eh bien, la prochaine fois qu'on se verra, tu me diras ce que tu en as pensé, dit-il.

— Bien sûr, avec plaisir.

Je me racle la gorge.

— L'un des tableaux que Victor t'a achetés est maintenant accroché dans le hall d'entrée d'Exciteur. Il a fait installer un grand panneau à côté avec ton nom !

La voix de Nadine devient aiguë.

— Vraiment ?

— Oui, dis-je.

Victor l'a pris en photo un jour et me l'a envoyée. Pas de commentaire, pas d'explication. Il avait rempli sa part du marché, et pourtant… cela avait fait s'envoler tous les papillons à l'intérieur de mon ventre.

— Waouh ! dit-elle. Merci, Victor.

Il acquiesce, remontant les manches de sa chemise, les retroussant centimètre par centimètre.

— *L'Abstinence* est plus qu'appropriée à Exciteur. Viens donc la voir, un jour.

— Je n'y manquerai pas.

Nadine nous regarde tous les deux, une expression de stupéfaction sur le visage.

— Je ne sais pas quand je me ferai à l'idée que mes peintures sont là, à la vue de tous. Je ne sais pas si je m'y habituerai un jour. Ça me semble encore surréaliste.

— Tu t'y feras, dis-je. Parce que ça n'arrêtera plus de se produire.

Victor acquiesce.

— Assume-le. Tu as travaillé pour en arriver là, et si les gens ne voulaient pas de ton art, ils ne l'achèteraient pas.

On dit au revoir à Nadine et elle me lance un *oh, mon Dieu !* dans le couloir. Je souris et lui souhaite *bonne chance* en retour. Elle va au Tavaso avec Jake pour leur deuxième rendez-vous.

Victor est en train de parler à Bonnie dans la cuisine quand je reviens. Il est assis à la table, ses longues jambes étendues devant lui, en train de déboucher une bouteille.

— Un peu de vin ?

— Oui, s'il te plaît. Mais on ne peut pas continuer à en prendre tous les soirs. Nous allons devenir alcooliques !

Il agite une large main, son alliance accrochant la lumière. Il la porte tous les jours, la jumelle de la mienne.

— On ne prend que rarement plus d'un verre chacun.

Je m'assois en face de lui.

— Tu es convaincant !

— Je sais, dit-il en plissant les lèvres.

— Bonjour.

— Bonjour, dis-je. Mais, on s'est déjà dit bonjour.

— Oui, mais tu avais une invitée.

— Eh bien, bonjour, alors.

Il jette un coup d'œil à Bonnie. Qu'aurait-il fait si elle n'avait pas été là ? Il m'aurait tirée vers la table et m'aurait embrassée pour me dire bonjour ? Les limites sont floues, et pourtant, je ne pourrais pas être plus heureuse.

Bonnie nous sert du saumon, des brocolis et du riz sauvage, un dîner si sain qu'il combat pratiquement notre cholestérol à chaque bouchée. C'est également délicieux, avec une sauce à la crème aigre-douce et du pain de seigle.

Nous en sommes à la moitié du dîner quand je pose la question.

— J'ai un truc à faire ce week-end pour lequel j'aimerais avoir ton avis.

— Pas au sujet de l'investissement de Carter, n'est-ce pas ? C'est trop tôt.

— Non, pas ça. C'est familial. Ma mère vient en ville.

— Ah ! Oui, tu l'avais mentionné il y a quelque temps. Tu lui as dit ?

— Pas pour notre mariage, non. Ni que j'ai quitté mon travail. J'ai… évité de le faire.

Il pose sa fourchette, les yeux rivés sur les miens.

— Tu voudrais lui en parler ?

— Oui. Nous avons toujours tout partagé. Je sais que sa réaction pourrait être négative, mais je ne pourrais pas vivre avec moi-même si je maintenais ce mensonge par omission pendant toute une année.

— Alors, tu devrais le lui dire, dit-il. Tu aimerais que je sois là ?

— Tu accepterais de la rencontrer ?

— Si tu le veux, oui.

— Oui, j'aimerais beaucoup, murmuré-je. Et si nous dînions ensemble samedi soir ? Ça me laisserait le vendredi pour… lui expliquer les choses.

— Bien sûr. Je vais libérer mon emploi du temps.

— Oh ! Tu avais des choses prévues, ce soir-là ?

Il secoue la tête.

— Une fonction à laquelle j'ai toujours essayé de me soustraire.

— Merci. Je sais que tu ne fais pas vraiment ce genre de choses, normalement.

Victor hausse un sourcil.

— Rencontrer les mères de personnes que je côtoie ?

— Eh bien, oui. Ça ne fait pas partie de notre contrat initial.

— Nous avons fait beaucoup de choses qui ne font pas partie du contrat.

Mes joues s'échauffent, mais je ne détourne pas le regard. Sur ma main gauche, mes bagues sont chaudes.

— Je ne pense pas qu'aucun de nous aurait pu anticiper ça.

— Non, dit-il. Certainement pas. Je ne savais pas que j'étais attiré par toi quand je t'ai proposé le mariage.

— Aïe !

Il s'esclaffe, la lumière dansant dans ses yeux.

— J'étais bien aveugle, à l'époque. Mais crois-moi, c'était une bonne chose. Je n'aurais pas fait cette proposition si j'en avais été conscient.

— Parce que ça aurait compliqué les choses.

— Parce que ça aurait pu, oui.

On se regarde un long moment. Des questions me montent à la gorge, mais je les ravale. Pas encore. Pas maintenant.

Victor s'arrête de manger un instant.

— Comment penses-tu qu'elle va réagir ?

— Impossible à prédire. Je sais qu'elle sera furieuse que je ne lui en aie pas parlé plus tôt. On est déjà mariés depuis quatre mois, maintenant.

— Quatre mois mardi prochain, dit-il. Je suis prêt à jouer le scénario qui te chantera, Cecilia. Tiens-moi au courant.

Je me racle la gorge.

— Je pense que je vais opter pour la vérité.

— Noté, dit-il, tout en mâchant. Je ne pense pas que

ta mère hippie apprécie beaucoup. Ni moi, pour t'avoir contrainte à cet arrangement.

— Tu ne m'as contrainte à rien. Si je me souviens bien, j'ai négocié assez férocement.

Un sourire se dessine sur ses lèvres.

— En effet. Et même tellement bien, en fait, que j'ai eu un moment de *oh merde* après !

— Quoi ?

— Tu étais tellement sexy quand tu négociais, dit-il. J'ai cessé d'être aveugle à partir de ce moment-là.

— Ah, vraiment ? C'est bon à savoir.

— Tu vas me faire ça à chaque fois, maintenant ?

Je souris.

— Je pourrais bien, si tu aimes ça.

Ses lèvres se tordent, mais seulement brièvement, et ses traits redeviennent sérieux. Je l'ai déjà vu concentré et intense à maintes reprises. Il négocie des affaires, traite avec des avocats, affronte des adversaires autour d'une table, participe à des conférences.

Mais le fait d'en être le sujet me coupe le souffle.

— Tu lui diras la vérité, alors. Ça signifie que j'aurai des comptes à rendre samedi.

Je secoue la tête.

— Je lui dirai d'y aller doucement avec toi.

— N'en fais rien. Je saurai gérer.

Oui, pensé-je. *Mais tu ne devrais pas avoir à le faire.* Rencontrer ma famille n'était pas prévu dans la description du poste, mais on est tous les deux en terrain inconnu.

— Merci. D'accepter de la rencontrer.

Il acquiesce et retourne à son assiette. Ses cheveux ne sont pas ébouriffés, aujourd'hui : sans doute une journée sans frustration.

— Il faut que tu me dises si je peux te rendre la pareille, dis-je. Tu as des parents éloignés à qui tu dois expliquer tes noces soudaines ?

— Seulement ceux qui auraient bénéficié du fait que nous ne nous soyons pas mariés.

— Oh, je n'y avais pas pensé ! Sont-ils contrariés ?

Il hausse les épaules.

— Je ne leur ai pas parlé depuis la lecture du testament.

— Très proches, hein ?

— Pas du tout.

— Je suppose qu'ils n'ont pas envoyé de cadeau de mariage.

Il fait un demi-rictus.

— Tu le sais mieux que moi. C'est toi qui as envoyé toutes les cartes de remerciement, après tout !

— C'est vrai. Tu as vu que le sabre à champagne était gravé avec la date de notre mariage ? Il y a des gens qui y ont vraiment pensé.

— Ou leurs assistants, dit-il. Tu leur as envoyé beaucoup de cadeaux en mon nom.

— Oh, c'est vrai ! Je ne pense pas que tu t'en sois rendu compte, mais les lys blancs et les pivoines roses étaient le bouquet standard que tu envoyais aux femmes avec qui tu sortais. C'était très attentionné de ta part.

Il regarde son plat.

— C'est vrai. C'était basé sur tes préférences ?

— Oui. Je ne te l'ai jamais dit, mais je m'en suis envoyé une fois, pour mon anniversaire. Tu les as payés !

Ses yeux s'écarquillent, puis il rit. Il réchauffe la cuisine de ses yeux enflammés.

— Putain, Myers ! Je ne peux pas dire que ça me dérange, en fait. Tu les as amplement mérités.

— Oui, je crois bien que oui.

— Tu as trouvé qui nous a offert le vase de forme phallique, au fait ?

Je glousse.

— Celui que tu as délibérément cassé ?

— Ce n'était pas délibéré. Si tu te souviens bien, j'étais très concentré sur autre chose, à ce moment-là.

— Oh, je me souviens ! dis-je. C'est Carter qui nous l'a offert.

Victor s'ébroue.

— L'enfoiré ! Il savait exactement ce qu'il faisait.

— Tu penses que c'était un signe ?

— Oui.

Il sort de table et emporte mon assiette vide jusqu'à l'évier. C'est une démonstration de tâche domestique aussi rare que le rire qu'il a laissé échapper tout à l'heure.

— Qu'il pense que je suis un con.

— C'est ton rôle dans ton truc à quatre, non ?

— Notre quatuor, murmure-t-il.

Il retourne à la table et se penche vers moi, la bouche à quelques centimètres de la mienne.

— Oui. Avec mes partenaires, je suis généralement celui qui a le sens des affaires le plus aiguisé.

— Tu veux dire que tu es le plus impitoyable.

— Tel est le monde, dit-il. Les forts et les faibles. Ceux qui prennent et ceux qui sont pris. Mon grand-père a été très clair à ce sujet. J'ai toujours su dans quelle catégorie je voulais tomber.

— Je crois que tu t'en sors parfaitement bien.

Il m'embrasse, longuement et langoureusement.

— Nous ne pouvons pas avoir un truc à quatre là, murmure-t-il. Est-ce qu'un truc à deux te conviendrait ?

— Qu'as-tu en tête ?

— Un bain.

— Tous les deux ?

— Oui. La baignoire de ma salle de bains est immense, mais je ne l'ai jamais utilisée. J'imagine qu'on pourrait en faire un usage intéressant.

Je regarde Bonnie par-dessus son épaule. Elle entre dans la cuisine, mais en nous voyant, elle tourne les talons. Ce qui nous permet d'avoir de l'intimité.

Je glisse mes mains autour de son cou.

— Tu es sûr que ton bureau ne serait pas plus attrayant ?

— Pour toi ? Absolument pas.

Sa baignoire est assez grande pour deux, même si l'on est un peu à l'étroit au vu de son mètre quatre-vingt-dix. Je m'appuie contre son torse dans l'eau et je ferme les yeux devant la montée du plaisir. Ses doigts sont devenus experts, travaillant mon entrejambe, une main sur l'un de mes seins pleins de savon. Sa longueur dure est coincée entre nos corps, s'enfonçant délicieusement dans mon dos.

Il approche sa bouche de mon oreille.

— Alors, bonne idée ?

J'émets un rire tremblant, mais il s'interrompt lorsqu'il glisse un doigt à l'intérieur de moi.

— Oui. Excellente.

— Tu n'as pas trop mal depuis hier ?

— Un peu. L'eau chaude me soulage. C'était ça, ton plan ?

Je me retourne pour croiser son regard. Il est rivé sur mes seins, émergeant de la surface de l'eau.

La partie de jambes en l'air de la nuit dernière a été rude et brutale, et j'en ai aimé chaque instant. Ce matin, l'intérieur de mes cuisses en était cependant douloureux.

— Ça m'est venu à l'esprit, oui.

Il ajoute un autre doigt et mon corps s'étire pour l'accepter pleinement, me faisant souffrir de la façon la plus douce qui soit.

— Tu penses pouvoir me prendre dans l'eau ?

J'appuie ma tête contre son épaule et je ferme les yeux. Son pouce commence à entourer mon clitoris et il est difficile de penser à autre chose qu'à la marée montante du plaisir.

— Oui, murmuré-je.

Son gloussement est sombre dans mon oreille, mais il me fait d'abord jouir, prenant son temps pour me réchauffer. Lorsque l'on se déplace dans la baignoire et qu'il me pénètre, on gémit à l'unisson sous l'effet de la sensation.

Doux et silencieux, un contraste saisissant avec la nuit dernière.

Ensuite, on reste silencieux et lents dans nos gestes.

Chaque mouvement semble lourd et je ne veux pas parler, je ne veux pas briser la magie.

On est allongés chacun de son côté de son grand lit. La pièce est plongée dans l'ombre, mais ce sont des ombres douces et réconfortantes. Je ferme les yeux sous la fatigue rassasiée de mon corps. Il va me tuer, cet homme. J'ai hâte de voir où cela va me mener.

— Cecilia, dit-il.

Je me tourne sur le côté pour lui faire face. Son profil est clair dans la faible lumière de la ville, le front haut et le nez droit.

— Oui ?

— Ça fait très longtemps que je n'ai pas eu quelqu'un comme toi dans ma vie, dit-il. Je ne sais pas toujours comment m'y prendre.

Dans ma poitrine, mon cœur saute un battement.

— J'en suis bien consciente.

— Je vais faire des conneries, Myers. Certainement beaucoup.

— Je le sais aussi.

Les mots sont en suspens. *Sois patiente avec moi.* Je tends la main et saisis son bras. Un mot de travers de ma part pourrait briser ce rameau d'olivier, cette faiblesse, cette honnêteté. Je lui offre donc une porte de sortie.

— Quand ça arrivera, je me commanderai à nouveau des fleurs à tes frais.

Il s'esclaffe.

— C'est bien. Prépare-toi à ça.

Je me plie contre son flanc. Au bout d'un moment, il se retourne et un bras lourd s'enroule autour de ma taille. J'enfouis mon visage contre son torse, je sens le chatouillement de ses poils et je respire son odeur. Il est peut-être l'homme le plus compliqué et le plus exaspérant que j'aie jamais connu, mais c'est aussi l'homme le plus travailleur, le plus riche, le plus dévoué.

On n'est peut-être pas un vrai couple marié, mais je suis désespérément amoureuse de mon mari.

23

VICTOR

On est samedi et je suis assis à mon bureau lorsque le téléphone sonne. *Dieu merci !* me dis-je. Je m'occupe de l'entretien des tombes de mes parents, de mon frère et de mon grand-père sans confier cette tâche à Brad, et une distraction est plus que bienvenue.

Surtout celle-ci, pensé-je en voyant le nom s'afficher sur mon écran.

— Bonjour, madame Saint Clair.

— Oh ! dit-elle.

Décontenancée par le nom ? C'est le sien, après tout.

— Bonjour, monsieur Saint Clair.

— Comment se passe ta journée ?

— Bien. Elle est aux toilettes, là.

— Comment a-t-elle pris la grande révélation ?

— Tu sais quoi ? Bien mieux que je ne l'aurais cru.

— Bien sûr, dis-je. Si elle est tout ce que tu as décrit, c'est la reine des idées originales.

— Oh, je le lui ai rappelé ! Tu viens pour le dîner, n'est-ce pas ?

— Bien sûr que je serai là. J'ai fait la réservation.

— Merci beaucoup, Victor. Pourrais-tu imprimer mon business plan à partir de mon ordinateur et l'apporter ? Maman voudrait le lire. Je pense que ça m'aidera, tu sais. À expliquer exactement pourquoi j'ai décidé d'entrer dans l'institution archaïque du mariage.

— Ce sont propres mots ?

— Oui.

Je me dirige vers l'escalier.

— Mot de passe de ton ordinateur ?

— Promets-moi de ne pas rire.

— Promis, juré !

— Chocolat.

Je ne ris pas. Mais je souris.

— Mais bien sûr !

— Il est sur la page d'accueil de l'ordinateur. À très vite, alors ! dit-elle. Monsieur Saint Clair.

— J'ai hâte d'y être, madame Saint Clair.

La ligne se coupe, mais mon sourire ne s'efface pas pour autant. Un imbécile, voilà ce qu'elle est en train de faire de moi. Pas une seule partie de mon monde ordonné et contenu n'est la même avec elle. Mais ça ne me manque pas.

Sa chambre est remplie d'elle, bien que les meubles soient les mêmes que les miens. Des vêtements drapés sur un lit où elle ne dort plus. Un bureau avec des papiers bien rangés et un ordinateur portable fermé.

Je l'ouvre. Son écran de veille dévoile une plage sur une île tropicale lointaine. Cela me fait penser à notre blague sur les lunes de miel à la Barbade. Y avait-il un fond de vérité ?

Je peux prendre une semaine de congé si c'est pour voir Cecilia en bikini, riant sur la plage, me séduisant dans une piscine.

Je tape *chocolat* et l'île tropicale se dissout sur son bureau. Il est rempli de dossiers bien rangés, organisés et aux couleurs coordonnées. La meilleure assistante que j'aie jamais eue. J'aurais dû l'apprécier davantage lorsque je l'avais.

Même si je préfère la façon dont je l'ai maintenant.

Mes yeux passent d'un dossier à l'autre. Ils s'arrêtent sur un widget sur le bureau. C'est un minuteur. Un chronomètre, pour être exact.

Il est réglé sur les mois, les semaines et les jours. Sept

mois, vingt-deux jours, quinze minutes, cinquante-six secondes. Au-dessus, en lettres minuscules, il y a dix mots. *Jusqu'à ce que je me débarrasse de Saint Clair…*

Je regarde le chronomètre pendant un long moment. Les secondes s'additionnent. Cinquante-sept, huit, neuf. Une minute de moins sur sa peine.

En réalité, elle compte les jours qui la séparent de la fin de notre mariage.

Lorsque j'imprime enfin son business plan et que je l'agrafe, je n'ai pas l'esprit à apprécier la première page soignée. Tout ce que je vois, c'est le minuteur.

Elle a présenté son entreprise à Carter, parce qu'elle voulait *son* investissement, pas le mien. Elle s'est engagée à ne pas compliquer notre mariage, parce qu'elle a toujours eu l'intention d'y mettre fin. En suivant notre contrat.

Comme c'était mon cas, autrefois.

Comme cela devrait toujours l'être.

Les affaires et le plaisir ne font pas bon ménage. Combien de fois ai-je entendu cela ? Combien de fois mon grand-père me l'a-t-il dit ?

N'engage jamais tes amis. Ne travaille jamais avec ta famille.

Il n'avait pas mentionné les petites amies, sans doute parce qu'il n'a jamais pensé que je serais aussi bête. Eh bien… Regarde-moi, maintenant, Richard. Tu n'aurais pas dû mourir.

Je m'habille pour le dîner. Un dîner avec la mère de Cecilia, ce qu'elle m'a demandé de faire. Me présenter à sa mère me semble déplacé, maintenant. Pas comme un pas en avant, mais comme un moyen de limiter les dégâts.

La honte est comme un battement sous mon sternum, cachant une émotion plus douloureuse. J'ai été un si mauvais patron pour elle qu'elle ne peut toujours pas me considérer comme quelqu'un de plus sérieux qu'un partenaire commercial ou un compagnon sexuel.

Steven ne me dit pas bonjour quand je monte dans la

voiture. Peut-être a-t-il appris à deviner mes humeurs. Ou peut-être qu'il n'ose pas parce que je suis un patron insupportable.

Je tire sur les manches de ma chemise. Un putain de dîner avec ma putain de femme qui a hâte de se débarrasser de moi. Tout le monde part. Tout le monde s'éloigne de moi depuis toujours. Pourquoi serait-elle différente ?

La circulation dense me met en retard, et la noirceur de mon humeur tourne au vinaigre. Un peu comme du pétrole sur ma peau. Noir comme du goudron et collant.

Je dois m'en débarrasser, sinon je ne pourrai pas jouer mon rôle.

— Saint Clair, dis-je à l'hôtesse du restaurant. Ma femme doit déjà être là.

Elle se lève. On a réservé une bonne table à l'arrière.

— Suivez-moi.

Je traverse le restaurant bondé de l'Upper East Side. Je n'aurais pas dû réserver dans un endroit pareil. Les nappes blanches et les bougies sont criardes de prétention, d'argent, d'attentes. Tout ce que sa mère n'est pas. Un autre coup dur pour moi.

Elles sont assises à une table ronde au fond du restaurant.

Marguerite Myers ressemble à sa fille, avec seulement deux décennies de plus. Elles sont le portrait craché l'une de l'autre. L'une polie et brune, l'autre sauvage et aux cheveux striés de gris sur les tempes, mais toutes deux partagent le même large sourire.

L'expression de son visage me fait deviner qu'elle n'est pas rancunière à l'égard de notre mariage. Ce n'est pas étonnant. Cecilia lui a sous doute dit qu'elle serait bientôt débarrassée de moi. Il ne reste plus que sept mois et vingt-deux jours.

Cecilia me voit et un sourire intime illumine son visage. Ce n'est pas juste de sa part.

— Tu es enfin là !

— La circulation m'a mis en retard.

Je dépose un baiser sur sa joue. C'est sensuel et doux sous mes lèvres.

— Je suis désolé.

— Ce n'est pas un problème. Victor, voici ma mère, Marguerite. Maman, je te présente Victor.

Elle se lève. La table l'a fait paraître plus grande, mais maintenant, je regarde une femme qui fait une tête et demie de moins que moi. Ses yeux verts me scrutent avant qu'elle ne me tende la main.

— Il est grand, dit-elle.

Je lui serre la main.

— Enchanté.

Elle fait glisser ma main et la prend dans les deux siennes, étudiant ma paume pendant quelques secondes.

— Belle ligne de vie !

— Merci.

— Maman !

Elle lâche ma main et se rassoit.

— Les lignes de la main sont importantes, Cece.

— Je le sais.

Eh bien, moi, je ne le savais pas.

Marguerite fixe ses yeux sur les miens. Je pense que c'est elle qui va prendre le contrôle de cette conversation. Ni Cecilia ni moi.

— Je voulais rencontrer l'homme que ma fille a épousé dans le cadre d'une transaction commerciale, dit-elle.

J'acquiesce.

— Je suis sûr que j'aurais voulu la même chose.

Ses yeux se rétrécissent.

— Vous êtes aussi celui pour qui ma fille a travaillé pendant un an, les soirs et les week-ends. Dont elle allait chercher le linge au pressing et commandait les déjeuners.

La voix de Cecilia est dure :

— Maman, je n'ai pas fait que ça. Tu sais que j'ai

beaucoup appris pendant mes années chez Exciteur. J'ai assisté à des conférences, j'ai voyagé.

— Je sais. Mais je sais aussi que l'homme ici présent t'a rendu la vie très difficile pendant longtemps. C'est une bonne chose qu'il l'entende de ma bouche.

— Il le sait, dit Cecilia.

Elle semble embarrassée.

Mes mains sont crispées sur mes genoux.

— Je suis au courant, mademoiselle Myers. Cecilia a fait un excellent travail pour moi et je ne l'ai pas appréciée à sa juste valeur. J'aime à penser qu'elle a acquis une expérience précieuse et qu'elle a appris des choses qu'elle pourra appliquer à ses propres affaires. Mais ce n'est qu'un espoir. Je me suis excusé auprès d'elle pour les fois où j'ai dépassé les bornes.

— J'ai énormément appris, dit Cecilia. Tu parles comme s'il avait profité de moi avec ce mariage. Comme je te l'ai dit, c'est un accord mutuellement bénéfique. Il y a une date de début et une date de fin. Nous avons signé un contrat, maman.

— Un contrat, dit sa mère.

Le mot est imprégné d'aversion.

— Les contrats peuvent être rompus.

Je serre les poings sous la table. L'enjeu est de taille, et sous mes pieds, je sens la corde raide sur laquelle je suis en train de marcher.

— Pas par moi, en tout cas, dis-je. Le contrat que Cecilia et moi avons signé a été vérifié par trois avocats différents. Il la protège autant que moi.

Marguerite agite la main comme si cela n'avait jamais été la vraie question.

— Pourquoi ma fille ? Pourquoi lui avoir proposé ce marché à elle ?

On n'a pas encore commandé nos plats. Je jette un coup d'œil vers le serveur, mais il ne semble être nulle part.

Donnez-moi un verre. S'il vous plaît.

— Maman, il n'a pas à se justifier, dit Cecilia. Il n'a été que professionnel tout au long de ce processus.

— Et c'est pour ça que tu ne m'as rien dit pendant des mois ? Cece, tu as tellement de lumière en toi ! Je ne veux pas que tu la gâches avec quelqu'un qui ne t'appréciera pas à ta juste valeur.

Les joues de Cecilia sont en feu, mais ses sourcils sont dessinés avec la même détermination qui se reflète sur le visage de sa mère. L'une a des clous de diamant aux oreilles et l'autre des plumes qui pendent, mais elles sont pareilles, ces deux-là. Les deux faces d'une même pièce. C'est une chose merveilleuse à regarder.

— Je ne fiche pas ma vie en l'air. Victor et moi, ce n'est pas comme ça. Je suis aussi une adulte, capable de prendre mes propres décisions.

Je me racle la gorge.

— Pour tout vous dire, j'ai proposé ce contrat à Cecilia parce qu'elle était la meilleure personne pour ça. Je la savais loyale, compétente, intelligente et à la recherche d'un nouvel emploi. Au cours des mois qui ont suivi, elle n'a fait que confirmer à cent pour cent que mon choix était le bon. Elle est tout ça et plus encore.

Le regard de Marguerite croise le mien. Je ne détourne pas les yeux. Je veux qu'elle voie à quel point chacun de ces mots est vrai.

— Eh bien ! dit-elle. Tu sais, chérie, que ce n'est pas la transaction elle-même que je désapprouve. Le mariage est une institution archaïque. Si vous avez réussi à réinventer la roue et à en tirer profit tous les deux, tant mieux pour vous. Mais je ne veux pas que ce jeune homme t'exploite.

— Ce n'est absolument pas le cas, dit Cecilia d'un ton ferme. Fais-moi confiance quand je te le dis.

Je me concentre sur Marguerite.

— Je comprends votre inquiétude et je suis sûr que j'aurais la même à votre place. Demandez-moi tout ce que vous voulez ce soir. Je vous répondrai.

C'est très risqué de donner ce pouvoir à quelqu'un. Mais Cecilia me l'a demandé. Alors, je le ferai.

Celle-ci me regarde avec les yeux chaleureux. Comme si elle était contente que je sois là. Comme si elle entendait plus que les mots que je prononce.

Je regarde le menu.

Nous finissons par commander. Marguerite et Cecilia décident de partager les plats, ce qu'elles semblent faire souvent au restaurant. Elles discutent des options, et dans mon esprit, tout ce que je vois, c'est la minuterie.

Jusqu'à ce que je me débarrasse de Saint Clair…

Au milieu du repas, Marguerite se racle la gorge.

— Vous avez manifestement un arrangement qui fonctionne. Je me suis sentie glisser sur le terrain du jugement tout à l'heure, et ce ne sont pas des terrains sur lesquels j'aime m'engager.

— Maman, murmure Cecilia.

— C'est une métaphore. Écoutez, Victor, Saint Clair, quel que soit votre nom. Si ce que ma fille et vous m'avez dit est vrai, alors, je suis heureuse pour vous. Vous tirerez tous les deux profit de cette expérience. Peut-être aussi que vous gagnerez en compréhension et en sympathie l'un pour l'autre. Mais je m'avance peut-être un peu.

— Merci, mademoiselle Myers, dis-je.

— Appelez-moi Marguerite. Mademoiselle Myers, c'est ma fille. Ou je suppose qu'elle est madame Saint Clair, désormais ?

Cecilia secoue la tête.

— Non, je n'ai pas changé de nom.

Non, elle ne l'a jamais fait. Son nom n'est pas vraiment madame Saint Clair, même si je la taquine à ce sujet. Pourquoi le changerait-elle légalement, alors qu'il ne nous reste que sept mois et vingt-deux jours ?

— Je vais vous dire encore une chose, à tous les deux. Vous devriez sortir un peu de la ville. Tous les deux. Vous êtes trop pâle, Victor.

Elle secoue à nouveau la tête et attrape son verre de rouge.

— Travailler tout le temps n'est pas bon pour la santé.

— Il nous faut travailler dur, dit Cecilia.

— Rien ne vous y oblige. C'est un choix.

Elle hausse les épaules, nous regardant toutes les deux avec des yeux brillants.

— Peut-être que votre faux mariage deviendra réel, à la fin ?

Cecilia émet un rire douloureux et me lance un regard en coin. Je regarde les autres clients et fais semblant de ne pas le voir. Si elle veut que je rie avec elle du ridicule de l'idée, ça m'est impossible.

Plus maintenant.

On reste silencieux dans la voiture sur le chemin du retour. Cecilia a l'air de vouloir parler, mais ce qu'elle se prépare à sortir n'arrive pas.

Ce n'est que lorsque l'on est de retour à la maison qu'elle le fait. Sa voix est douce.

— Je suis désolée. Je sais que ça n'a pas été facile pour toi.

— Ça a été.

— Non, elle… elle a sous-entendu beaucoup de choses, et en a supposé d'autres.

— Elle est protectrice envers toi. Je suis content que ta mère soit comme ça.

Cecilia acquiesce, ses yeux cherchant les miens.

— Merci pour le dîner, et merci d'avoir fait ça. Je sais que tu avais d'autres projets pour ce soir.

Je secoue la tête.

— Une réception. Comme je l'ai dit, je ne voulais pas y aller de toute façon.

— Non, à la place, tu as dû faire face à une véritable inquisition.

Elle sourit, me regarde. Elle attend que je lui rende la pareille.

— Oui, et j'y ai survécu. Il est tard. Je devrais aller me coucher.

— Oh, oui ! Moi aussi. Le week-end a été long, et demain, j'accompagne maman au cours de poterie de son amie.

— C'est vrai. Eh bien, je te verrai pour le dîner demain, alors.

Elle appuie ses mains sur le plan de travail de la cuisine, et pendant un instant, l'expression de son visage se perd.

— Oui, bien sûr. Bonne nuit.

Je monte l'escalier en deux temps, trois mouvements et je ferme la porte de ma chambre. Ma respiration est lourde. Sans elle, ma chambre me semble vide et étrangère. Je voudrais qu'elle soit là, mais pas s'il lui tarde de se débarrasser de moi. Pas tant que je ne saurai pas qu'elle m'a vraiment pardonné la façon dont je me suis comporté pendant l'année que l'on a passée ensemble au travail. Les mots de sa mère résonnent dans ma tête. L'hypothèse selon laquelle je l'ai exploitée et utilisée. L'aveu de Cecilia, qui m'a dit que je l'ai fait pleurer au travail.

C'est pourquoi je ne m'implique pas plus. C'est pourquoi je me fixe toujours des limites. Parce que quelqu'un finit par être blessé si vous ne le faites pas.

Je n'aurais jamais pensé être cette personne.

24

CECILIA

Victor n'est plus lui-même depuis une semaine.

Il rentre tard du bureau, parfois bien après le dîner, et se met directement à l'ordinateur. On ne dort plus dans le même lit, même si j'ai essayé de le rejoindre par deux fois. J'ai enroulé mes bras autour de son cou et l'ai embrassé désespérément, passionnément. Il m'a rendu mon baiser pendant un moment, puis j'ai retiré mes bras de son cou.

— Victor ?

Il a passé un pouce sur ma lèvre inférieure, les yeux sur le mouvement plutôt que de rencontrer les miens.

— Nous en reparlerons ce week-end.

— Ce week-end ?

— Oui. Je peux t'inviter à dîner ?

— Un rendez-vous ?

— Oui.

— J'aimerais beaucoup, oui.

— Bien, a-t-il dit, et l'on s'est dit bonne nuit là, dans le long couloir impersonnel entre nos deux chambres. C'est la seule fois de la semaine où l'on a eu une vraie conversation.

D'une certaine manière, il est tout à fait le Victor que j'ai connu. Celui qui rentrait à la maison et se rendait directement à son bureau, qui détestait les bavardages inutiles, qui évitait l'intimité émotionnelle.

Et je ne vois qu'une seule raison à cela.

Cela a commencé en rentrant à la maison après avoir dîné avec ma mère. Cette distance entre nous. Les jours suivants, j'ai repensé à certaines des paroles de ma mère, en particulier à sa suggestion, sans y penser, que cela puisse devenir plus qu'un faux mariage.

Victor a détourné le regard lorsqu'elle a dit cela, manifestement peiné par cette suggestion. Peiné parce qu'il ne peut pas le comprendre ou parce qu'il soupçonne que c'est ce que je veux maintenant ?

Je sais qu'il prend vite peur, et pourtant, j'ai insisté pour ce foutu dîner. J'espérais que cela calmerait les nerfs de ma mère et, d'une manière naïve et ridicule, je voulais qu'ils se rencontrent. Deux des personnes qui comptent le plus pour moi. La seule qui manquait était Nadine, mais nous n'avions pas besoin d'alimenter davantage ce feu.

Il a déjà réussi à nous consumer.

Mon téléphone sonne et je mets mes écouteurs avant de répondre.

— Bonjour, maman. Tu es bien rentrée ?

— Bien sûr ! Le vol a été très agréable. Les nuages étaient d'une beauté à couper le souffle. Aiyana m'attendait à l'aéroport et nous sommes désormais en route.

— Pour le festival des fleurs ?

— Oui. Elle expose et je vais l'aider.

— Tu m'enverras des photos de toutes les fleurs.

— Ça marche. Dis bonjour à Aiyana.

J'élève la voix.

— Bonjour, Aiyana !

Une voix enjouée, un peu en écho, à l'autre bout du fil.

— Bonjour, Cece chérie !

— Bonne chance pour ton exposition !

— Merci, chérie !

La voix de maman revient au téléphone.

— J'ai beaucoup réfléchi depuis qu'on s'est dit au revoir.

— Ah bon ?

— Je ne pense pas avoir été assez claire sur le fait que je suis heureuse que tu aies… enfin pris la décision de me parler de ton mariage. Je comprends que tu aies hésité. Ce n'est pas comme si j'avais déjà eu des mots positifs sur le mariage.

Je passe mes doigts sur les marbrures du plan de travail de la cuisine.

— Non, pas plus que sur le secret, les entreprises new-yorkaises, les riches, les hommes en costume, les héritages en général…

— Eh bien, dit-elle, j'ai toujours dit que les costumes avaient un certain attrait. C'est juste que je trouve ça un peu dépassé.

— Sans parler du fait que tu penses qu'ils tuent l'originalité.

— Aucun homme ne peut être béni par la vie parce qu'il s'habille éternellement en gris ou en noir, dit-elle. Mais chérie, ce n'était pas mon sujet. Je voulais que tu saches que j'apprécie ton honnêteté. Ton chemin et le mien ne sont pas les mêmes, mais ils sont perpendiculaires, aussi longtemps que je suivrai le mien. Et je suis si reconnaissante de voir la femme belle, forte et ambitieuse que tu es devenue !

J'en ai la gorge serrée.

— Merci, maman.

— Victor est… intéressant. Il a ce pouvoir contradictoire d'un homme qui se connaît bien et qui connaît bien ses capacités, mais qui n'a pas encore complètement intégré sa part d'ombre. Il lutte encore contre ses faiblesses, alors qu'il devrait les accepter.

— Il ne me laisse pas guérir ses chakras, dis-je, sur un ton mi-blagueur, mi-sérieux. J'ai essayé une fois.

Maman réfléchit à l'autre bout du fil.

— Un homme comme lui ne l'acceptera jamais. Mais il y a d'autres moyens de guérir, ma chérie. Il le trouvera en temps voulu, tu ne peux pas le faire à sa place. N'oublie pas de garder tes canaux de communication ouverts.

Je soupire.

— Oui. Je le ferai.

Un jour, maman a dressé un tableau des canaux qu'elle considère comme faisant partie de la communication, et vous seriez surpris du nombre de canaux non verbaux qu'elle y a inclus. Cette semaine, on n'en a pas utilisé beaucoup, Victor et moi.

Je dis :

— Je t'aime. Tu sais, je ne sais pas si je t'ai déjà remerciée de m'avoir donné une enfance différente de celle de mes amis. Je sais que je ne t'en ai pas été toujours reconnaissante quand j'étais plus jeune. Mais je le suis, maman. Nous étions une équipe, toi et moi, et nous avons vécu tant de choses et nous les avons toutes faites ensemble. Tu as toujours été là pour moi.

Il y a un temps de silence stupéfait à l'autre bout du fil, puis maman renifle. Sa voix est douce.

— Chérie, je t'aime aussi. Je sais que la vie que nous avons menée n'a pas toujours été facile pour toi. Tu es plus de la trempe de tes grands-parents que de la mienne, tu sais.

— Oui, je sais.

— Mais les années où j'ai pu t'avoir à mes côtés ont été les meilleures de ma vie. Et le seront pour toujours.

— Merci, murmuré-je. Je vais pleurer si on ne s'arrête pas là.

Peut-être pense-t-elle la même chose, parce qu'elle émet un demi-rire étranglé, et je me joins à elle.

— Ne sommes-nous pas deux pleureuses, aujourd'hui ? dit-elle.

La conversation est restée dans mon esprit alors que je prépare mon déjeuner et que je le mange en silence. Elle a toujours été là. Pas d'internat, pas de silences froids. Elle a toujours écouté chacune de mes pensées.

Mon téléphone sonne à nouveau. Je m'attends à une photo de fleurs bohèmes et d'Aiyana, peut-être avec des lotus blancs au centre pour représenter le sexe féminin. Ce n'est pas ce que je reçois.

Nadine m'a envoyé un selfie. Ses tresses sont en désordre et ses yeux sont maculés de mascara. Elle a aussi un grand sourire, une couette remontée jusqu'au cou. Elle est au lit.

Elle a écrit cinq mots. *Alors, j'ai fait un truc.*

Je lui réponds :

Cecilia : Tu viens de te réveiller ? Je suis tellement jalouse de cette vie d'artiste !

Nadine : Oui, tout juste. Et tu sais quoi, Cece ? C'est ma couette ???

Cecilia : Oh, mon Dieu ! Tu es chez Jake ! !! Tu es dans son lit !

Nadine : Ouiiiii !

Cecilia : À en juger par ton sourire, je devrais te féliciter, alors, félicitations ! Comment c'était ?

Nadine : Irréel. Pouvons-nous prendre un brunch la semaine prochaine, s'il te plaît, s'il te plaît, s'il te plaît ? J'ai tellement de choses à te raconter !

Cecilia : C'est clair ! Et oui, bien entendu !

Nadine : Je pensais qu'il me ressemblait trop, mais ce n'est pas le cas. Il est incroyable. Il comprend mon art et nous avons de longs débats sur le cubisme et l'avenir des médias mixtes, et c'est tellement torride entre nous ! Qui l'aurait cru ? J'ai aussi vu son placard et il n'était pas du tout en désordre.

Je rigole. Elle s'est entichée de lui et je ne pourrais

pas être plus heureuse pour elle. Pas s'il est lui aussi amoureux d'elle.

Cecilia : Les gens peuvent nous surprendre. Je suis heureuse pour toi. Bouge ton cul et fais-lui des œufs en art abstrait.

Nadine : Comment va ton mari ? Es-tu toi aussi déjà tombée amoureuse de lui ?

Cecilia : J'ai bien peur que la réponse soit non… mais seulement parce que c'était déjà le cas avant.

Pas de réponse, alors, je suppose que Jake s'est réveillé. Je souris à la photo d'elle souriant d'une oreille à l'autre sur mon téléphone. Je ne vois personne qui mérite plus d'amour qu'elle, après des années de travail acharné et de relations avec des gens bizarres.

Je reconnais son sourire… parce que c'est aussi le mien.

Je ne sais pas quand cela a commencé, à quel moment les choses ont basculé en moi, mais quand je regarde en arrière, j'ai l'impression que ça a toujours été là. Un frémissement dans mon corps quand je le voyais marcher à grands pas dans le couloir au travail. Une fierté lorsqu'il négociait et forçait la main, et que c'était moi qui apportais ses mémos. Ce sentiment était parfois profondément enfoui, fugace et éphémère. Mais il était bien présent.

Maintenant, j'ai vu ses autres facettes, celles qu'il garde cachées. Le côté torturé, l'attention, le côté sûr de lui. L'idiot et l'étonnement sentimental. Celui qui me serre contre lui la nuit et respire le parfum de mes cheveux comme s'ils étaient plus précieux que l'air.

Je veux que ce soit un vrai mariage. Je le veux tellement que mon cœur en souffre. Est-ce si fou ? Après tout ce que nous avons fait ensemble ?

La porte d'entrée sonne. Je sursaute et attends un instant, puis elle sonne à nouveau. Bonnie n'est pas là.

Je descends l'escalier en pantoufles et j'ouvre.

— Bonjour ?

— Bonjour, madame. Nous avons un pli dans le hall pour monsieur Saint Clair qui nécessite une signature. Est-il disponible ?

— Je crains qu'il ne soit au travail. D'où vient ce pli ?

— Un cabinet d'avocats, madame.

— Je peux signer pour lui.

Ma voix se fait professionnelle. Combien de fois ai-je fait cela pour lui quand j'étais son assistante ?

— Vous pouvez faire monter le coursier.

Le concierge pousse un soupir de soulagement.

— Parfait, madame Saint Clair. Elle sera devant votre porte dans une minute. Souhaitez-vous un délai plus long ?

Je regarde mon pantalon de yoga et je réponds :

— Non, ça va aller. Merci.

La coursière est hésitante devant notre porte, mais je repousse ses inquiétudes.

— Je suis la femme de Victor. Je vais m'assurer qu'il lui parvienne.

— D'accord, madame, dit-elle.

L'enveloppe en papier qu'elle tient est mince. Je signe le reçu et lui souris, puis lui dis :

— Merci. On vous en est reconnaissants.

— De rien, madame. Bonne journée.

— Vous aussi, mademoiselle.

La porte se referme derrière elle et je reste dans le couloir, l'enveloppe à la main. Je la regarde. Elle vient de ses avocats, Irving et Hardmann. J'ai déjà vu des dizaines de ces enveloppes.

Elles contiennent toujours des documents importants pour ses diverses acquisitions d'entreprises, ses investissements, ses embauches.

Elle a été livrée en express ici, ce qui signifie qu'elle doit être urgente. Y a-t-il erreur dans l'adresse ? Il n'est que quatorze heures et Victor ne sera pas rentré avant plusieurs heures.

Je prends la décision en une fraction de seconde. J'ai déjà ouvert son courrier une centaine de fois. Je le lui ai trié et organisé, je l'ai scanné lorsqu'il était en voyage d'affaires. Il n'y a rien de différent cette fois-ci.

J'ouvre le sceau avec des doigts prudents et j'en sors le document.

Le titre est en caractères gras et noirs, et me tombe dessus telle une faux.

Demande de divorce.

En dessous, déjà imprimés en police fine, se trouvent nos noms.

Victor Saint Clair et Cecilia Myers.

25

CECILIA

Je suis l'hôtesse à travers le restaurant dans un état de stupeur totale. Autour de nous, les gens sont assis à de longues tables en chêne, les conversations se mêlant à un bavardage de bas étage. Des lanternes en papier sont suspendues aux poutres du plafond. C'est confortable.

Pourtant, je ne peux rien apprécier de tout cela.

Victor marche derrière moi. Sa présence est fiable, réelle, omniprésente… et pourtant, il m'est impossible de le regarder. J'ai refermé l'enveloppe et l'ai posée sur son bureau. Il me l'a demandé à son retour à la maison. *Sur ton bureau*, ai-je dit.

Merci, a-t-il répondu, le visage inexpressif. Comme si le document à l'intérieur n'était pas prématuré, ne marquait pas la fin pour nous.

Mon cœur est deux fois plus gros que d'habitude, il bat si fort qu'il pourrait sortir de ma poitrine. Il a apporté sa mallette, ce soir. A-t-il apporté les papiers ? C'est pour cela qu'il veut dîner ?

Il va parler de notre divorce. Parce que c'est devenu trop compliqué, trop désordonné. On a mélangé travail et plaisir et on n'aurait pas dû. La fin est proche.

Et je ne peux rien faire pour l'empêcher.

La serveuse demande avec un sourire radieux :

— Est-ce qu'ici vous conviendrait ?

Son sourire s'estompe légèrement lorsqu'elle jette un coup d'œil de Victor à moi.

Je suppose qu'il n'a pas l'air heureux non plus. Sa voix est basse.

— Oui. Merci.

— Très bien. Je reviendrai tout à l'heure pour prendre votre commande, ou si vous préférez, vous pouvez commander via une application sur votre téléphone. Les informations sont sur le menu.

Elle s'éloigne et l'on s'assoit, le silence régnant en maître. Je force un peu de joie dans ma voix.

— C'est un endroit intéressant. Ce n'est pas ton restaurant habituel ?

— Je me suis dit que j'allais changer un peu. Ça te va ?

— Oui, oui, absolument.

Je regarde le menu et je lutte contre le nœud dans ma gorge. Bien sûr que le glas sonnera ici pour moi. Ce n'est une surprise pour personne, encore moins pour moi, et le sentiment que *j'aurais dû m'y attendre* est écrasant.

— Si tu n'aimes pas ce qu'ils servent, on peut partir, dit-il. Je n'aime pas la cuisine fusion asiatique.

— Non, on reste. Ça a l'air bien. Regarde, dis-je en montrant la première chose que je vois. Ils ont des petits nems au porc barbecue. J'aime bien ça.

— D'accord.

On commande via l'application de mon téléphone, et ça me convient parfaitement, car cela permet une discussion légère et de faire quelque chose de mes mains. Mais ça ne dure pas, et dès que la commande est passée, le silence reprend sa place.

Il reste immobile telle une statue, regardant le restaurant plein à craquer. Pas un regard sur moi ni sur la supplication silencieuse dans mes yeux. Il est toujours aussi impénétrable.

— Tu as été très occupé, cette semaine, dis-je.

— Le travail demande du temps, répond-il.

— Oh ? Quelque chose en particulier ?

— Exciteur est en train d'acheter un petit cabinet de conseil canadien. Il est en train de péricliter, et en reprenant ses activités et ses clients, nous pourrons élargir notre champ d'action.

Je force un sourire.

— Un investisseur en capital-risque, en tant que PDG, qui revient au capital-risque ?

Il grogne.

— Je suppose que oui. C'est une bonne occasion pour nous.

— Je n'en doute pas. L'as-tu négocié en personne ?

— Non, Eleanor a fait du bon travail. On n'a eu besoin de moi qu'au stade final.

J'imagine immédiatement comment ça s'est passé : ses épaules larges et son ton tranchant pour diriger toute la pièce. Il ne se contente jamais d'une réponse négative. Il expose ses arguments avec une logique tellement implacable qu'on ne peut qu'être d'accord.

Victor se passe une main dans les cheveux.

— Et toi, tu as passé une bonne journée ?

La panique remonte le long de ma colonne vertébrale. Pas de distance, ce soir, pas comme ces derniers jours. Je me concentre. J'ai Victor Saint Clair en face de moi, et il se prépare à une négociation.

— Oui. Une bonne semaine, même. J'ai envoyé mon business plan à mon nouveau comptable. J'ai engagé celui que tu m'as recommandé il y a quelque temps. Et j'ai un rendez-vous avec Carter le mois prochain.

Victor hoche la tête, les yeux rivés sur les miens.

— C'est bien.

— Oui. Et Nadine s'est finalement mise avec Jake, tu sais, le gars dont elle pensait qu'il me correspondrait ? dis-je, et en voyant sa mâchoire se crisper, mes mots sortent avec le poids de briques. Tu sais que moi-même, je n'ai jamais pensé ça. Il ne m'intéressait pas, à l'époque. Quoi qu'il en soit, le fait est qu'elle est heureuse. Ce qui me rend heureuse aussi.

— C'est vrai. C'est une bonne chose.

— Oui, dis-je. Donc, tout va bien. Je passe une bonne semaine.

Ne la détruis pas, pensé-je. *S'il te plaît.*

Il s'éclaircit la gorge.

— Cecilia, je voudrais te parler de quelque chose, et pour te dire la vérité, je ne sais pas trop par où commencer. Ce n'est pas le genre de conversation que j'ai l'habitude d'avoir.

Il se passe une main dans les cheveux, signe révélateur de sa frustration. Et je ne peux pas le laisser sortir les mots.

— Écoute, j'ai réfléchi, moi aussi, dis-je. À propos de nous et de ce que ça signifie pour notre contrat. Tu sais à quel point ça complique les choses. Mais je veux que tu saches que j'ai beaucoup de respect pour ce que tu fais avec la maison de ton grand-père. Je ne vais pas le compromettre. Alors, même si mélanger affaires et plaisir n'est pas une bonne chose, je pense…

— Non, laisse-moi commencer. S'il te plaît.

C'est le *s'il te plaît* qui me laisse bouche bée. J'acquiesce, la bouche encore ouverte. Il se tourne vers sa mallette. Il arrive, le destin dans une enveloppe, et l'horreur monte en moi à la vue de la couleur familière de la manille. Victor sort le morceau de papier comme si de rien n'était. Comme s'il n'était pas mordant de signification pour nous deux.

Je ne veux pas qu'il s'approche de moi.

Sa mâchoire se crispe un peu plus alors qu'il le lit.

— C'est pour toi, dit-il. Si tu le veux.

Il pose le papier sur la table. Une demande de divorce. Et en bas, sa signature. La pression du V et la marque sur Saint Clair.

Il a déjà signé.

Les mots s'évanouissent dans un brouillard de larmes. J'enfouis mon visage dans mes mains, mais il l'a vu.

— Cecilia ?

— C'est à cause de ma mère, n'est-ce pas ? C'était trop pour toi, le week-end dernier ?

— Ne pleure pas, Myers. S'il te plaît.

— Mon mari veut divorcer. Je pense que c'est approprié.

Il pousse un faible gémissement.

— Je ne comprends plus les gens, murmure-t-il. Non, ça n'a rien à voir avec ta mère. C'est une négociatrice aguerrie.

— C'est ce que tu penses ?

— Oui.

— Alors, pourquoi ?

Victor appuie ses deux avant-bras sur la table, ses yeux bleus se plantant dans les miens.

— Cecilia, ne pleure pas. Je t'en prie. Je sais que mon comportement a été intolérable. J'ai été un patron horrible, je suis difficile à gérer, j'ai un tempérament incontrôlable. Je suis désolé pour tout cela. De t'avoir fait pleurer au travail. De te faire pleurer en ce moment même. Si tu savais à quel point ça me tue d'y penser ! Je sais que tout est ma faute.

Je secoue la tête, mais je ne trouve pas de mots.

Il n'en a pas besoin.

— J'ai vu le minuteur sur ton ordinateur. Tu comptes les jours avant d'être libérée de ce mariage, avant de te débarrasser de moi. Je ne veux pas t'enchaîner à moi un jour de plus que ce que tu veux. Ceci, dit-il en touchant les papiers du divorce sur la table, est une offre pour toi. Sans condition. Je continuerai à t'encadrer si tu le souhaites. L'argent est toujours à toi, Nadine continuera à avoir autant de publicité que je pourrai lui en donner.

— Tu me proposes un divorce… si je le veux ?

Sa mâchoire se crispe.

— Oui. Je l'ai signé. Tu peux en faire ce que tu veux. Signe-le maintenant. Signe-le dans six mois. Mais après le divorce, je voudrais te demander une chose.

— Oui ?

— Me laisseras-tu sortir avec toi ? Comme il se doit,

comme tu le mérites. Pas en tant qu'égale, parce que tu es bien meilleure que moi, mais je pense que je peux changer, dit-il. Mais ça ne se fera pas du jour au lendemain.

Je secoue la tête. Le mouvement est d'abord lent, mais il devient bientôt si fort que mes cheveux se soulèvent de ma nuque.

Son regard est douloureux.

— Non ? Tu ne voudras pas sortir avec moi ?

— Non, je ne veux pas divorcer. Je ne veux pas de ce bout de papier.

— Tu n'en veux pas ?

— Non. Pas du tout. Victor, je... Mon Dieu, cette foutue minuterie sur mon ordinateur ! Je l'avais oubliée. Je suis vraiment désolée que tu l'aies vue. Je l'avais quand j'étais ton assistante. Parce que je t'ai entendu dire à Tristan que tu doutais que je tienne un an.

Une rougeur lui monte aux joues.

— Je ne sais pas comment m'excuser auprès de toi pour toutes les conneries que j'ai faites. Je pourrais passer toute une vie à essayer de me rattraper, ça ne suffirait pas.

Je saisis sa main. Elle est raide sous mes doigts, mais il la retourne, ses doigts se mêlant aux miens.

— Tu es un homme différent aujourd'hui de ce que tu étais à l'époque. Tu me montres une autre facette de toi.

— Je ne peux pas m'identifier à la personne que j'étais à l'époque. Je t'avais sous le nez et je n'ai pas été capable de reconnaître le trésor que tu es. Je suis désolé, Cecilia.

— Je te pardonne. Tu le sais, n'est-ce pas ? La minuterie était une chose si ridicule ! Je l'ai remise à zéro quand on s'est mariés, puis je l'ai oubliée.

— Alors, tu ne veux pas te débarrasser de moi ?

— Non, et ne t'avise pas d'essayer de te débarrasser de moi non plus. Je ne compte aller nulle part.

Ses yeux restent rivés dans les miens, et je lui retourne son regard, lui faisant comprendre à quel point je suis sérieuse. Un sourire se dessine sur ses lèvres. Il s'étend, transformant son visage.

— Vraiment ?

— Oui. Vraiment.

— Eh bien, alors, j'aime bien cette idée !

Je ris.

— Ça me plaît aussi. Mais Victor… un divorce. Tu ne perdrais pas la maison si nous n'étions pas mariés pendant une année entière ?

Il acquiesce.

— Si.

— Mais c'est la maison de ton grand-père. C'est là que ton père a grandi, que tu as grandi. Tu ne pourrais pas…

— Ce n'est qu'une maison, dit-il d'un ton acerbe. C'est le passé. Je regarde vers l'avenir, désormais.

Mes larmes coulent à nouveau. Ses yeux s'alarment, sa main sous la mienne se crispe.

— Cecilia ?

— Ce sont des larmes de bonheur. Victor. J'ai vraiment cru que tu allais divorcer. J'ai vu les papiers hier.

— Tu les as vus ?

— J'ouvrais toujours ton courrier quand j'étais ton assistante. L'enveloppe venait d'Irving et Hardmann, et j'ai pensé que c'était urgent. Je suis désolée.

— C'est pour ça que tu étais si nerveuse, ce soir ?

— Tu l'as remarqué ?

— Oui. J'ai appris à lire en toi.

— C'est vrai, dis-je en resserrant mes doigts autour des siens. Mon Dieu, Victor, qu'est-ce qu'on va faire ? Rester mariés ? Sommes-nous vraiment mariés ?

Ses lèvres se retroussent en un sourire. La vue de ce sourire me serre le cœur.

— Oui, nous le sommes. Mais je vais emmener ma femme à de nombreux rendez-vous. Plus que la plupart des maris.

— Plus que la plupart des maris, hein ?

Victor glisse sa chaise à côté de la mienne, ignorant les regards désapprobateurs des personnes assises derrière nous. Il passe son bras autour de moi. Je saisis sa main, posée sur mon épaule, et je sens le métal froid de son alliance contre ma paume.

— Si nous devons être mari et femme, dit-il, on sera le meilleur couple marié de tous les temps.

Je ris.

— Tu es bien trop compétiteur pour rester sain d'esprit !

Il m'embrasse, là, dans le restaurant. Je me sens assez légère pour m'envoler à son contact. Un mariage digne de ce nom. Une relation digne de ce nom. Des rendez-vous. Mon mari.

L'amour est une douce douleur dans ma poitrine, et les mots dansent sur ma langue. Je les ravale pour l'instant et lui adresse un large sourire. Pas encore. Ils resteront mon secret pendant un certain temps.

— Je n'ai plus besoin d'être compétiteur, dit-il. Je t'ai gagnée.

Mon sourire s'élargit.

— Flatteur !

— J'apprends.

— Mais il faut que je te dise, dis-je en tapotant mes doigts le long de sa mâchoire. Si jamais ton assistant m'envoie des fleurs, je les refuserai à la porte.

— Des lys blancs avec des pivoines roses, dit-il. Je m'en souviens et je te les achèterai moi-même. Je te le promets.

26

CECILIA

— Il ne devrait pas t'envoyer autant de mails, dit Victor. Tu es en vacances.

Je regarde mon mari grincheux par-dessus mon épaule. Il est allongé à l'ombre, une biographie déchirée à côté de lui sur la large chaise longue. Malgré l'intimité de notre jardin et de notre piscine privée, il porte un maillot de bain.

Pas moi. J'ai emporté de jolis bikinis que je n'ai pas encore portés.

— Lui n'est pas en vacances, dis-je. Tu sais que Carter m'aide à organiser tout ça. Je ne peux pas me permettre d'être regardante sur le moment où je dois répondre à un e-mail.

Le regard de Victor me dit que je devrais l'être. Je souris, je finis l'e-mail rapide et l'envoie. Je ferme l'ordinateur portable et le remets à l'ombre.

Je me tourne vers lui.

— Ce n'est pas ce qui te dérange vraiment, n'est-ce pas ?

Ses yeux parcourent mon corps avec une appréciation nue, s'arrêtant sur mes seins. Ma peau bronze à une vitesse record ici, à la Barbade.

— Non, ce n'est pas ce qui me dérange, murmure-t-il.

Je le repousse sur la chaise longue. Il se penche en

arrière avec un sourire et saisit mes hanches, m'installant les jambes croisées au-dessus de lui.

— La piscine privée était une excellente décision, dit-il.

— C'est vrai. Mais tu es toujours contrarié que Carter investisse, alors que c'était ton idée.

Il se concentre sur ma peau plutôt que sur mon visage, ses doigts dessinant des motifs sur mon ventre et mes hanches, effleurant parfois le dessous de mes seins. Il bronze lui aussi, le soleil a commencé à décolorer ses cheveux blond foncé, et il ne s'est pas rasé depuis des jours.

Il est magnifique.

— Victor ?

— Oui, dit-il. OK, c'est vrai, je préférerais que ce soit moi qui investisse. C'est illogique ou tout simplement sexiste, je ne sais pas.

— Tu as investi, dis-je. Tu as investi en moi. Notre accord m'a donné ce dont j'avais besoin pour démarrer, sans parler du temps dont j'avais besoin. Tu es l'investisseur initial.

Ses lèvres se retroussent, ses yeux se posent sur le mamelon qu'il taquine entre ses doigts.

— Ça me plaît comme idée.

— En plus, si c'est un truc bizarre de jalousie, tu sais que Carter n'est pas mon genre. Il est trop facile à aborder. J'aime les hommes qui se font désirer.

Ses doigts se posent sur mon mamelon et je sursaute en frappant son torse nu.

— Hé !

Il rit et referme ses lèvres sur mon téton en guise d'excuses sensuelles. J'agrippe ses larges épaules et dépose un baiser sur ses cheveux humides.

— Tu sais quoi ?

Un bourdonnement fait frissonner ma poitrine.

— Tu ne sais pas te détendre. Ça fait quatre jours que nous sommes ici et tu es soit en train de travailler, soit en train de rattraper tes lectures pour le travail, soit en train de me faire l'amour.

Il parle contre la peau entre mes seins.

— Tu les as classés dans le mauvais ordre.

— Ah bon ?

— Oui. Tu sais qu'une fois, tu as dit de moi que j'étais la personne la plus travailleuse que tu aies jamais rencontrée.

Je glousse.

— Ah bon ?

— Je m'en souviens. C'était un sacré compliment, tu sais.

— Bien sûr, tu penses que c'est le plus beau des compliments.

— Eh bien, dit-il en embrassant ma poitrine. Je pensais que c'était le cas. Mais le travail n'est plus mon truc de prédilection.

— Hmm.

Je ferme les yeux en sentant ses lèvres sur mon mamelon.

— Mais pas de travail ce soir, pour le dîner-croisière. Ni pour l'un ni pour l'autre.

— Aucun, dit-il. Ce qui signifie que l'on devrait faire bon usage du temps dont on dispose maintenant.

Ses mains glissent vers le bas pour saisir mes fesses et il me fait basculer vers l'avant, sur la dureté croissante de son maillot. Je me mets à rire.

— Mon Dieu, tu ne penses qu'à ça !

— Je suis en lune de miel avec ma femme.

Un frisson me parcourt. Ça le fait toujours, chaque fois qu'il prononce ces mots. *Ma femme.*

— Si tu le dis comme ça…

Sa barbe effleure mon cou, un baiser se presse sur ma peau. Mon pouls accélère.

— Merci pour ce voyage, dis-je. Merci d'avoir pris ce temps libre.

C'était son idée, et j'ai été aussi surprise que tout le

monde autour de nous qu'il parte en vacances. Mais il m'a rappelé que c'est ma mère qui nous a dit de partir.

— Je dois faire plaisir à ma belle-mère, a-t-il dit, et j'ai eu l'impression que ce n'était qu'en partie une plaisanterie. On n'a pas commencé du bon pied, tous les deux.

Victor embrasse le creux de ma gorge.

— De rien, mais c'est la troisième fois que tu me remercies. Tu crois que c'est dur de passer du temps seul avec toi sur une île des Caraïbes ? C'est peut-être la chose la plus facile que j'aie jamais faite.

Je passe mes doigts dans ses cheveux, faisant glisser mes ongles sur son cuir chevelu. Il ronronne de plaisir, comme un gros chat doré. Je ne peux pas résister. Je frotte mes hanches le long de son érection.

— C'est sûr que c'est dur.

Il gémit, les yeux baissés.

— Mon Dieu, je t'aime sans vêtements ! Tu es si belle !

Je me délecte de ses mots, de ses mains, de la sensation qu'il m'offre. Nos corps se sont compris bien avant que Victor et moi ne le fassions. Je ne suis pas inquiète à l'idée de me promener nue devant lui en plein jour, ne portant que les deux bagues de ma main gauche. L'intimité confortable est comme une toile entre nous.

Victor m'embrasse, lentement et langoureusement. Il n'y a pas de précipitation. On ne se cache pas de nos sentiments, ni l'un de l'autre. Je repousse les cheveux de son front.

— Victor.

Il dépose une ligne de baisers le long de ma clavicule.

— Oui ?

— Je t'aime.

Ses lèvres s'arrêtent. Contre ma poitrine, je sens les battements soudains de son cœur.

Je le serre plus fort dans mes bras.

— Je ne demande rien, je n'exige rien en retour. Je voulais juste te le dire. Même si…

Ses lèvres s'écrasent contre les miennes. Les baisers langoureux ont disparu, remplacés par une avidité qui fait battre mon cœur. Il tire sur ma queue-de-cheval et mes boucles se répandent dans mon dos, chatouillant ma peau nue.

Puis ses doigts sont entre mes jambes, me caressant et tournant autour de mon clitoris.

— Victor, je…

— Il faut que je sois en toi.

Ses mots déclenchent mon propre désir et je tire sur son maillot de bain. Il soulève ses hanches et son sexe est libre, brûlant et dur dans ma main. Je baisse la tête pour l'aspirer dans ma bouche et il laisse échapper un profond gémissement. Je ne peux pas résister, pas quand il est comme ça, un fil qui plane au bord du gouffre.

Victor ne me laisse pas longtemps profiter de lui. Il me renverse sur la chaise longue et l'on soupire à l'unisson devant le soulagement doux et béni de la pénétration. J'ai l'impression de l'accueillir en moi.

Il s'appuie sur ses coudes et m'embrasse en commençant à bouger. Ce sont des baisers profonds, bouleversants, qui reflètent le roulement lent et régulier de ses hanches. Chaque poussée dure de son bassin contre le mien déclenche davantage mon plaisir.

— Cecilia, murmure-t-il. Mon Dieu, je…

— Je sais, dis-je en enroulant mes jambes autour de lui. Je sais.

Je jouis avant lui, ce coquin, alors qu'il oriente son entrée exactement comme je le veux. Il frôle mon clitoris chaque fois qu'il s'enfonce.

Lorsqu'il se rapproche de l'extase, je le serre contre moi et lui murmure à nouveau les mots à l'oreille. — Je t'aime.

Il jouit avec une force à m'en couper le souffle, gémissant dans mon oreille. On reste allongés un long moment, toujours connectés l'un à l'autre, la respiration rapide.

Il se lève finalement sur un coude et ses yeux bleus, rassasiés rencontrent les miens.

— Redis-le-moi !

— Quoi donc ?

— Tu le sais bien.

— Je t'aime.

Ses yeux se ferment un instant, comme s'il encaissait le coup. Mais ils sont aussi clairs que le ciel lorsqu'il les rouvre.

— Je t'aime aussi, Cecilia.

— Vraiment ?

Il m'embrasse en réponse et je le serre contre moi, prenant tout ce qu'il peut m'offrir et le mettant en sécurité dans mon cœur, sachant qu'il en fait de même.

Victor se tourne sur le côté et me serre contre lui.

— Je ressens tellement de choses ! dit-il. Plus que je ne sais quoi en faire. Tu le sais, n'est-ce pas ? Je n'ai aucune idée de la façon de gérer ça. Je suis complètement démuni face à toi.

Sa main trouve ma cuisse et la fait passer au-dessus de sa hanche.

— Je te déteste parfois à cause de ça.

Je caresse sa lèvre du doigt.

— Je sais que c'est effrayant, de faire confiance à une autre personne à ce point.

— Absolument terrifiant.

— Mais ça en vaut la peine. Tu sais, je ne peux plus imaginer ma vie sans toi, maintenant.

— Moi, je le peux, dit-il. Et je veux l'éviter à tout prix.

Je souris, promenant mes doigts le long de ses pommettes jusqu'à son front. Ses yeux se ferment. Ses cils sont foncés à la racine et blonds à la pointe.

— C'est pour ça que ton grand-père voulait que tu te maries, tu crois ? Pour que tu aies quelqu'un dans ta vie quand il serait mort ?

La respiration de Victor se bloque. C'est bref, mais c'est là.

— Je n'y ai jamais pensé comme ça.

— Pourquoi pensais-tu qu'il l'ait tant voulu ?

— Parce que c'est à moi de perpétuer le nom des Saint Clair. Il l'a dit assez souvent de son vivant. Que si je n'y consacrais pas le temps, la famille mourrait avec moi.

Victor s'éclaircit la gorge, ses yeux se posant sur ma tempe, ses doigts suivant l'une de mes boucles.

— Je crois qu'il voulait que je perpétue l'héritage de mon père. Grand-père ne s'est jamais vraiment remis de la perte de son fils, je pense.

— Je ne peux même pas l'imaginer.

— Mais peut-être qu'il ne voulait pas que je sois seul non plus, dit-il. J'aime bien cette idée aussi.

— Il t'aimait, dis-je. Je sais que vous n'en avez jamais parlé, tous les deux, et d'après ce que tu m'as dit, il était loin d'être parfait. Mais il t'aimait.

Victor ferme à nouveau les yeux, se laissant aller contre moi. Il lui faut un long moment avant de répondre.

— Oui, je crois que tu as raison.

Je lui caresse les cheveux, profitant de la chaleur du soleil des Caraïbes et de la brise légère qui balaie notre peau moite.

Mais ma curiosité finit par l'emporter.

— Et alors ?

— Alors quoi ?

— Ça te tient à cœur de porter et de perpétuer le nom de famille Saint Clair ?

Les lèvres de Victor se tordent.

— Je ne sais pas. Ma femme n'a jamais pris le nom des Saint Clair. Je n'ai aucune garantie qu'elle acceptera de le donner à mes enfants.

Je me hisse sur un coude.

— Tes enfants ?

— Oui. Nos enfants.

— Donc tu veux avoir des enfants !

Son regard se pose sur ma clavicule, et il tend la main pour la caresser du bout du doigt.

— Pas tout de suite, et je ne sais même pas si je serais un bon père.

— Tu serais formidable.

Il grogne.

— Tu n'y crois pas vraiment.

— Si, je le crois. Je ne dis pas que ça ne te demanderait pas du travail. C'est le cas pour moi aussi. Je n'ai pas la moindre idée de ce qu'est une mère.

— Mais tu aimerais ?

Je lui souris, détaillant son beau visage fort et ses yeux bleu clair, le sillon entre ses sourcils. Loyal, compétent et dévoué.

— Oui, absolument, dis-je. Mais pas tout de suite !

Il ferme les yeux, sa main s'enroule autour de ma hanche.

— Parfait, alors. Même si c'est légèrement ennuyeux de donner le dernier mot à mon grand-père. Il a toujours aimé avoir raison.

— Un peu comme son petit-fils ?

La main de Victor se resserre sur ma hanche.

— Attention, Myers.

Je ris. Le bonheur fait ressembler ma poitrine à une bulle qui s'envole.

Sa voix est paresseuse.

— Tu sais, si tu changes de nom, je ne pourrai plus t'appeler Myers.

— Tu pourras toujours le faire.

— Techniquement, oui, mais ce ne serait plus exact.

— Eh bien, si tu commençais à m'appeler Saint Clair, ça ne t'embrouillerait pas ?

— Hmm. Je pense que je devrais y arriver.

Il me rapproche de la large chaise longue, une jambe bronzée reposant à côté de la mienne.

— Tu sais, il ne nous reste que deux mois avant notre premier anniversaire.

— Tu as raison. Un an depuis notre mariage à l'hôtel de ville. Celui que tu voulais voir programmé à l'heure du déjeuner pour éviter la circulation !

— Bon sang ! Je savais clairement où étaient les priorités, à l'époque.

Son regard devient taquin, mercurien, le Victor que j'aime le plus. Le côté que je suis la seule à voir. Il remonte ses mains le long de la courbe de ma taille.

— J'ai décidé de faire les choses correctement, désormais.

— Oh ? Ça semble inquiétant.

— Je me suis renseigné sur les cérémonies de renouvellement des vœux.

— Vraiment ? C'est… intéressant.

— Tout à fait. Certaines ressemblent même à de vrais mariages. Robe blanche, traiteur, tout y passe.

— Traiteur, hein ?

— Des tonnes de trucs à manger. Ça avait l'air génial. Ma femme le mérite. Alors je pense que, quand le moment sera venu, je lui demanderai si elle veut renouveler ses vœux avec moi.

Je me mords la lèvre, tenant son visage entre mes mains.

— Quand le moment sera venu ?

— Oui, dit-il. Quand elle dira oui. Je pense que je pourrais même mettre un genou à terre. Mais encore une fois, peut-être qu'elle trouverait ça ringard.

Mon cœur saute un battement dans ma poitrine et je prononce les mots suivants contre ses lèvres.

— Non. Jamais de la vie !

VICTOR

Les chiffres sur l'écran de mon ordinateur sont flous devant mes yeux, mon esprit dérive. C'est ce qui se passe souvent, ces derniers temps. Le travail ne retient plus mon attention comme avant, et j'ai beau essayer, je n'arrive plus à m'y remettre.

La seule affaire sur laquelle j'aime travailler ces jours-ci est celle de Cecilia, et la moitié du temps, elle ne veut pas de mon avis. Cette pensée me fait sourire.

La lumière tardive de l'automne entre par les baies vitrées, teintée d'orange par les feuilles changeantes des grands arbres. Je regarde mon bureau, les souvenirs s'entrecroisent, kaléidoscope du passé, du présent et de l'avenir. Je vois mon père et mon grand-père ici en train de se disputer à propos de trusts et d'investissements. Moi-même, douze ans et maussade, infligeant à mon grand-père un traitement silencieux. Il aurait été assis dans le fauteuil où je me trouve. Ou Cecilia et moi dans cette pièce, récemment mariés et peu sûrs l'un de l'autre, triant des documents qui me déchiraient le cœur.

Une petite main s'enroule autour de la porte entrouverte et la pousse. La queue-de-cheval de Philippa est à moitié de travers, ses yeux sont curieux.

— Papa ?

— Je suis là.

— Qu'est-ce que tu fais ?

— Je travaille. Tu viens de te réveiller de ta sieste ?

Elle secoue la tête, mais l'empreinte de son oreiller sur sa joue la trahit. Je recule ma chaise et j'ouvre les bras. Philippa court sur des jambes qui ont trop d'énergie pour marcher. Je la soulève et la pose sur mes genoux.

Son petit corps est robuste et devient de plus en plus lourd au fil des mois. Son émerveillement ne cesse de me couper le souffle. Comment une personne peut-elle être si petite tout en étant un être humain pleinement formé ? Lorsqu'ils l'ont placée dans mes bras à l'hôpital, elle était si petite ! Minuscule et infiniment précieuse, sa tête épousant parfaitement la paume de ma main.

Impossible. Incroyable.

— Sur quoi tu travailles ?

— Des chiffres, beaucoup, beaucoup de chiffres.

Elle relève la tête et je ris en appuyant sur son nez en bouton. Philippa a beaucoup des traits de sa mère, y compris ses beaux yeux, mais ses cheveux, comme Cecilia aime à me le rappeler, sont les miens. Aussi blonds que les miens l'étaient à son âge.

— Je sais que tu ne comprends pas, chérie.

— C'est ennuyeux, dit-elle. Papa, allons dehors.

— Tu veux jouer ?

— Oui.

— Ce n'est pas l'heure du goûter ?

Elle secoue la tête, les yeux brillants. Nous savons tous les deux que si.

Je la soulève et je sors de mon bureau, et Philippa se place sur ma hanche, heureuse d'être portée. Cecilia n'arrête pas de lui dire qu'elle doit marcher davantage et que sa grossesse est trop avancée pour qu'elle la porte, mais elle sait qu'elle peut encore demander à son père de la prendre dans ses bras.

— Dehors, dehors, dehors ! chante-t-elle.

— À ta cabane ?

— Oui.

— Où est Bonnie, alors ? Et maman ?

— Je ne sais pas, dit-elle en clignant des yeux.

Pour une enfant de deux ans et demi, elle est remarquablement intelligente. Trop intelligente pour sa mère et moi, et trop souvent !

— Oh, vraiment ? Je suppose que Bonnie t'a fait faire une sieste et qu'à ton réveil, tu devais aller directement à la cuisine pour le goûter. Mais tu es venue à mon bureau à la place. Hmm ?

Elle ricane et s'adosse à mes bras. Une main collante se presse contre ma bouche.

— Non !

— Non ? marmonné-je. Je ne te crois pas.

— Chut, papa !

— Hmm. D'accord.

On traverse le salon, on passe devant les portes-fenêtres qui s'ouvrent sur le jardin. Philippa émet un son de protestation.

— Non ! dis-je. On doit d'abord mettre ta mère au courant de ta petite évasion, avant d'aller jouer.

Je retrouve ma femme dans la salle à manger. Elle fait les cent pas devant le coin lecture qu'elle a créé, les écouteurs sur les oreilles et les mains dans le dos.

— Non, dit-elle. Je ne pense pas que ce soit une bonne solution. Pouvez-vous obtenir une autre évaluation ? Merci.

Je soulève Philippa et l'on reste dans l'embrasure de la porte, regardant Cecilia faire les cent pas.

— Maman travaille, murmure ma fille.

Je hoche la tête.

— Elle aura bientôt fini, lui dis-je.

Cecilia nous aperçoit et nous adresse un large sourire. Puis elle regarde son ventre, revient vers moi et roule des yeux. Ah ! Donc notre fils fait encore des saltos. Je lui dirais bien d'être plus gentil avec sa mère s'il pouvait me comprendre.

— Regarde, dit Philippa. Regarde, regarde !

Elle montre les pieds de Cecilia. Elle porte des chaussons, mais ils ne sont pas assortis. L'un est sa pantoufle grise et molle, l'autre est trop grand et en cuir. Elle porte l'une de mes pantoufles et l'une des siennes.

Je glousse et Philippa se met à rire, son rire d'enfant emplissant la salle à manger. Cecilia se tourne pour nous regarder avec des yeux pleins de tendresse. Sa main libre caresse son ventre arrondi et j'observe le mouvement. Ma magnifique femme !

— Très bien. Merci de m'avoir rappelée. On se parle demain.

Elle enlève ses écouteurs.

— Sarah ? lui demandé-je.

Cecilia acquiesce, repoussant ses cheveux de son front. Elle a l'air bouleversée.

— C'est à propos de l'expansion de la côte ouest.

— Elle est douée. Je suis content qu'elle fasse partie du projet.

— Moi aussi. Mais qu'avons-nous là ? Tu t'es réveillée de ta sieste, chérie ?

Philippa se trémousse dans mes bras et je la pose. Elle bouge avant de toucher le sol.

— Oui ! Et Bonnie n'était pas là ! Alors, je suis allée voir papa !

— On va jouer dehors, dis-je.

Cecilia passe une main sur les cheveux clairs de notre fille.

— Ah bon ? Tu as le temps ?

— Oui, j'ai le temps.

— C'est bien. Mais ça veut dire qu'il y a ici une petite fille qui doit prendre son goûter.

Philippa lève les yeux vers sa mère, l'espoir se dessinant sur son visage.

— Je peux avoir une Pop-Tart ?

— Non.

— Une glace ?

— Il y a des tranches de pommes et du beurre de cacahuètes pour toi dans la cuisine. Vas-y. Plus vite tu auras goûté, plus vite papa t'emmènera dehors.

Philippa me regarde, comme pour avoir confirmation de ce que sa mère vient de dire. Je lui fais un signe de tête sérieux.

— Promis juré, sur mon honneur.

Elle ne comprend pas, mais elle interprète assez bien mon hochement de tête et part en courant vers la cuisine. Par la porte ouverte, j'entends la voix de Bonnie et les questions de Philippa. Je ne serais pas surpris qu'elle réclame à nouveau une tarte ou une glace.

Je me rapproche de ma femme et passe un bras autour de sa taille.

— Comment te sens-tu ?

— Gonflée. Comme une baleine. J'ai l'impression que je vais exploser.

— Il reste plus d'un mois.

Je passe la main dans le creux de son dos et elle soupire de plaisir. Ses lèvres s'écartent et j'embrasse sa joue rosée.

— Comment va notre fils ?

— Ton fils alterne les coups de pied dans les côtes et ceux dans la vessie. Ou les deux. Je te jure, parfois, il fait le grand écart, là-dedans.

— Il sera sportif, alors.

Elle appuie sa tête contre mon épaule et je respire ses cheveux, le shampoing familier, son odeur.

— Sportif… murmure-t-elle. Depuis quand es-tu devenu si optimiste ?

Je me dis que c'est depuis que ma femme porte vingt-cinq kilos de bébé en plus, mais je garde cette pensée pour moi. Voir Cecilia porter notre enfant et accoucher a été l'une des expériences les plus belles de ma vie. Cela m'a permis de tout mettre en perspective et de devenir beaucoup plus humble. Je n'étais pas la personne la plus forte dans cette relation, et le fait de la voir mettre Philippa au monde me l'a confirmé.

— Je te suis juste très reconnaissant pour tout ce que tu m'as donné, dis-je.

Elle s'ébroue dans ma chemise.

— Charmeur !

— Toujours.

Je me penche plus près de son oreille.

— Tu sais aussi bien que moi ce que l'on pourrait faire pour que ce bébé arrive plus vite.

Elle frissonne dans mes bras. Je regarde vers le bas et oui, ses mamelons sont prêts. Ses seins redeviennent lourds. Je fais de mon mieux pour en prendre soin lorsqu'ils sont douloureux.

— Victor, dit-elle, je suis énorme. Comment peux-tu encore me trouver attirante ?

— Tu es toi, et tu portes notre enfant.

Je passe une main sur son ventre, l'impatience m'envahit. Il ne nous reste plus beaucoup de temps avant de faire sa connaissance.

— Je suis aussi fier qu'excité, et je t'aime. Tu peux bien avoir la taille d'une baleine, je me réveillerai toujours en pleine forme et j'aurai toujours envie de toi.

— La taille d'une baleine, grogne-t-elle.

Je ris et je penche sa tête vers la mienne. Notre baiser est lent, langoureux et absolument incroyable. Philippa a rendu cela un peu plus rare et beaucoup plus délicat, mais d'autant plus précieux.

Elle respire fort quand je relève la tête, ses yeux sont brillants. Je caresse sa lèvre inférieure avec mon pouce.

— Tu étais comme ça quand je t'ai embrassée, après le renouvellement de nos vœux.

Elle sourit.

— Tu m'as embrassée beaucoup plus longtemps qu'il ne fallait. Nous étions en public.

— Eh bien, on était déjà mari et femme. J'ai pensé qu'il fallait s'assurer que tout le monde sache que c'était vraiment réel !

Elle s'esclaffe et je nous fais tourner vers l'une des photos encadrées au mur. On se tient devant le lac où l'on s'est mariés, à l'endroit même où Cecilia a toujours rêvé que cela se passe. Elle est magnifique et moi, j'ai l'air hébété.

La photo est accrochée à côté de celle du bureau de mon grand-père, avec mes parents et mon frère. Philippa connaît le nom de chacun d'entre eux, y compris celui de mon frère, dont elle porte le prénom.

Ce n'est plus la seule photo d'eux dans la maison.

— Oh, c'était l'époque où je rentrais encore dans mes robes, dit Cecilia. Regarde comme tu es beau. Tu es né pour porter des smokings.

Je secoue la tête.

— Non, je ne suis pas né pour ça. Je déteste les nœuds papillon.

— C'est dommage, parce qu'eux te siéent à merveille.

Je l'embrasse à nouveau. Même après des années de mariage, le fait que Cecilia m'apprécie sans retenue m'excite. Elle a dit un jour en plaisantant que j'en avais tellement besoin quand elle m'a rencontré que tout ce qu'elle faisait, c'était combler un vide. C'est peut-être vrai. Tout ce que je sais, c'est que je suis toujours excité, comme si elle actionnait un interrupteur, lorsqu'elle me dit qu'elle m'aime.

Elle exploite cela à merveille… et je ne m'en plaindrai pas.

Cecilia passe ses bras autour de mon cou, mais ne peut pas se rapprocher de moi à cause de la bosse de son ventre. Elle baisse les yeux, frustrée.

— Je veux faire un câlin à ton papa, dit-elle. Pourrais-tu nous laisser faire ?

Son ventre reste fermement en place. Je glousse et l'embrasse à nouveau. Mes bras sont serrés autour de ses épaules.

— Il peut rester. Je tiens dans mes bras deux des personnes que j'aime le plus au monde en ce moment.

— Et la troisième se trouve à quelques secondes de faire irruption ici pour exiger que tu joues avec elle. Tu es vraiment sûr d'avoir le temps ?

— Absolument, madame Saint Clair. Il n'y a rien d'autre que j'aimerais plus faire.

Son sourire s'adoucit, illumine le visage que j'aime tant. Le visage dont je ne pourrais plus me passer. Le visage que j'ai regardé tous les jours pendant un an et que je n'avais jamais vraiment vu.

L'homme que j'étais à l'époque ne me manque pas. Cecilia en parle parfois en plaisantant, de l'équipe que l'on formait lorsqu'elle était mon assistante, mais je n'arrive pas à y repenser avec tendresse. Tout ce que je vois, c'est quelqu'un qui était tellement aveugle qu'il ne pouvait pas reconnaître le miracle qui se trouvait devant lui, et encore moins le traiter correctement.

— Je t'aime, monsieur Saint Clair, dit-elle. Tu es le meilleur mari qu'une femme puisse désirer.

Je gémis contre son épaule et elle rit, sachant à quel point je suis excité. À chaque fois.

Mais le joyeux éclat de rire provenant de la cuisine étouffe les désirs de mon corps.

— Papa ! m'appelle Philippa.

— J'arrive !

Envie de retrouver Victor et Cecilia ?

Inscrivez-vous à ma newsletter pour recevoir une nouvelle de 7000 mots racontée du point de vue de Cecilia. Elle est avec Victor dans sa ville natale alors qu'ils se préparent à renouveler leurs vœux auprès des leurs…

Link: https://bookhip.com/FVVRHZN

NOTES

11. Victor

1. Type de sandwich très populaire aux États-Unis composé traditionnellement de bacon, de laitue et de tomate.

L'HISTOIRE CONTINUE

Dans ***La Surprise du chef,*** Carter Kingsley est confronté à une femme insensible à son charme.

Il veut gagner ses faveurs.
Elle souhaite mettre fin à ses ambitions.

Pour remettre sur pied une entreprise de médias en difficulté, ils doivent collaborer.

Seulement, pas de manière trop rapprochée...

***La Surprise du chef* a venir le 15 octobre.**
Précommandez ici ou continuez à lire pour l'introduction.

CHAPITRE 1

AUDREY

C'est l'attente que je déteste le plus. Le stress gonfle jusqu'à ce qu'il soit si épais dans mon estomac que j'en ai la nausée, et mes paumes deviennent moites autour de mon verre. Pourquoi ai-je commandé un Cosmo ? Je n'en ai jamais bu de ma vie.

Brian est en retard. C'est quoi, le délai acceptable avant que je puisse partir ? Partir serait l'option la plus facile. Un petit texto. *On remet ça une prochaine fois.* Mais cela reviendrait à fuir, et je me suis promis d'affronter mes peurs.

Je me traite intérieurement d'idiote. J'aurais dû commencer plus petit. Les espaces confinés, les araignées, le concept d'infini.

Mais pas les blind dates.

C'est si gênant que ça m'est insupportable. Le voir baisser les yeux sur son téléphone, ou pire, regarder le mien en quête d'une excuse. Et si je vois que je le déçois ? Ou pire encore, s'il veut prendre un dernier verre et pas moi ?

Je bois une gorgée de ma boisson rose. Un seul verre. C'est tout ce que nous avons à partager, et ensuite, je pourrai dire que je dois rentrer à la maison parce que j'ai du travail demain. Je commanderai un repas à emporter sur le chemin du retour pour fêter ma survie.

Le bar a bonne allure, au moins. C'est lui qui l'a suggéré après une semaine d'échanges de textos maladroits. Un éclairage tamisé et des clients bien habillés. De la musique juste au bon volume. Ni trop fort ni trop faible. Les prix sont juste à la limite d'astronomiques, ce qui est acceptable pour Manhattan.

Mon téléphone vibre contre la table quand il reçoit un texto. Brian est en retard, ce que je savais déjà, et il s'excuse abondamment.

Il a vraiment utilisé le mot *abondamment*.

Je pose le téléphone et prends cinq respirations régulières. J'aurais peut-être dû manger quelque chose après mon entretien d'embauche avant de venir. Peut-être qu'organiser un blind date et un entretien pour le travail de mes rêves le même jour était trop. Mais j'ai été prise dans une poussée d'adrénaline et de courage, et je l'ai fait.

Et maintenant, j'en paie le prix.

— C'est juste un rencard, me murmuré-je.

La boule de nerfs dans mon estomac n'écoute pas, et continue à tourner dans des schémas qui me donnent la nausée.

— C'est juste un rencard. Je peux partir si ça ne me plaît pas. Partir, c'est tout.

Je ne me sens pas mieux, alors, je tente un autre argument. Un que Nina m'a répété à maintes reprises hier soir, pendant qu'elle me dissuadait d'annuler.

Le seul moyen de se sentir plus à l'aise est de s'exposer.

Mais l'exposition ne semble pas si inoffensive, ce soir, et surtout pas quand Brian vient de m'offrir un autre quart d'heure à rester assise seule et à avoir l'air d'une idiote pendant que dans mon estomac, mes nerfs passent d'innocents papillons à des oiseaux pareils à ceux d'Hitchcock.

J'ai besoin d'un verre d'eau fraîche.

Je laisse mon Cosmo sur la table et me dirige vers le bar. Il est presque vide, quelques hommes d'affaires sont accoudés au bar dans des costumes prétentieux. Me lever me fait du bien. Me déplacer me fait du bien.

Je m'appuie sur le bar et tapote mes doigts contre le comptoir en verre.

Le barman me voit.

— Oui ?

— Un verre d'eau fraîche, s'il vous plaît, lui demandé-je. Avec beaucoup de glaçons.

— Plate ou pétillante ?

— Plate.

— C'est noté.

Il se retourne, puis s'arrête.

— Voudriez-vous un peu de citron avec ?

— Juste de l'eau. S'il vous plaît.

Pourquoi fréquenter des hommes est-il toujours horriblement et terriblement angoissant pour moi ? Toutes les autres ont l'air de s'en donner à cœur joie. Elles dansent d'un rencard à l'autre comme si c'était un jeu. Le barman pose un grand verre d'eau devant moi. Je le vide jusqu'à la dernière goutte, jusqu'à ce qu'il ne reste plus que des glaçons qui s'entrechoquent.

Une voix retentit à ma gauche.

— Ça va ?

J'aperçois la manche d'une veste de costume à côté de moi, une grande main enroulée autour d'un verre de scotch, mais je ne quitte pas des yeux le mien. Ma poitrine se soulève.

— Oui. À merveille, merci.

— Vous voulez un autre verre d'eau ?

La voix est masculine, douce et profonde.

Je secoue la tête et ferme les yeux. La dernière chose dont j'aie besoin, c'est quelqu'un avec qui gaspiller toute l'énergie que je possède dans des banalités.

— Non. Ça ira.

Un petit bol de cacahuètes est poussé dans mon champ de vision.

— Juste au cas où.

Le geste m'extirpe un petit rire. Il sort comme un couinement nerveux, mais il libère une partie de la tension qui monte en moi comme dans une bouilloire.

— Merci, dis-je en me tournant vers lui.

Des yeux clairs et fauves viennent croiser les miens. Je n'ai jamais vu de tels yeux chez un homme. Ses cheveux d'une teinte auburn foncé sont repoussés sur son front et dépassent de son visage carré.

— Si vous prévoyez de faire une crise de panique, dit-il, je connais de meilleurs endroits que ce bar.

— Je ne fais pas de crise de panique. D'ailleurs, qui *prévoit* d'en faire une ?

— C'est juste une façon de parler.

— C'est stupide, rétorqué-je en lissant ma robe.

Puis je réalise ce que je viens de dire.

— Je suis désolée. Je ne voulais pas vous insulter.

Il se tourne vers moi tandis que les commissures de ses lèvres se retroussent. Il est grand, maintenant qu'il s'est redressé de toute sa hauteur.

— Je ne me sens pas insulté.

— Tant mieux. Eh bien… merci pour les cacahuètes.

— De rien, mais j'ai un aveu à vous faire. Elles étaient déjà là.

Je soupire de nouveau. C'est peut-être une occasion à saisir. Je peux relâcher la pression avec ce banquier de Wall Street.

— Je m'en doutais. Ça reste une belle attention.

Il fait un signe de la main au barman, qui se retourne à mi-chemin pour écouter ce que l'homme aux cacahuètes a à dire. J'observe son costume. Il a l'air fortuné. Ça se voit au tissu bien taillé, brillant sous la lumière tamisée. Je ne fais pas confiance aux types qui lui ressemblent. Trop charmants pour être vrais, et trop riches pour être humbles.

— Un autre verre d'eau pour la dame, dit-il. Beaucoup de glace, pas de citron. Vous connaissez la chanson.

Le barman acquiesce.

— Tout de suite.

Il disparaît au fond du bar et l'homme aux cacahuètes se retourne vers moi.

Je fronce les sourcils.

— Vous n'avez pas dit s'il vous plaît.

Ses sourcils à lui se dressent.

— Pardon ?

— Au barman.

Je parle plus franchement que d'habitude, surtout à un inconnu, mais je suis complètement bouleversée par ma nervosité. Mes joues sont brûlantes.

— Je veux dire, c'est juste plus poli de dire s'il vous plaît.

— C'est noté, dit-il.

Il s'appuie sur le bar, les lèvres toujours retroussées.

— Même si je suis sûr que ce barman a vu des gens bien plus grossiers que moi dans sa vie.

— Ce n'est pas une excuse pour l'être à l'avenir.

— Je donne des pourboires généreux, argumente-t-il. Je l'ai toujours fait.

— Balancer de l'argent ne compense pas un manque de savoir-vivre.

— Alors maintenant, je manque de savoir-vivre ? Intéressant.

Je secoue la tête.

— Ce n'est pas ce que j'insinue. Oh, peut-on ignorer les passages où j'ai essayé de vous reprendre ? Je suis désolée. C'était impoli de ma part.

Il n'a pas l'air vexé le moins du monde.

— Pas particulièrement.

Le barman revient avec un grand verre d'eau glacée et le pose devant moi. J'ouvre la bouche pour dire merci, mais l'homme aux cacahuètes me devance.

— Merci, dit-il en baissant la voix. Nous apprécions beaucoup votre aide ici, ce soir.

Le barman continue de bouger derrière le bar.

— Je vous en prie, lance-t-il par-dessus son épaule.

L'homme aux cacahuètes se tourne vers moi avec un sourire triomphant.

— Suis-je de nouveau dans vos bonnes grâces, maintenant ?

— Oui. Désolée.

Il pose ses bras sur le comptoir du bar.

— Alors, qu'est-ce qui vous met dans tous vos états ?

— Je suis un peu patraque, répété-je en prenant mon eau glacée.

J'en bois la moitié avant d'avouer.

— En fait, j'attends quelqu'un.

— Je m'en doutais. Il est en retard ?

— Oui. C'est si évident que ça ?

— Eh bien, vous êtes là et lui non, donc oui. Un petit ami ?

— Juste un rencard.

Je fais tourner mon verre.

— Un premier rencard, en fait.

— Et il est en retard ? Ce n'est pas bon signe.

Il prend une cacahuète, sa main traversant mon champ de vision. Elle est grande et légèrement parsemée de poils bruns. C'est une main masculine, avec de longs doigts.

— À partir de quand peut-on dire qu'il est trop tard ?

— Je ne sais pas. Je n'ai pas de règle stricte à ce sujet.

— Vous avez des règles strictes pour beaucoup de choses ?

Je me tourne vers lui. C'est une mauvaise idée, parce qu'il est incroyablement beau, avec sa mâchoire carrée et ses yeux qui soutiennent les miens avec un charme continu. Bizarrement, lui parler ne me rend pas nerveuse. C'est évident que nous ne sommes pas du même monde. Il s'amuse, je me distrais.

M'exposer, me rappelé-je.

— À propos de certaines choses, je suppose. J'ai des critères.

— Dites-moi donc, dit-il.

— Il faut qu'il soit non-fumeur.

L'homme aux cacahuètes hoche la tête.

— Je vois.

— J'aimerais qu'il me prépare le dîner de temps en temps.

— Il faut donc qu'il soit un chef renommé, dit-il. Compris.

Je ris.

— Oui. Oh, et il doit être abonné à un journal ou à un magazine ! *Au moins* un, plus de préférence, et il ne peut pas s'agir uniquement d'abonnements numériques.

— C'est étrangement spécifique, fait-il remarquer.

Ses longs doigts s'enroulent autour de son verre, ses yeux ont la couleur du whisky.

— Est-ce un test de compétences linguistiques ? Parce que je pense qu'on peut supposer avec certitude qu'un homme de votre âge saurait lire.

— Non, je suis journaliste.

— C'est vrai ?

— Oui. J'ai besoin de quelqu'un qui apprécie l'écrit, vous comprenez ? Je veux passer mes dimanches matin à me disputer pour savoir qui a quelle partie du journal.

Lorsque je m'entends, mes joues rougissent de nouveau.

— Je sais de quoi j'ai l'air. D'une incorrigible romantique.

— L'êtes-vous ?

— Je suis une romantique réaliste, contesté-je. C'est pour ça que je suis à mon premier rencard avec un inconnu.

Il lève à nouveau un sourcil.

— C'est un blind date ?

— Oui.

— Et il est en retard. Ce n'est vraiment pas un bon début.

Je hausse les épaules, sentant mes nerfs se nouer dans mon estomac. Parler à cet homme m'aide.

— Eh bien, je vais lui donner une chance. Il lui est peut-être arrivé quelque chose en chemin, vous savez.

Je regarde par-dessus son épaule, mais les hommes

d'affaires au bout du comptoir du bar discutent entre eux et ne font pas attention à lui.

— Pourquoi êtes-vous ici ? Vous attendez votre propre blind date ?

Je n'arrive pas à le dire sans sourire. Ça m'étonnerait bien.

— Non, dit-il en faisant tourner le liquide ambré dans son verre. Je l'ai déjà rencontrée.

Je lève les yeux au ciel.

— Évidemment. Elle aussi est en retard ?

— Oui. Elle l'est souvent, en fait.

— Je suppose que ça ne fait pas partie de vos critères, dans ce cas.

— En effet. Maintenant que j'y pense, je ne sais pas si elle est abonnée à un journal.

— Vous devriez le lui demander ce soir, lui dis-je. J'ai entendu dire que c'était un facteur décisif pour certains.

Son sourire s'élargit.

— Moi aussi, petite, dit-il. Dites-moi pourquoi les rencards vous rendent si nerveuse.

— Petite ? Nous avons pratiquement le même âge !

Il sourit toujours.

— C'est vrai ? Je ne me souviens pas de la dernière fois où j'ai été aussi nerveux que vous en attendant quelqu'un.

Ce type est une montagne russe.

— Ça ne définit pas ma maturité. J'ai vingt-six ans, l'informé-je.

Mon honnêteté me pousse à préciser le reste.

— Enfin, je les aurai dans quatre mois. Quel âge avez-vous ?

— Trente-deux ans, répond-il.

C'est alors que mon téléphone vibre à nouveau dans ma poche. Mes veines se gèlent et me figent sur place. Brian est sûrement là. Ça fait déjà quinze minutes ? Bon sang, je déteste ça ! Je déteste, je déteste, je déteste !

Mon portable me le confirme lorsque je baisse les yeux dessus. *Je suis dehors. Tu as pris une table ?*

— C'est lui ? demande l'homme aux cacahuètes.

— Oui, murmuré-je. C'est l'heure du show.

— Pour lui, pas pour vous, dit-il. Soyez vous-même.

— D'accord.

Mes doigts tapent une réponse sur mon téléphone. *J'ai une table à l'intérieur.*

— Bonne chance, petite. Je serai là si vous avez besoin de moi.

— Arrêtez de me traiter de petite, lui dis-je.

Mes nerfs sont à nouveau à vif, ce qui me pousse à m'énerver.

— Et ne me regardez pas de tout le rencard. Ce serait bizarre.

Il m'offre un grand sourire, et j'aperçois un soupçon de fossette sous le début de barbe qui recouvre sa mâchoire.

— Faites-moi signe et je vous donnerai une excuse plausible.

— Merci. Passez une bonne soirée, conclus-je en me dirigeant vers ma table.

Ma boisson dégoûtante est là, oubliée. Je m'assois et lisse ma robe. *Je peux le faire.* Quand je lève les yeux, je cherche un homme qui s'avancerait vers moi.

Au lieu de cela, je croise le regard de l'homme aux cacahuètes.

Il est accoudé au bar, son verre à la main, et me fait un petit signe de tête. Il y a un soupçon de sourire sur son visage.

Quelle arrogance !

Mais il est rapidement éclipsé par l'homme qui s'avance dans ma direction. Ce doit être Brian. Nina m'a arrangé un rencard avec lui, un collègue de son ancien boulot. Elle m'a promis qu'il serait sympa. C'est le mot qu'elle a utilisé. *Sympa.*

Je trouve qu'il a l'air sympa, en effet, d'une manière amicale. Il porte un bonnet par-dessus des boucles brunes. Il se débarrasse de sa veste en jean en haussant les épaules.

— Salut, dit-il. Désolé, je suis en retard.

— Ce n'est rien.

Il baisse les yeux sur mon verre et fronce les sourcils.

— Tu as déjà commandé ?

Ouais, mec. J'ai attendu ici toute seule pendant vingt minutes.

— Oui. J'espère que ça ne te dérange pas.

Il hausse les épaules et s'assoit en face de moi.

— Bien sûr, bien sûr. Nina m'a dit que tu étais journaliste.

— Oui, en effet. J'aimerais bien travailler un jour dans le journalisme d'investigation, lui expliqué-je. J'espère que ce sera plus tôt qu'un jour, si l'entretien d'aujourd'hui s'est déroulé aussi bien que j'en ai eu l'impression. J'ai passé plus de deux heures aujourd'hui dans les bureaux du *New York Globe*.

— Tu écris donc des articles sur la corruption et les scandales au sein du gouvernement ?

Il s'affaisse dans sa chaise, mais ses yeux brillent d'enthousiasme. C'est prometteur.

Je fais tourner mon verre dégoûtant et acquiesce.

— J'aimerais bien, en tout cas.

— Tu sais, j'ai beaucoup d'opinions sur la presse.

— Vraiment ?

Il lève un doigt. Presque comme s'il me faisait la leçon.

— Il faut que vous vous basiez davantage sur les faits et que vous fassiez moins appel à vos émotions.

Euh…

— Oui. Rapporter les faits tels qu'ils sont est la marque d'une bonne intégrité journalistique.

— Bien sûr, mais souvent, ce n'est pas le cas. Tu sais, ça fait des années que je n'ai pas été abonné à un journal. Les informations qui m'intéressent sont toutes en ligne. Je peux les trouver rien qu'en appuyant sur un bouton.

Je me passe une main sur la nuque.

— C'est ce que font beaucoup de gens de nos jours. La presse écrite souffre pour cette même raison.

— Elle est en train de mourir, plutôt. Mais si vous vous basiez davantage sur des faits, vous vous en sortiriez mieux.

Il lève la main pour faire signe à la serveuse.

— Par ici !

Oh, bon sang ! Ça ne va pas du tout. Mon stress se transforme en agacement.

— Dis s'il vous plaît, murmuré-je.

Il ne m'entend pas.

— Je vais prendre une bière, dit-il à la serveuse. Doucement sur la mousse, d'accord ? Et pas une bière blanche. Tout sauf une bière blanche.

Il se retourne vers moi, comme si notre conversation n'avait jamais été interrompue.

— C'est pour ça que beaucoup de gens ne font plus confiance aux journalistes. Ce n'est pas un boulot si difficile, si ? Rapporter les faits. Ce n'est pas comme pratiquer un travail manuel ou, par exemple, bosser dans une brasserie.

— Pas aussi dur que ton travail, tu veux dire ? répliqué-je.

Ma main est crispée autour de mon verre.

Il hausse les épaules et me sourit, comme si nous partagions une blague.

— C'est toi qui l'as dit, pas moi. Tiens, j'ai quelques histoires sur lesquelles tu devrais écrire. Je suis sûr que tout le monde dit ça, mais je suis sérieux. Je pense que ça pourrait t'être bénéfique.

Oh là là !

— Vraiment ? demandé-je. Lesquelles ?

— Je suis membre d'une communauté en ligne. Nous n'en parlons pas vraiment aux gens, mais nous partageons des informations que les médias traditionnels ne rapportent pas. Je sais exactement comment tu vas réagir, mais écoute avec un esprit ouvert. Le Bigfoot a été aperçu récemment, dans le nord de l'État. Les fermiers de la région l'ont dissimulé, et l'un de mes amis en ligne a vu les véhicules du FBI.

Ses yeux s'écarquillent.

— Ça vient d'en haut.

Je bois une longue gorgée de ma boisson dégoûtante. *Oh, bordel !* juré-je intérieurement.

Par-dessus l'épaule de Brian, je vois l'homme aux cacahuètes parler à une blonde aux longues jambes. Ses cheveux tombent en cascade sur son épaule et elle a une main posée sur son bras. Il dit quelque chose et elle éclate de rire.

Au moins, l'un de nous deux s'amuse.

— C'est un scoop, dit Brian. Ça pourrait faire avancer ta carrière. Enfin, si tu veux de mon aide.

***

Une heure plus tard, je n'ai toujours pas trouvé de moyen de m'échapper. Brian n'arrête pas de parler. Sur la façon dont ma carrière pourrait prendre une autre direction si seulement j'avais le courage de rapporter des faits réels. Son monologue de dix minutes aurait été charmant s'il ne s'agissait pas d'un exemple aussi flagrant de mansplaining.

Il ajuste ses lunettes à monture transparente, ce qui me fait commencer à me demander s'il ne les porte pas uniquement pour des raisons esthétiques, et s'adosse à sa chaise.

— C'est donc pour ça, conclut-il, que j'ai dû quitter ce travail.

— Parce qu'ils ne respectaient pas tes initiatives.

— Exactement, dit-il.

Il a sincèrement l'air de passer un bon moment.

Probablement parce que son rencard à *lui* a surtout été une occasion pour lui de s'écouter parler.

— Mais les gens forts aiment ceux qui savent prendre les choses en main. Ils se reconnaissent, ajoute-t-il.

Sa voix est devenue douce et bizarre, et mon estomac se serre à nouveau. Non, non, non ! C'est exactement ce que je n'aime pas. Dire non à quelqu'un ou devoir le repousser. J'ai une immense aversion pour les conflits.

— Surtout les femmes, poursuit-il. Elles adorent les hommes qui savent leur montrer comment prendre du plaisir.

— Je ne…

Il s'élance à l'autre bout de la table et presse ses lèvres sur les miennes. C'est tellement inattendu que je recule, mais il me suit, sa bouche agissant comme une sangsue.

Et, oh, mon Dieu ! c'est sa langue ?

Je ne lui rends pas son baiser. Je reste là, les mains en boule sur la table, pendant deux longues secondes avant de pousser son torse. Il se penche en arrière, ses yeux chaleureux.

— Eh bien, dit-il, tu embrasses bien, au moins !

Au moins ? *Au moins ?* Cet homme n'est pas croyable.

— Merci pour ce soir, lui dis-je comme je n'arrive pas à trouver la force d'arrêter d'être polie. Mais je crois que je ne vais rentrer.

— On va chez moi ? demande-t-il. Ou chez toi ?

J'attrape ma pochette.

— Euh, je dois aller travailler tôt demain matin. Je ne pense pas que ça soit possible.

— Demain, c'est samedi, réplique-t-il.

Oh, c'est vrai ! Mince !

Mon regard passe par-dessus son épaule et croise celui de l'homme de tout à l'heure. L'homme aux cacahuètes, qui m'a appelée *petite,* mais qui m'a aussi promis de me venir en aide. Il est seul au bar, pas de blonde en vue. Et il me remarque.

Il hausse un sourcil. *Vous avez besoin de moi ?*

Je lui réponds par un tout petit signe de tête.

— Audrey ? dit Brian. Allez, prends un dernier verre avec moi. Laisse-moi au moins te ramener chez toi. Tu pourras même me tirer les vers du nez pour que je te raconte d'autres histoires.

La seule chose qui serait pire que de lui tirer les vers du nez serait qu'il essaie à nouveau de s'approcher du mien.

— Oh ! dis-je. Super ! Mais je ne pense pas que…

L'homme aux cacahuètes nous a rejoints. Il pose une main sur le dossier de ma chaise, sa grande silhouette projetant une ombre sur notre table.

— Te voilà, me dit-il.

Son visage est sérieux, sans fossette ni sourire charmeur.

— Nous te cherchions partout.

— Vraiment ?

— Oui. Ta mère ne va pas bien. Viens, il faut qu'on y aille.

— Tout de suite ? couiné-je en basculant mon regard de lui à Brian.

Ses yeux sont rivés sur mon sauveur en costume.

— Oui, répond l'homme aux cacahuètes. J'ai une voiture dehors. Si nous partons maintenant, nous pourrons encore arriver à temps. Allez, viens.

Il se tourne vers Brian.

— Je suis sûr que vous pouvez comprendre.

— Oui, dit-il faiblement. Vas-y, Audrey.

Je me lève et l'homme aux cacahuètes me tend ma veste légère. J'y enfile mes bras.

— Désolée. Merci pour ce soir.

Il acquiesce et ne me le dit pas en retour. Quel abruti ! Peut-être qu'il est contrarié de ne pas pouvoir continuer à m'expliquer ma propre profession.

— Dépêche-toi, dit l'homme aux cacahuètes à mes côtés.

J'essaie de suivre ses longues foulées à travers le bar jusqu'à la porte d'entrée.

— L'addition, lui dis-je à voix basse. Il faut que je…

— Je l'ai réglée, me coupe-t-il. Allez, il regarde !

Nous émergeons dans l'air chaud de New York et il me lâche le poignet. Ma peau picote là où il l'a tenu.

— Bordel ! soufflé-je en regardant par-dessus mon épaule la porte du bar fermée. C'était *horrible !*

— Ça n'avait pas l'air génial, dit-il.

Il a cependant l'air très fier de lui. Il est encore plus grand ici qu'il ne l'était au bar. Il me domine.

Mon estomac se noue.

— Alors, qu'a-t-il fait de mal ? demande-t-il. Il a trop parlé de sa mère ? Il t'a comparée à ses anciens rencards ? Il t'a demandé de venir chez lui pour voir son jardin d'herbes aromatiques ?

Mon stress disparaît et j'éclate de rire.

— Ça aurait sans doute été pire. Non, rien de tout ça. Il m'a donné des conseils sur ma carrière.

— Et ce n'est pas bien ? demande l'homme aux cacahuètes, un sourcil levé.

— Non ! Il n'y connaît rien !

— Ah ! Donc il s'écoutait parler.

— Oui. C'était tellement condescendant que j'en ai oublié d'être nerveuse. Je n'arrive pas à croire que je me suis apprêtée pour ça, dis-je en baissant les yeux sur mes chaussures peu confortables. Apparemment, tu as eu plus de chance.

Il passe sa main sur son cou, comme s'il était gêné, et fait un geste vers la rue.

— Nous devrions marcher. Il pourrait partir d'une minute à l'autre.

— Oh ! Et je ne suis pas en route pour aller voir ma… Qui c'était ? Ma mère malade ?

— Je suis resté vague, dit-il. En général, les mensonges passent mieux.

— Tu es un expert en la matière ?

Il soupire.

— Malheureusement, oui.

— Alors ? insisté-je en enfonçant mes mains dans les poches de ma veste. Comment s'est passé ton rencard ?

Il hausse les épaules.

— Plutôt bien.
— Je suis désolée si je l'ai interrompu en ayant besoin… d'aide, m'excusé-je.
— Oh, c'était déjà fini ! Je lui ai dit que je ne voulais plus la voir.
Je m'arrête pour le fixer du regard. Il le remarque et lève les yeux au ciel. Ses cheveux auburn sont retombés sur son front carré et sa mâchoire apparaît nette sous cet angle.
— Ne me regarde pas comme ça, se défend-il. Elle aussi savait que ça n'irait nulle part.
Je repense à la blonde surexcitée avec laquelle il discutait au bar.
— Je vois, dis-je.
— Au moins, je ne lui ai pas fait la leçon sur la façon de faire son travail, plaisante-t-il avec un sourire en coin. Je sais mieux que quiconque qu'il ne faut pas faire ça.
Je me passe une main sur la bouche.
— Mon Dieu, il m'a aussi embrassée !
Enfin, il s'est plutôt jeté sur moi.
— J'ai vu ça, dit-il avec de l'empathie dans sa voix. Ça n'avait pas l'air agréable.
— Ça, c'est sûr !
Nous sommes arrivés à mon arrêt de métro et je m'arrête pour fouiller dans mon sac à la recherche de ma carte. Je doute qu'il doive lui aussi descendre les marches.
— Merci de m'avoir aidée, lui dis-je.
Il acquiesce, les yeux rivés sur moi.
— Je t'en prie, petite.
Je grogne un gémissement.
— Pas encore cette vieille rengaine.
— Ça m'amuse de t'énerver.
— Tu devrais te trouver un hobby.
Je fais encore preuve d'impolitesse, mais d'une certaine manière, avec lui, c'est agréable. Je sais qu'il peut encaisser et rendre la pareille.

Il s'appuie contre un réverbère, calme et posé, visiblement insensible aux gens qui passent devant nous.

— Oh, c'est mon hobby ! dit-il. Sauver les demoiselles en détresse dans les bars de leurs blind dates ratés.

— Ça arrive souvent, n'est-ce pas ?

— Plus qu'on le croit, répond-il. Où tu trouves des types pareils, d'ailleurs ? Sur des sites de rencontres ?

— J'en ai essayé quelques-uns, avoué-je. Ce n'est pas ce que je préfère, mais… on a des rencards, au moins.

— Je ne doute pas que tu en aies, dit-il.

Je passe outre le compliment énigmatique.

— Mais en fait, celui-là, c'est mon amie qui m'avait arrangé le coup.

— Tu vas mettre fin à cette amitié ?

— Je devrais vraiment, plaisanté-je. Quoi qu'il en soit, c'était… sympa. Je veux dire, pas le rendez-vous. Mais l'avant et l'après.

Il sourit.

— Ravi d'avoir pu être utile.

— Je devrais rentrer chez moi. J'ai eu une journée bien remplie. En fait, j'ai eu un entretien d'embauche aujourd'hui. Pour le job de mes rêves.

— C'est vrai ?

— Oui, confirmé-je, sûrement en radotant.

Je m'avance vers les marches du métro.

— Tu ne m'as jamais dit ton nom, d'ailleurs ?

Il plonge la main dans sa veste et en sort un petit bloc-notes et un stylo. C'est un geste élégant, assorti à son costume, à son attitude, à ses airs d'homme fortuné. Je ne fais pas confiance aux hommes dans son genre. Je ne leur ai jamais fait confiance, pas depuis mon enfance. Mais quelque chose en lui me fait me sentir pleine d'énergie.

Vivante.

— Carter, répond-il en griffonnant quelque chose. J'ai beaucoup aimé parler avec toi. Ne vois pas ça comme un engagement. Mais si tu as besoin d'une oreille ou d'être de nouveau sauvée d'horribles blind dates…

Je regarde fixement le papier qu'il me tend. *Carter*, est-il écrit. Sept chiffres sont griffonnés en dessous.

— C'est ton numéro de téléphone ?

— Lui-même, dit-il.

Je le prends et me demande pourquoi je ne suis pas tendue. C'est un homme. Un homme extrêmement beau, même. Mais j'ai vu la femme qu'il a repoussée ce soir, et elle aurait facilement pu passer pour un mannequin. Elle avait aussi l'air heureuse et souriante.

Cette histoire entre lui et moi est clairement de l'amitié. Je ne me sens donc pas du tout nerveuse en acceptant le papier.

— Merci, lui dis-je. Ça pourrait m'aider d'avoir un point de vue masculin sur les choses.

— Appelle-moi quand tu veux, conclut-il en me faisant un signe de tête.

Comme un gentleman d'antan qui salue une dame.

— Sois prudente sur la route.

— Merci, murmuré-je de nouveau avant de descendre les marches.

Ce n'est qu'à mi-chemin, étourdie par toutes les émotions de la journée, que je me rends compte que je ne lui ai pas donné mon nom. Les doigts tremblants, j'ajoute son numéro dans mon téléphone et lui donne le nom glorieux de *Carter Cacahuètes*.

Puis je lui envoie un texto simple.

Je m'appelle Audrey. Merci pour les cacahuètes.

Sa réponse arrive juste au moment où j'ai déverrouillé la chambre que je loue au deuxième étage d'un immeuble. Je m'appuie contre la porte fermée et je lis, sentant les possibilités infinies s'agiter autour de moi.

Carter : Je t'en prie, petite. Ravi de t'avoir rencontrée.

Poursuivez votre lecture en *Le Surprise du chef*

AUTRES LIVRES D'OLIVIA
EN FRANÇAIS

La série Les Milliardaires de New York

Un prix à payer
Tristan et Freddie

Le Coup de grâce
Anthony et Summer

Un mâle pour un bien
Victor et Cecilia

La Surprise du chef
Carter et Audrey

Trop beau pour être vrai
Isaac et Sophia

AUTRES LIVRES D'OLIVIA

EN ANGLAIS

The New York Billionaire Series

Think Outside the Boss
Tristan and Freddie

Saved by the Boss
Anthony and Summer

Say Yes to the Boss
Victor and Cecilia

A Ticking Time Boss
Carter and Audrey

Suite on the Boss
Isaac and Sophia

12 Days of Bossmas
Christmas anthology

The Seattle Billionaire Series

Billion Dollar Enemy
Cole and Skye

Billion Dollar Beast
Nick and Blair

Billion Dollar Catch
Ethan and Bella

Billion Dollar Fiancé
Liam and Maddie

Brothers of Paradise Series

Dark Eyed Devil
Lily and Hayden

Ice Cold Boss
Faye and Henry

Red Hot Rebel
Ivy and Rhys

Small Town Hero
Jamie and Parker

Standalones

How to Honeymoon Alone
Phillip and Eden

Arrogant Boss
Julian and Emily

Look But Don't Touch
Grant and Ada

The Billionaire Scrooge Next Door
Adam and Holly

ABOUT OLIVIA

Olivia adore les héros milliardaires, même si elle n'en a jamais rencontré en personne. Qu'à cela ne tienne ! Elle a pris les choses en mains en les créant directement sur le papier. Stricts, charmeurs, froids ou taciturnes, jusqu'à présent, elle n'a encore jamais rencontré de milliardaire (de fiction) qu'elle n'appréciait pas.

Elle aime tout particulièrement les héros larges d'épaules, les conversations nocturnes, le vin hors de prix et les histoires d'amour fascinantes.

Des romances pétillantes et sensuelles… ses thèmes de prédilection !

Inscrivez-vous à sa newsletter pour les dernières nouvelles et autres contenus bonus. www.oliviahayle.com.

Printed in France by Amazon
Brétigny-sur-Orge, FR

21625605R00192